まなつのほうていしき

盛夏方程式

〔日〕东野圭吾 著 蓝佳 译

新经典文化股份有限公司
www.readinglife.com
出 品

盛夏方程式

1

从新干线到在来线①的换乘口非常好找。走上台阶来到月台，列车已经进站，车门也开了，里面传出嘈杂的人声。

柄崎恭平走进离自己最近的车厢，不禁皱起了眉。爸爸妈妈说盂兰盆节②都过了，坐车的人不会太多，可现在空座几乎都没了。两两相对的四人座基本都被至少三个乘客占据着。如果能找到只坐着一两个人的座位就好了，恭平边想边沿着通道向前走。

很多人是和家人一起出行，其中有不少和他年龄相仿的小学五年级学生模样的孩子。他们都显得兴致勃勃，欢蹦乱跳的。

真傻，恭平想。海水浴场有什么值得高兴的，不就是大海

---

① 新干线，是在日本主要城市之间以每小时 200 千米以上的速度行驶的铁路线。在来线，是指新干线以外的所有铁路线。
② 日本在夏季举行的迎接和供奉祖先亡灵的民俗性佛教活动，一般在 7 月或 8 月中旬举行。

吗？在游泳池里才好玩呢。大海里既没有漂流泳池，也没有那种大型水上滑梯。

这时，他发现车厢最里面的座位上好像没有人。虽然对面有人坐，但能一个人占据二人座已经很不错了。

恭平走过去，把背包放在空着的座位上。对面坐着的是一名高个男子，戴着一副无框眼镜，正在看杂志。杂志封面上印着奇怪的图案和恭平从未听说过的词。对于恭平的落座，男子毫无表情，继续读着杂志。他穿着衬衫，披着夹克，看上去并不像游客。

隔着通道的邻座上，一个身材高大的白发老爷爷和一个圆脸庞老奶奶相对而坐，似乎是一对夫妇。老奶奶把塑料瓶里的茶饮料倒进塑料杯里，递给老爷爷。对方绷着脸接过，咕嘟喝了一大口，有点呛着了，就抱怨倒得太多了。两个人都穿着便装，不像是出门旅行，可能是在回家的路上。

不久，列车开动了。恭平把背包拿过来放到旁边，取出装着午饭的塑料袋。用铝箔纸包着的饭团还是温的，密封食品盒里放着炸鸡块和厚蛋烧，都是他爱吃的。

他一边喝水，一边大口嚼着饭团。窗外早已换成一幅海景。今天是个少云的晴天，远处的海面波光粼粼，近处则掀起白色的浪花。

"爸爸妈妈在大阪有工作要做，这段时间你与其待在大阪的酒店里，不如去海边玩，多有意思啊。"三天前，母亲由里对恭平说。在这之前，恭平完全没想过自己会一个人跑到遥远的亲戚家去。

"这行吗？玻璃浦可不近啊。"父亲敬一喝着威士忌，一脸不确定的神色。

"这也算不了什么吧，他都五年级了。小林家的阿花还一个人去了趟澳大利亚呢。"由里敲着电脑键盘。每晚在起居室核算店里的销售额，是她雷打不动的习惯。

"阿花那是由家长送到机场，到了那边亲戚再去机场接机。只有在飞机上这段时间是孩子一个人，当然放心了。"

"这不是一回事嘛。恭平只需要坐新干线再换乘特快列车，出站后也离得不远，拿着地图就没问题了。对吧？"由里最后一句是对着恭平说的。

恭平只简短地"嗯"了一声，视线完全投注在手里的游戏机上。他明白，无论自己怎么回答，在父母去大阪工作的这段时间里，自己被安置在玻璃浦这个他没有丝毫感情的乡下地方，这件事是改变不了的。这种情况已经发生好几次了。姥姥活着的时候，父母一有事，他都是被托管到由里在八王子的娘家。去年姥姥去世了，托管所就变成了敬一的姐姐姐夫家。

恭平的父母共同经营着一家精品女装店，很是忙碌，为了宣传商品，他们经常四处奔波。恭平有时也跟着去，但上学的日子就不行了。也正因此，如今他独自过一夜也能完全不当回事了。

这次父母的大阪之行是为了准备新店的开张，据说最少也得一周才能回来。

"也是，毕竟是五年级的学生了，应该没问题吧。行吗，恭平？在海边足足玩上一星期，那里还有美食哦。我让姑姑给你

3

多准备些新鲜的鱼吃。"可能是威士忌在舌尖润滑的缘故,敬一的口吻显得很轻快。夫妇二人只在形式上讨论了一番,最终结论还是和以往一样——把儿子托管出去。

特快列车在海边奔驰着。吃完饭团,正在玩游戏机时,装在背包口袋里的手机响了起来。恭平暂停游戏,手伸进口袋里翻找。他的电话是儿童专用机型。是由里打来的。真麻烦,恭平想着,接通了电话。

"喂?"

"恭平,你在哪儿?"

这问题真蠢,明明就是她自己做的计划、订的车票嘛。"在车上。"他小声回答。车厢里的规矩他还是懂的。

"哦,是嘛。顺利坐上车了?"

"嗯。"别小看我呀,他心里说。

"到了那边要礼貌地问好,把礼物拿给姑姑啊。"

"知道了,挂了啊。"

"还有作业呢,每天做一点。都攒着不做,最后够你受的。"

"我都说知道了!"他短短地回了一句,便挂断了电话。完全是把出门前叮嘱过的话再重复一遍嘛。当妈妈的人为什么都这样?

他正要收好电话回到游戏中,突然听到低低的一声"喂"。他不觉得那是对自己说的,就没有理会。结果,那声音变得有些不耐烦:"喂,我说你呢,那个小孩。"

恭平从游戏机上抬起头,望向一旁。白发老爷爷正沉着脸瞪他。"在这儿不能用手机。"他用嘶哑的声音说道。

恭平吃了一惊：现在还有人管这种事吗？真是乡下地方啊。"可那是对方打过来的啊。"他噘起嘴。

白发老爷爷用皱纹密布的手指了指恭平的包。"关上电源，这里不许用。瞧，"他又指着车厢壁上的宣传板，上面写着"优先座位，在此附近请您关闭手机电源"。"知道了吧？这里禁止使用手机。"他有些得意地说。

恭平从背包里掏出手机，却没有关机，而是拿给老人看。"这是儿童手机。"

老人诧异地皱起白眉，不明白他的意思。

"就算关上电源，过一会儿它也会自动开机。不知道密码就没法彻底关机，我也没办法。"

老爷爷想了想，抬了抬下巴。"那你就换别的座位吧。这里不行，这是优先座位。"

"你呀，算了吧。"对面坐的老奶奶对老爷爷说，然后向恭平笑笑，"抱歉啊。"

"哎，那可不行，这是社会的规则。"老爷爷的声音渐渐高起来，其他乘客开始目光灼灼地向这边看过来。

恭平叹了口气。好烦人啊。他拎起背包和盛垃圾的塑料袋，准备站起来。

正在这时，眼前伸过来一只手，按住他的肩膀不让他起身，然后一把夺走了他的手机。

恭平惊讶地看着面前的男子。只见他依旧面无表情，另一只手伸进恭平拎着的塑料袋里，掏出包过饭团的铝箔纸。

恭平还没来得及出声,只见男子展开铝箔纸,把手机包裹住。"这样就行了,"男子把包好的手机递给恭平,"不用换座位。"

恭平默默地接过来,感觉像是看了一场戏法。这样真的就行了吗?

"搞什么呀,这样有什么用?"老爷爷不依不饶。

"铝箔可以阻断电磁波。"男子依然看着杂志,"让人在车内关掉手机是为了那些装了心脏起搏器的人。现在虽然没有关机,但已经阻断了电磁波,也就达到这个目的了。"

恭平愣愣地来回看着老爷爷和男子。老爷爷也有些无措地望着斜对面的男子,察觉到恭平的视线后,觉得有些颜面无光似的嘀咕了几句,闭上了眼。看到一场争执平息下来,老奶奶大概也松了口气,露出笑容。

又过了一会儿,不少乘客坐不住了,有些人站起来,开始从行李架上取下行李。车内广播报了下一站的站名,那是著名的海水浴场所在地。

不久,列车停下,大约一半的乘客下了车。念及刚才发生的事,恭平正在想要不要换个座位,对面的男子倏地站起,从行李架上取下自己的包,换到前面大约隔着三个位子的座位去了。

感觉似乎被人抢占了先机,恭平想起身,又犹豫了。望望旁边,那个爱找麻烦的老爷爷正打着鼾。

窗外一路都是海水浴场,列车每次到站,乘客就会减少一些。恭平要去的玻璃浦还没有到。

旁边老爷爷的鼾声有点吵,老奶奶可能习惯了,若无其事地望向窗外。恭平被吵得没办法集中精神打游戏,终于决定换座位。他拿起背包和塑料袋，站了起来。

现在空座位有的是，他想尽量离老爷爷远一点。他顺着通道向前走，看到了刚才坐在对面的那名男子的背影。那人跷着二郎腿，摊开的杂志放在面前。恭平漫不经心地从后边看过去，发现打开的是填字游戏那一页。空格已经填了不少，但是男子似乎被一道题难住了。

"坦普瑞。"恭平小声说。

男子像是吓了一跳，回过头。"什么？"

恭平指着填字游戏的空栏。"竖栏第五个，就是解读骨头的人是谁那道题，答案应该是坦普瑞。"

男子将目光投向字谜，点了点头。"确实对得上。是人名吗？我都没听说过。"

"坦普瑞·布雷恩娜，是《识骨寻踪》的主人公，她能根据尸体的骨头推理出好多东西。那是一部外国电视剧。"

男子皱着眉，看了杂志封面一眼。"是虚构人物啊。科学杂志上为什么要出这么一道题呢？不公平啊。"他嘟哝道。

恭平坐到他的对面。他什么也没说，继续做填字游戏，刚才停下的圆珠笔又开始动起来，肯定是攻克了一个难关。

男子把手伸向放在旁边位子上的瓶装茶饮料，等拿起来好像才想起已经喝空了，又放了回去。

恭平把剩下一半的饮料瓶举到他面前。"你可以喝这个"。男子有些意外地睁大眼睛，然后轻轻摇头。"算了，不用了。"恭平有些扫兴，正要把饮料瓶放回背包，突然听到他说"谢谢"。恭平怔了一下抬起头，恰好和男子的目光对上。这还是两人第一次对视。男子急忙背过脸去。

玻璃浦站快到了。恭平从短裤的裤兜里掏出一张地图。地图不是手画的,而是打印出来的,上面标着旅馆"绿岩庄"的位置,是昨天从旅馆传真过来的。

恭平上次来还是两年前。当时是和父母一起来的,没有乘坐列车,而是自驾,所以从车站过去还是第一次。

展开地图确认位置的时候,男子问他:"你要一个人住那儿?"可能是觉得小学生不适合一个人住店吧。

"是亲戚家,"恭平答道,"我的姑姑和姑父在那儿开旅馆。"

男子了然地点点头,接着又问:"那儿怎么样?"

"什么怎么样?"

"我是问旅馆好不好。比如设施新、漂亮、景色优美、饭菜好吃之类的,有什么卖点吗?"

恭平歪着头回忆。"我只去过一次,记不太清楚了。不过建筑很老旧,离海边也有点距离,所以风景也不算太好,饭菜嘛,感觉一般。"

"哦?来,把那张地图给我看一下。"

恭平将地图递过去。男子在杂志的空白处记下了电话号码和地址,还有绿岩庄这个名字,然后把记有内容的部分撕了下来。

"这个名字怎么念?RYOKUGANSOU?"

"是ROKUGANSOU,门前有块大石头招牌。"

"哦,谢谢。"男子把地图还给他。

恭平将地图折好放回口袋。这时,列车正从隧道里行驶出来,眼前大海的颜色显得越发湛蓝明丽。

2

穿运动鞋时,墙上旧挂钟的指针指在一点半左右。现在正好,川畑成实想,骑自行车十五分钟就到会场了,还剩下十五分钟可以和伙伴们最后再讨论一下。

"妈妈,我出门了啊!"她朝前台的里侧喊道。长长的布帘后是厨房。

节子掀开帘子走出来,头上包着一块手巾,大概正准备做饭。"要去多久?"节子问。她五十四岁了,脸上却没有多少皱纹,如果再精心化上妆,看上去还会比实际年龄年轻十岁。但她本人似乎并不热衷打扮,夏天只涂一点防晒粉底而已。

"不知道呢,我觉得差不多两个小时吧。"成实答道,"有人预订了今天的房间,对吧?知道大约几点到吗?"

"没仔细问,说是晚饭的时候。"

"哦,没关系,估计在那之前我能回来。"

"还有啊,今天恭平要来。"

"啊,对,他一个人来,对吧?"

"对,估计车这会儿快到了。"

"知道了。反正我顺路,半路上去车站看一眼。要是他找不到路,我就把他领过来。"

"那就去看看吧。要是孩子在这儿丢了或出什么事,我可没法跟弟弟交代。"

虽然觉得在这样一个小镇上不可能发生那种事,成实还是答应着向外走去。今天又是一个晴天,阳光强烈。在旅馆的入口处,雕着"绿岩庄"三个字的黑曜石亮得耀眼。

成实把书包斜挎在肩上,骑上自行车向车站蹬去。这一带地势起伏得厉害,绿岩庄位于高台上,车站则坐落在落差很大的下坡路上。

不到五分钟,她就到了车站。列车大概刚刚到站,乘客从车站楼的楼梯陆续走下来,不过顶多也只有十几人。乘客当中有一个穿红色T恤和卡其色短裤的少年,背着双肩背包。

虽然对那张看起来不易亲近的面容感到似曾相识,成实却瞬间犹豫,没有马上招呼他。毕竟上次见面还是两年前,他比想象中高了许多,而且此时正和身边一个男子亲密地交谈着。她听说恭平是一个人来,也见过他父亲敬一很多次,而眼前这个男人她并不认识。

不过,那确实是恭平。没过一会儿,他似乎发现了成实,和身边那个男子说了一句什么,就跑了过来。"你好。"

"你好。恭平长大了。"

"是吗?"

"已经五年级了吧？"

"嗯。成实，你是特意来接我的？"恭平眯着眼仰头看她。

被比自己小将近二十岁的表弟直呼其名，感觉有些奇怪，可能是跟他父母学的吧。"我是来看看你有没有顺利到达。待会儿我还要去其他地方，不过现在还有时间，你不认识路的话，我带你回去。"

男孩又是摇头又是摆手。"不用，我有地图，以前也来过。就是沿着这条路一直往上走嘛。"他指着眼前的上坡道。

"对，家门前那块大岩石就是标志。"

"嗯，我知道。"

"对了，恭平，你认识那个人？我看到刚才你们还在一起说话呢。"成实将视线移向远处，那名男子正在用手机打电话。

"刚才在火车上坐一起的，我不认识他。"

"哦？不认识还一起说话？"这不太好吧？她想。虽然那男子倒也不像什么可疑人物。

"刚才一个怪爷爷找我麻烦，他帮我说话来着。"

"这样啊。"找什么麻烦啦？她有点好奇，不过心中的石头总算落了下来。

"那我走了啊。"

"嗯，小心点。回头咱们再慢慢聊。"

恭平点点头，向坡上走去。目送他离开后，成实又骑上了车。她看到那名男子正站在出租车乘车处，不禁感到同情，因为镇上的出租车都是按照列车到站的时刻过来的，既然现在没有，说明都已经开走了，再来应该是大约三十分钟之后了。

成实沿着海边的路轻快地骑着车。带有海腥味的风吹乱了头发,她也毫不在意。她已经有十多年没有留长发了,来兴致了就去潜水,有时候从海里上来后连淋浴都不冲就跑到居酒屋喝啤酒。想到这些,她就无法嘲笑连妆都懒得化的母亲。

途中拐了个弯,离海边远些了。这里是个平缓的上坡,路边有购物中心和银行,洋溢着些许繁华气息。再往前,矗立着一栋灰色的建筑,是市公民馆,在这里的礼堂将举行一个重要的会议。

把自行车存放在规定地点后,成实特意去机动车停车场看了看。那里停着一辆旅游巴士。走近一看,车前面挂着一块牌子,上写"DESMEC",念作"戴斯麦克",全称是"海底金属矿物资源机构"。

车里一个人也没有,应该是在做会议准备吧。看来自己和伙伴们也不能放松啊,成实想着,向入口走去。

门口有市政府的人在确认参会者资格,成实出示了入场券后走进大厅。厅里已经有很多参会人员了,成实四处张望,忽听有人唤了她一声。

泽村元也大步走过来。在今年春天之前,他一直在东京工作,最近才回来,一边帮忙打理家里的电器行,一边从事自由撰稿。他的脸庞和衬衫袖子里露出来的手臂都晒得黝黑。"你来得真晚啊,干什么去了?"

"抱歉。其他人呢?"

"他们都来了,在那边呢。"

成实跟在泽村身后走过去。不知道泽村是怎么和人家谈好的，有一间休息室可以供他们使用。屋里的十几张面孔，她都已经很熟悉了。其中大约一半跟她年纪差不多，其余是四五十岁的中年人。各行各业的都有，但全是玻璃浦的居民。虽然也有以前就熟悉的人，不过基本都是在这次活动中结识的。

泽村做了个深呼吸，环视着大家。"今天我们首先听一听对方的发言。刚刚发给大家的资料，是经我们自己调查的内容。我想他们的东西肯定会有些地方跟我们的资料有出入，这些可以作为这次讨论的核心。正式的讨论是在明天。我们先听完对方所有的说明，今晚再开一次会，决定战术。大家有什么问题吗？"

"这上面没有写关于钱的事啊，"一名在初中教社会科的男教师说道，"比如这项开发带来多少经济效益之类。我想对方肯定会强调这方面。"

泽村向他笑了笑。"所谓经济效益，无非是画饼充饥。不同的人许诺的不一样，从不同的角度来看也不一样。对方肯定是光拣好听的说，我们不能盲目听信。"

"而且，"成实在旁边插嘴道，"我觉得最重要的不是钱，而是我们该怎么保护这里美丽的大海。毕竟，环境一旦遭到破坏，不管花多少亿元都无可挽回。"她的语气略微强硬起来。

"也是。"教师耸了耸肩。

这时传来敲门声。门开了，是一名市政府的年轻男职员。"时间快到了，请进会场吧。"

"好！我们走吧！"泽村的声音充满气势。其他所有人都跟着往外走。

礼堂里，椅子摆成阶梯状，可以容纳四五百人，应该是为了演讲等场合而设的，可是在成实的记忆中，这里从来没请到过什么名人来演讲。

成实坐在前排，把资料放在桌上，准备做笔记。泽村在一旁检查录音设备。

宽敞的礼堂里坐满了人，市长和町长也在。听说不仅本地，周边市町村的各界人士也前来参会。对于这次会议要探讨的主题，谁都有兴趣，可是谁又都不了解。

成实打量着与会的人们，突然，她的目光和一名男子的视线碰到了一起。这个人看上去年过六十，夹杂着银丝的头发剃成短寸，身穿白色开襟衬衫。他脸上浮现出笑意，向成实微微点头致意。于是她也还了一礼，但不知道这是何方人士。

台上放着一张窄长的会议桌和几把折叠椅，桌上贴着写有头衔和姓名的纸笺。大部分都是戴斯麦克的人，也有几位似乎是海洋学家或物理学家。台子正面设有屏幕。

前面的门开了，一群成套西服打扮的男士鱼贯而入，表情都有几分紧张生硬。他们在市政府职员的引导下，默默地在台上入座。会议主持人的位子在离他们稍远的地方，一名戴着眼镜、三十岁左右的男子正拿着话筒。"时间到了，现在准备开会。还有一位先生晚了些，应该很快就会来。"

就在这时，会场的门一下子被推开，一个人咚咚地跑了进来，手里拎着脱下来的外套。

成实大吃一惊，这不是在车站见到的那个人吗——和恭平在一起的男子。他额角的汗水反着光，果然没坐上出租车，应该是从车站步行过来的。这段路骑车很快就到了，可是徒步就要费不少时间。

男子落座的位子上，标着"帝都大学物理系副教授 汤川学"。

"那么，现在人都到齐了，有关海底金属矿物资源开发的说明会正式开始。我是海底金属矿物资源机构宣传科的桑野，今天有幸担任会议主持，请大家多多关照。首先，由技术科来做总体介绍。"

头衔为技术科科长的人站起身，与此同时，会场的灯光暗了下去。大屏幕上出现了一行大字标题——关于海底矿物资源的开发。

成实坐直了身体，不想漏掉对方说的每一句话。守护大海是自己的使命，决不允许他们为了开发资源而破坏自然宝藏。

今年夏天，玻璃浦和周围的市町村都轰动了，起因是经济产业省资源能源调查会发布的一份报告。报告指出，从玻璃浦向南的几十公里海域，极有可能成为进行海底热水矿床开发商业化试行的候选基地。

海底热水矿床，就是海底火山喷出的热水中所含金属成分沉淀而成的岩石块，其金属成分有铜、铅、锌、金、银等，还富含锗、镓等稀有金属。如果能够顺利开采这些世界范围内都很稀少的金属，那么日本就会一跃成为资源大国，因此政府致力该领域的技术开发也是顺理成章的事。戴斯麦克正是这一动向的急先锋。

此次矿床受到瞩目的原因在于，它存在于海面以下八百米这一较浅的海底。蕴藏处浅，自然开采也就容易得多，从而可以降低成本，而且离陆地只有几十公里，也是实现商业化的合适距离。

　　这项计划一经发布，就在玻璃浦及其周边引起了轩然大波。许多人并没有因家乡的大海有可能遭受破坏而愤怒，而是期待着本地能借此催生出新的产业。

3

这条上坡路实在太长了。恭平停下脚步,郁闷地向周围望去。以前来这里的时候,为了去海水浴场,也曾经多次经过这条路,可那时是坐着父亲开的车,徒步还是第一次。

周围的景色和两年前基本没有什么不同。隐藏在坡道下面的高大建筑以前应该是家日式旅馆,而现在,屋顶和墙都变成了灰黑色,巨大招牌上的漆也已剥落。记得上次开车路过这里时,父亲敬一用了"废墟"这个词。

"这就叫作废墟。这两个汉字有些难吧?就是指没人居住、已经完全荒废的建筑。从前应该是家很高级的旅馆。"

"为什么没有人住了?"恭平问父亲。

"这个嘛,因为没有客人来,不赚钱呗。"

"为什么客人不来?"

父亲长长地"嗯"了一声,然后说道:"因为有其他更好的地方可去。"

"更好的地方？"

"就是更好玩的地方呀，像迪士尼啦，夏威夷啦。"

"嗯……"夏威夷是没有去过，可迪士尼乐园是恭平特别喜欢的地方。他和朋友们说来玻璃浦，朋友们都不知道这个地方，也就不会因此羡慕他。

恭平一边回想着当时的交谈，一边继续朝坡上走。到底为什么在这个地方建这么大的旅馆呢？他不禁感到疑惑，难道从前来这里游玩的人很多吗？

很快，眼前出现了熟悉的建筑。和先前的"废墟"比起来，这栋建筑的大小不到它的四分之一，而陈旧程度却不相上下。经营者是恭平的姑父川畑重治。他是第二代主人，大约十五年前继承了这家旅馆，从那以后，这家旅馆就没有重新装修过。敬一常说："客人那么少，这样破旧的旅馆，还是赶紧关门大吉算了。"

恭平拉开玄关的推拉门，走了进去。里面空调开得很足，让人感觉很舒服。"您好！"他向里面喊道。前台后面的布帘一动，姑姑川畑节子满面笑容地走了出来。"哎呀，你好。恭平长大了。"见面第一句，和成实说的一模一样。大概她们都认为小孩子爱听人家说自己长大了吧。

恭平急忙低头鞠躬："姑姑，接下来要麻烦您照顾我了。"

节子不禁苦笑。"说什么呀，这么见外。来，赶紧进来吧。"

恭平换上拖鞋，走进狭小的门厅。门厅里摆放着一把藤制长椅。

"外面很热吧？我准备了冷饮。你喝果汁还是大麦茶？也有可乐。"

"喝可乐。"

"可乐是吧，我知道了。"节子用手指比了一个 V 字，消失在了前台后面。

恭平放下背包，坐在藤椅上，漫无目的地打量着室内。墙上挂着一幅配了画框的油画，描绘的是附近的海景。油画旁边贴着一张介绍附近观光景点的地图，已经褪色得几乎看不出内容来。墙上的老挂钟时针指在下午两点。

"哎哟！"这时响起一个嘶哑的声音，重治从里面的走廊走出来，"你来啦，欢迎啊！"姑父同两年前一样，依旧胖墩墩的，像个达摩玩偶。他的头发更稀疏了，几乎可以算得上秃了，与两年前不同，姑父现在拄着拐杖，恭平想起父亲说过那是由于体重太重，膝盖承受不住了。

恭平站起来问好。

"不用起来，姑父也要坐下呢。"重治坐到恭平的对面，嘿嘿地笑着，像是笑容可掬的福神，"怎么样？你爸爸妈妈都好吗？"

"嗯，"恭平点头，"他俩都非常忙。"

"是吗？说明生意兴隆啊。"

节子端着放有茶壶和玻璃杯的托盘走过来。大概听到了重治的说话声，杯子准备了三个，其中一个倒上了可乐。

"咦，我也想喝可乐。"重治说。

"你可不行！要控制糖分。"节子往杯子里倒上大麦茶。

恭平喝着可乐，因为口渴，感觉格外好喝。

节子是敬一同父异母的姐姐。在节子很小的时候，母亲就因交通事故去世了，后来父亲再婚，生下了敬一。节子和敬一相差九岁。

"我在车站见到成实了，她说要去办事。"

"办事？什么事？"重治一副不知情的样子，向节子问道。

"就是那个，叫海底什么的组织，说要在海底开采金银什么的。"

"哦，那个呀。"重治显得兴趣不大，"怎么样？真有那么好的事吗？难说吧？"

"就是呀。"节子歪着头，"成实是担心一旦开始开发，大海就会被污染。"

"大海……那可不行。"重治喝着大麦茶，神情严肃起来。

"哦，对了！"恭平打开背包，拿出一个纸包，"刚才差点忘了。这是礼物，妈妈让我给您的。"

"哎呀，这么客气，真不好意思。"节子皱着眉笑着接过来，马上打开包装，"哇，是佃煮牛肉，这家店很有名呢。回头我一定得向由里道个谢。"

恭平喝光了可乐，节子立刻问："再来一杯吧？"恭平点头。节子二话不说，拿着空杯子离开了。要是在家，爸妈肯定会说，要喝就自己去倒。

在这里度过暑假剩下的日子应该也不错，恭平想。

4

开发科科长站起来,开始报告今后的计划。内容大致为:首先是调查地形,确认矿石蕴藏量、比重和品位等。与此同时,会致力提高采矿、扬矿方面的资源开发技术,并确定冶炼技术,争取十年后达到可以探讨商业化的程度。

听着发言,成实多少感到放心,因为他们并没有满口"有望确立促进本地繁荣的新产业"之类的甜言蜜语。大概是未知的情况还有很多,他们也不得不慎重对待。

不过,"海底资源"这几个字依然带给人们梦想。对于那些一心追求本地经济活跃发展的人来说,简直就像是救世主降临。如今玻璃浦的街市一年比一年衰落,作为最大收益来源的旅游业持续低迷。

然而令人感到不安的是,难道因此就可以随意引进未知的技术吗?有了大海才有玻璃浦,而且还必须是美丽且充满生命力的大海。为了发展城镇而牺牲它的生命之源——大海,这不是本末倒置吗？

　　但是一个人实在无能为力。于是成实开始写博客，至少要把自己的想法传播出去。在这之前，她已经创建了个人网站，介绍玻璃浦的大海。

　　那时，她收到老家是玻璃浦的泽村元也发来的短信。他是一名自由撰稿人，积极从事着环境保护工作，联系了很多热爱大自然的伙伴，正在准备反对海底开发的运动。于是他也邀请成实参加。

　　这可真是及时雨。她马上回复，表示愿意参加守护大海的活动。

　　接下来，他们每天都忙于互通信息和学习。泽村搬离东京的公寓，回到老家，全力以赴地投身于目前的课题。他利用人脉，吸引了很多人参与反对运动。成实等人主张生态系统会被破坏，这一观点在渔业相关人士中产生了影响。在反对派的集会上，也常常出现他们的身影。

　　在运动顺利开展的同时，国家也开始有所动作。经济产业省指示有关机构召开说明会，向矿床海域附近的居民说明情况。

　　于是才有了此次的说明会。这是一个难得的机会，成实决定要把自己对大海的感情和思考清楚地表达出来。

　　戴斯麦克技术人员的讲话仍在继续。他们也准备了与环保相关的说明，但是就听到的内容而言，并不令人满意。

　　为时两个小时的说明部分结束后，是答疑时间。

　　旁边的泽村立刻举起了手。他接过话筒，开始提问："海底热水矿床，如同它的名字，有个热水喷发口。这个洞口的周围，栖息着各种各样的深海生物。刚刚你们说会预测采矿将造成的影响，进而考虑应采取的对策。但是这还用得着预测吗？那些生物肯定会死绝。深海生物中，有的需要好几年才能长到十几厘米，而杀死它们只需要一瞬间。请介绍一下你们对这方面的保护对策，哪怕只是当下的想法也可以。"

真不愧是泽村，成实十分佩服，感觉他完全说出了自己的想法。

戴斯麦克的开发科科长站起来回答提问："如您所说，部分生物受害恐怕是难以避免的，因此我们在尝试通过基因研究探讨环境保全对策。也就是研究生息在这里的生物的基因，确认它们是否存在于其他海域。对于只生存于这片海域的物种，就有必要采取保护措施。至于具体的方式，应该是因物种而异的。"

泽村再一次对准话筒："如果是那些其他海域也有的生物，在这里就可以任其死光了？"

开发科科长的表情微微扭曲。"嗯，也可以这么说。"

"但是，真的能够彻底调查这里所有生物的基因吗？关于深海生物，本来就有很多未解之谜。想要完全弄清在哪里栖息着哪些生物，是不可能的吧？"

"哎，这个嘛，我们会想尽办法去做的。"

开发科科长刚说完，从另一个方向传来一个声音："这么说可不行啊。"台上所有的人都吃了一惊，向声音的主人看过去。说话的，正是那个姓汤川的物理学家。

"这么说可不行。"汤川重复了一遍，"即使是专家，也很难说完全了解深海生物。做不到的事就应该诚实地承认做不到。"

开发科科长尴尬地没有吭声。主持人像要说些什么似的靠近了麦克风。他还没有开口,就听汤川继续说道:"想要利用地下资源就只能采矿,而开采,就会有生物受害,这一点不论在陆上还是海底都一样。人类一直都是这么做的,剩下的就是选择的问题了。"说完,他放下话筒,完全无视集中到自己身上的视线,闭上了眼睛。

成实和泽村一起走出礼堂时,已经过了四点半。

"大体上和预料的差不多。场面话比我想象中的少,所以倒也不必焦虑了。"在走廊上,泽村边走边说道。

"我也觉得还算是听到了不少实际的内容。对方好像也还处于摸索阶段,至少也在考虑环境保护的问题。"

"可别就此安心。一旦有利可图,估计海底开发会高歌猛进。到那时候,环境之类就成了次要的了。以前这样的事例比比皆是,核能发电就是个例子。我们不能被他们蒙蔽。"

确实如此,成实点点头。开完说明会出来,感觉好像工作已经告一段落了,而实际上,战役才刚刚打响。"不过,推进派里也有各种各样的人啊。你刚才提问的时候,不是有个大学老师吗?说做不到就该承认做不到的那个。"

"那个学者呀,"泽村撇了撇嘴,"不过是见风使舵而已。"

"但我觉得他不想故意欺瞒,说明还是有道德底线的。要换成那些官僚或政客,恐怕就不会这么说。"

"那倒也是。"泽村不情愿地点点头,大概是不愿意说敌人的好话吧。

出了公民馆，大家暂时解散。

"那回头见。"泽村向伙伴们说。今晚晚饭后大家会再次集合，一起学习，为明天做准备。

成实跨上自行车，向大伙轻轻挥了挥手后，就离开了。

过了车站后，她下了车。从这里开始是上坡，还是推着车走比较轻松。

终于能看到绿岩庄了，这时，后面一辆出租车超过了她。她望过去，车停在了绿岩庄门前。这大概就是今晚唯一订房的那位客人。

近来，一天只有一拨房客的情况已经不算稀奇了。今年夏天客人也没有增加。客人逐年减少，这不是绿岩庄一家的情况，整个玻璃浦的旅游业都在没落。近年来，已经有不少酒店和旅馆被迫关张。成实也有心理准备：就自家旅馆来说，关门也只是时间问题罢了。现在除了旺季以外，已经没有多余的钱雇人，所以自打重治脚痛以来，日常的工作都是靠节子和成实二人打理。就这样也能照应得过来，说明客人已经少到一定程度。

客人下车后，出租车掉头往回开，从她身边开过时，经常见到的司机向她点头打了个招呼。这是小镇才会有的情况。

走进绿岩庄的玄关，一名男性客人正站在前台填写住宿卡。接待客人的节子朝成实点点头。

填完住宿卡之后，客人转过头来。看到他的脸，成实吃了一惊。正是说明会场上那名穿开襟衬衫的男子。这会儿，他也同样表情柔和地向她微微颔首，好像早就知道回来的是她一样。

"现在我带您去房间吧。"节子拿着钥匙从前台里出来。客人默不作声地跟在后面,拎着一个不大的旅行袋。

等二人的身影消失在视野后,成实走到前台,去看住宿卡。冢原正次,一个完全陌生的名字。

没必要太在意,她想。应该是在公民馆视线偶然对上了,于是为了表示友好,对方才向自己微笑的。

不过——看着住宿卡,成实又有些疑惑:住址填的是埼玉县。为什么埼玉县的人要来参加这个说明会呢?

"成实,你回来啦。"

听到有人招呼她,成实抬起头。旁边的门开了,恭平站在那里。

"咦?你去地下室了?"

"嗯,跟姑父一起去的。"

话音刚落,就听到拐杖戳地的啪嗒声。门内是通往地下锅炉房的楼梯。不一会儿,重治那胖墩墩的身影出现在眼前,走路的样子让人看着心疼。要是知道是这样的人在负责操作锅炉,大概消防署会狠批一顿吧。

"成实,你回来啦。说明会开得怎么样?"重治问道。

"嗯,很有参考价值。明天还有讨论会,抱歉不能留在家帮忙。"

"没关系。只要你尽了力、能安心,就行了。"

"成实,听说你在组织环保运动,真厉害!"恭平佩服地说。

"哪有什么厉害。"

"喂,你有没有坐上船,去撞那些捕鲸船?"

成实吓了一跳。"这种事我们可不做。我们的运动是反对海洋污染。开采海底资源，也有可能对渔业产生影响吧。"

"哦，这样啊。"恭平一下子失去了兴趣，他原本以为有和捕鲸船大战的故事呢。

这时，节子回来了。"刚才那位客人要七点开始吃晚饭。"

成实看了看钟，快五点了。

"还有啊，又临时增加了一位订房的客人。"节子说，"成实出门后来的电话，男性客人，一位。"

"咦？"

这情况可是少有。成实正想着，玄关的门开了。"有人吗？"一个男声响起。成实一惊，她记得这个声音。

回头一看，站在门口的正是她想到的那个人——那位物理学家。

5

绿岩庄的一层有几个可以举行小型宴会的房间,一直当作客人用餐的场所。恭平和成实一家在厨房隔壁的房间吃晚饭,但是到了晚上六点,他跑去了宴会厅,因为他听说那个姓汤川的人这会儿在那里吃晚饭。

最近的一个宴会厅的纸拉门敞开着,送餐小推车停在走廊上。节子正在给客人上菜。

恭平悄悄地向里边窥探。可以坐十个人的房间里,现在只有汤川一人。节子把料理摆在汤川面前的小餐桌上。

"哦,这么说,这里有打烊比较晚的馆子了?"汤川问。恭平不知道他在说什么。

"说是晚,可因为我们这儿是小地方,顶多也就十点或十点半。要是您觉得这家可以,我带您去。"节子回答。

"那太感谢了。老板娘也经常去喝两杯吗?"

"哪里。不经常,偶尔吧。"

"哦。"汤川的脸突然转向恭平的方向。四目相对,恭平吓得一下子缩了回去。

"怎么了?"节子问。她似乎并没有发现恭平。

"没什么。那我开动了。"

听着背后汤川的声音,恭平放轻脚步走开了。

过了一会儿,恭平他们也开饭了。大概是为了款待好久没来的侄子,餐桌上摆满了刺身等各种菜肴。

"多吃一些。要是你爸妈发现你从我们家回去时都饿瘦了,那可就糟啦。"重治把盛着刺身的盘子推到恭平面前,他的肚子像西瓜一样鼓鼓囊囊的。

"对了,恭平还给我们拉来客人了呢,我真是没想到。"节子说道。她大概是从汤川那里了解到了他入住这家旅馆的缘由。

"我当时在看来这儿的地图,没想到他就把电话号码记下来了。"

"那也是好事啊。大概客人是觉得,能让孩子一个人入住的,肯定是家令人放心的旅馆。"

是吗?恭平歪着脑袋。感觉好像不是这样哦。

听成实说,汤川是物理学家,为了参加海底资源开发的说明会而来。恭平不禁想起他用铝箔纸包手机时的情景。

快七点时,成实走了,说是还要和环保活动的伙伴碰头。恭平也想回房间去,因为有他想看的电视节目。

他等了一会儿电梯,门开了,一名头发很短、有点上年纪的男性客人走了出来。可能是已经洗过澡,他穿着和服浴衣,脸色红润。他看到恭平,显得有些意外,然后向宴会厅走去。

恭平乘电梯上了二楼。安排给他的是可以入住四人的房间。节子还有些担心太大过于冷清,可他又不是小孩子了,并不在乎。他在榻榻米上四仰八叉地躺下,伸手拿过电视遥控器。

看了一个小时左右的电视,他起身去拉窗帘,顺便朝窗外望了望。这里本来应该能看到远处的大海,可是现在天太黑,什么都看不见。

不久传来玄关开门的声音,有人出去了。是汤川和节子。这个时间,要去哪里呢?恭平并没有看见重治的身影。

忽然,屋里响起了电话铃声。恭平吓了一跳,赶紧去接。

"啊,恭平,我是姑父。睡了吗?"

"没呢,刚才看了会儿电视。"

"是嘛,现在要不要和我去放烟花?之前买的还剩下一些。"

"好呀,我想放。"

"那你下来吧。"

"嗯,好的。"

恭平下来的时候,重治正在门口等他,脚边放着桶和纸箱。

"他们都出去了,咱们不玩就亏了。"重治对他说。

恭平看了看纸箱,里面的烟花种类繁多,不仅有手持烟花,还有放在地面上点的和发射型的烟花。

"那咱们走吧。不好意思,恭平,你帮忙拿这个纸箱好吗?"重治一手拎桶,一手拄着拐杖走出去。恭平抱起纸箱,跟在姑父身后。

6

将近九点,成实和泽村一行人从镇上开会的地方一起走出来。

"一起去喝一杯怎么样?"泽村提议。

"好呀。"

"我也去。"

一对年轻男女表示赞成。

"你呢?"泽村问成实。

"那就喝一点。"她答道。

在车站前和那些直接回去的人分手后,成实一行朝常去的居酒屋走去。在这一带,这家店打烊时间最晚。

走到店前,成实看到母亲正站在路对面防波堤边,面朝黑暗中的大海。"妈妈!"她喊了一声。

节子像是突然回过神来,回过头,露出似笑非笑的表情,穿过马路走过来。

"晚上好。"她跟泽村几人打了招呼后,看向成实,"你们商量完了?"

"嗯。妈妈,你怎么在这里?"

节子用下巴指了指居酒屋。"我是带客人来的。汤川先生说要换个地方再喝点酒。"

"你也喝了吧?"

"只喝了一点点。"节子用拇指和食指比画着,表明量很小。

"又喝了?每次你给客人介绍酒馆都要跟着喝两口。"重治腿脚不便后就戒酒了。节子喜欢喝酒,即使不来居酒屋,每晚睡前也要喝兑水的威士忌。"我知道了,所以刚才你站在那儿吹风是为了醒酒吧?"

"嗯,是。你也不要喝太多哦。"

"妈妈,我可不想被你这么说啊。"

"那我回去了。各位,我先失陪了。"节子向泽村几人微微鞠躬。

"等一下,我送您回去吧。"泽村说完,看着成实,"其实今天我是开店里的轻型卡车过来的,就停在车站附近。本来我还不知该怎么办呢,正好送完你母亲,顺便把车先开回家。"

"不用不用,太麻烦了,多不好意思。"节子慌忙摆手。

"别客气。那边太黑了,又是上坡。开车也就两三分钟。"

"这样好吗?那麻烦你了。"

"没问题的。"泽村转向成实说,"我一会儿就回来。"

"不好意思,那就麻烦你了。"成实向他道谢。

目送泽村和节子离开后,成实和另外两人走进居酒屋。他们站在门口扫视了一下店内,看到汤川坐在角落里正边看杂志边啜饮加冰块的烧酒。

"那不是白天那位学者吗?"女大学生同伴对成实耳语。"真的是呢。"另一个年轻人也低声说道。

成实告诉二人,汤川现在是自家旅馆的房客。两个人会意地点点头,他们都知道她家是经营旅馆的。

成实等人在离汤川稍远的位置坐下。汤川仍在看杂志。三人聊了大约三十分钟之后,成实说了句"我去去就来",起身走到汤川的桌边。"晚上好。"她招呼道。

汤川抬起头,眨了下眼。"啊,晚上好。"他并不显得吃惊,大概早就发现了他们。

"听说刚才您和我母亲喝酒了。"

"是啊,我看她好像挺喜欢酒的,就一起喝了点。不可以吗?"

"不是的……我在这儿坐会儿行吗?"她指着对面的椅子。

"当然可以。不过你不是和朋友一起来的吗?"

"没关系。"成实望向同伴。两个人面对面坐着,正聊得开心。"我想让他们俩单独待会儿。"她看着面带疑惑的汤川,小声说,"那两人正谈恋爱呢。"

"哦,这样啊。"

成实叫来服务生,也点了加冰块的烧酒。

"我听你母亲说,你也参加了今天的说明会。"

"今天提问的时候,不是有人问到关于深海生物的保护吗?我们是同一个小组的。"

汤川点点头。"那请帮我向他道歉，我今天中途插嘴，实在抱歉。"

"请您亲自跟他说吧，他一会儿会过来。不过没有必要道歉，我认为您的意见很坦率。"

"过于坦率了。我这个人天生就听不得缺乏逻辑的发言。"

服务生端来了一杯烧酒。汤川拿起自己的杯子，两人自然地碰了下杯。

"听你母亲的口气，你是个相当激进的活动家呢。"

"哪有啊，我只是在做应该做的事。"

"关于海底资源开发，参加反对运动就是你应该做的事？"

"我并不反对开发本身，而是想要保护大自然，特别是海洋。"

汤川晃动着杯子，里面的冰块因碰撞发出声响，他像在仔细咀嚼成实的话。随后他缓缓地啜饮着酒。"保护海洋是指什么？海洋脆弱到必须由人类来保护吗？"

"应该说是人类利用科学文明这种武器令它变得脆弱。"

汤川放下了酒杯。"这可无法让我置若罔闻啊。"

"您应该知道所有生物都源于大海吧，经过多少亿年才诞生并进化成各种物种。然而最近三十年来，海洋生物已经减少了百分之三十以上，这个您了解吗？最有代表性的例子就是珊瑚礁。"成实讲起来非常流利，这些内容她在许多场合都曾说过。

"这些都是科学之过？"

"在太平洋上进行核试验的不都是科学家吗？"

汤川拿起酒杯，但在啜饮之前抬起了视线。"你们已经断定，在这次的海底热水矿床开发计划中,我们科学家也会犯同样的错误,也就是不顾环境被破坏,把海底搞得一团糟。"

"我相信你们对环境保护也有自己的考量。可是,我们不知道将会发生什么。就像开始使用石油时,科学家不是也没有预料到整个地球的气温会因此上升吗?"

"所以才需要调查和研究。戴斯麦克并不是要马上就为了商业化去挖掘海底。正如你所说,现在不知道开发会带来什么,所以我才说要尽可能地去弄清这一点。"

"但这是没法百分之百做到的。今天的说明会上,老师您自己这样说的。"

"我也说过,这是个选择的问题。如果没有必要通过挖掘海底来获得稀有金属,这项计划就没有任何意义。"

争论触及核心,即海底矿物资源开发的必要性。这应该也是明天讨论会上的中心议题。

"这些进一步的问题,我想还是明天在公民馆再探讨吧。"

汤川嘴角含笑。"是不想透露底牌吧?那也没关系。"他又点了一杯烧酒后,视线再次回到成实身上,"不过我要说一句,我可不是推进派。"

"是吗?"成实意外地看着学者端正的脸庞,"那您又为什么坐在台上呢?"

"因为我接到了戴斯麦克的邀请。他们说可能需要做电磁探测的讲解。"

"电磁探测?"这是一个陌生的词。

"用线圈测定并分析海底的电磁场,以此来了解海底深度一百米范围内的构造。总之，就是要在挖掘前，就能够明确金属资源在哪里、是如何分布的。"

"您是想说，这种方式对环境比较友好，对吗？"

"当然，这是它最大的优势。"

加冰烧酒送上来了。汤川看看菜单，又点了下酒的腌制食品。

"您做这种研究，不就意味着是推进派吗？"

"为什么？的确，我向推进派戴斯麦克推荐了电磁探测法这种新方式。不过这是因为我认为假如计划能够实施，在成本和环保方面都更为合理。如果计划中止，我也无所谓。"

"那您辛苦研究的成果不就浪费了吗？"

"这个世界上不存在浪费的研究。"腌制食品端了上来。"哟，这个看上去很好吃。"学者镜片后面的眼睛眯了起来。

这时，门吱嘎一响，泽村走了进来。他环视店内，愣住了，大概是因为成实坐在别桌，而且还是和白天那个学者坐在一起。他一脸不解地走过来。"怎么回事？"

"你知道的吧？这位是帝都大学的汤川老师。还没告诉你呢，汤川老师现在住在我家的旅馆。"

"哦。"泽村点了点头，"刚才你母亲说过，她是陪汤川先生过来的。原来汤川先生住在你家啊。"

"不介意就一起坐吧。"汤川请泽村坐在成实旁边的位子上。

"好。"泽村说着把椅子拉开坐下来，向服务生点了生啤。

"没想到你回来得这么晚。"成实说。

"嗯，你家那边出了点小麻烦。"

"麻烦？"成实无法不关心，皱起眉头。

"哦不，说麻烦有点夸张了。有一位客人不知什么时候不见了，都这么晚了还没回来，你父亲很担心，所以我就开着车带他在旅馆周围找了一圈。"

"你说的那位客人，是冢原先生吧？"

"对，就是他。"

"找到了吗？"

"没有。"泽村喝了一口送来的生啤，"他似乎不在旅馆附近。我想帮着再找找，可你父母跟我客气，说他没准儿一会儿就自己回来了，让我赶快回来找你们。"

以自己父母的为人，恐怕确实会这么说，成实想。他们肯定是觉得本来就是麻烦人家送回家，还让人家帮忙找迟迟不归的客人，这样显得太厚脸皮了。

"是不是去夜钓了？"问话的是汤川。

"我想不是。我见过他的行李，不像有这种打算。而且，他并不是来旅游的。"成实告诉他们在公民馆见过此人的事。泽村露出困惑的表情。

大家又喝了一会儿酒，出了居酒屋。成实和汤川一起走回绿岩庄。

"今天喝太多了。你们给我介绍了一家好酒馆，看来我每晚都要过去了。"

"老师，您要在这里逗留多久呢？"

"这个还不清楚。计划应该是乘坐戴斯麦克的调查船，指导他们有关电磁探测法的实验流程。但是那艘最关键的调查船还没到，听说是手续上的问题非常麻烦。公务员做事就是这种风格，真没办法。"听汤川的口气，他似乎不想与戴斯麦克有太多瓜葛。成实想，他说自己不是推进派或许不假。

绿岩庄玄关的灯还亮着。走进去一看，重治和节子在门厅里，两个人都面带愁云。看见他俩，节子说了一声"您回来了"。当然，这是对汤川说的。

"听说客人还没有回来。"成实说。

"是啊，我和你爸爸正在商量该怎么办呢。"

"这么晚了，就算报警，大概也什么都做不了。我想等到早晨如果还没回来，再打一一○[①]……"重治说着，视线投向成实的背后。

成实回头一看，汤川还在原地，像是听到了他们的交谈。"很严重啊。有什么我可以帮忙的吗？"他问。

"不用不用，"重治摆手，"我们处理就可以了。打扰到您非常抱歉。"

"这样啊，那我失陪了。晚安。"物理学家说完，朝电梯走去。

[①]在日本，110是报警电话。

7

现场位于从玻璃浦码头向南沿海岸大约二百米的地方。身着制服的警察站在堤前，旁边停着巡逻警车。这些应该是先行到达的鉴定科的人。大概是大清早的缘故，还没有闲人围观。

西口刚是开局里的车来的。等上司和前辈下了车，他才打开驾驶座一侧的车门，快步跟上前面二人。穿制服的警察向他们敬礼。

组长元山踮起脚向堤下望去，圆脸一下子紧紧皱了起来。"嗬，竟然是在这种地方……"

比西口大五岁的桥上慌忙学着上司的样子往下看。他比元山高，一低头就能看到下面。"哎呀呀，真的呢。"

西口也提心吊胆地走近堤坝，因为他猜测有可能是一具溺水者的尸体。自打分配到现在的岗位以来，已经看到过好几次溺水者尸体了，可还是无法完全适应。他咽了一口唾沫，向底下看去。在下面四五米处凹凸不平的礁石滩上，鉴定科的人员正在忙活着。

死者仰躺在巨大的岩石上,身上穿着的浴衣和和式棉袍,以一种奇怪的方式卷着,与其说是穿着,不如说是随便缠在身体上。死者体态微微发福,却并非溺水者特有的膨胀。此外头部还有个口子,黑红的血迹沾染在周围的岩石上。

"喂,鉴定科的!"元山朝下面喊,"什么情况?"

一名戴眼镜的中年鉴定人员手扶帽檐,仰起头。"还不清楚,不过我想是从那边摔下来的。"

"有没有发现钱包什么的?"

"没有,只是掉落了木屐。"

"看得出是哪家旅馆的吗?"

"看不出来,木屐和浴衣上都没有旅馆的名字。"

接下来元山转身问穿制服的警察:"尸体是谁发现的?"

"一个附近的居民。他夏天在海水浴场出租遮阳伞之类的,说是在上班途中偶然发现的。他现在已经去海水浴场那边了,但可以联系到。"

"哦,不用了。"元山嫌麻烦似的摆了摆手,然后掏出手机,用短粗的手指操作了一番后,贴近耳边。电话马上接通了。"啊,是科长吗?我是元山,现在在现场呢。不是溺水死的,像是从堤上掉下去摔在礁石滩上。啊?是吗?那我去了解一下。那家旅馆的名字……啊?ROKUGANSOU?汉字怎么写?"

是绿岩庄,西口立刻反应过来,随即站到元山面前,指着自己,向他点头。

"啊,科长,稍等一下。"元山用手捂住手机的送音口,问西口什么事。

"那家旅馆我知道。"

"哦,是吗?"元山再次把手机贴近耳边,"西口说他知道那家旅馆……嗯,就这么办。"

挂上电话,元山来回看了看西口和桥上。

"有人报案,说昨晚有个住宿的客人一夜未归。你们去了解一下情况。"

"可以开车去吗?"桥上问道。

"不用,从这儿走着过去就行。"西口说,"真没准儿就是那家的客人。"

"好,就这么定了。"元山又探头向堤下看去,"鉴定科的老兄,用拍立得拍好死者的面部照片了吗?拍好的话,借我用一张。最好是尽量显得正常一些的……啊,这样啊。不好意思啊。"

一个年轻的鉴定人员顺着梯子爬上堤坝,交给元山一张照片。元山把照片递给西口。"来,拿着吧。"

照片上是一张略带粉色、像能剧面具一样毫无表情的脸孔。由于摔破的口子在脑后,从前面倒是看不出多少异样来。这样拿给普通人看应该问题不大,西口放下心来。

绿岩庄离这里有几百米,朝着山丘,走过曲折的小路,中间还有一条陡得出奇的上坡路。还是应该开车过来啊,桥上抱怨着。

"西口,你是本地人吧。怪不得知道这家旅馆。"

"嗯,是我同学的父母开的。"

"哦?那好啊,那就由你来说好了。"

"不过她可能都不认识我了。高中毕业后一直没见过面。"

西口想起了川畑成实。他们毕业于同一所本地高中。班里基本都是初中就认识的熟面孔，只有她不是。她来自东京，初三的时候才搬到镇上。

一开始，川畑成实是个文静的少女。可能是因为没有初中时代相熟的同学，她总是独来独往。学校旁边有一个可以俯瞰大海的小眺望台，西口经常看到她站在那里凝望着大海，好似在沉思，再加上她成绩优异，这种情景无端给西口留下了她是个文学少女的印象。

然而不久，她就开始展现出完全不同的一面。夏天里，她在自家旅馆帮忙的同时，还开始在海水浴场打工，不过不是在小卖部或者餐馆，而是收集垃圾。工钱很少，基本可以算义工了。西口当时也在海边打工，经常碰到她，也问过她为什么要打这一份工。她抬起晒得黝黑的脸庞，答道："这么美丽的大海，除了保护它，难道还有其他选择吗？也许一直住在这里的人，反而不知道它是无价之宝吧。"

西口并没有生气，但感到好像被指责只关注挣钱似的，他记得当时自己有些尴尬。

绿岩庄终于到了。西口和桥上早就把外套脱了，衬衫的腋下已经被汗水湿透。

打开玄关的大门后，他们招呼了一声"您好"。里面的冷气令人感到舒适。

"来啦！"里面传来女子的应答声。前台后面的布帘一动，一名T恤、牛仔裤打扮的女子走了出来。西口马上认出是川畑成实,同时也惊讶于她变得比以前成熟了许多,一下子说不出话来。"哇,好意外啊!"成实睁大了眼睛,表情放松下来,"是西口啊。好久不见,你好吗?"

西口想她的嗓音也变成熟了。想想也是理所当然,她和自己一样,应该快三十岁了。"好久不见。我挺好的。看你也这么精神,真好。"

成实冲他点点头,然后面带疑惑地看向桥上,向他微微鞠躬。

"我们今天其实是为公事来的。我现在在玻璃警局工作。"西口出示了警察手册。

成实听了直眨眼睛。"警察?西口你?"

"唉,我就知道你会笑话我的。"西口拿出名片,递了过去。

"嚯,是刑事科呢。"成实佩服地说。

"听说今天早上你家报案,说有客人失踪。"

"是啊。啊,对,你是为这事来的吧?"成实终于明白过来。

"是的。嗯,实际上,刚刚在那边的海岸发现了一具尸体。"

"啊?"成实的脸色都变了,"真的吗?"

"真的。"西口答道。对着老同学,说话也不由自主地轻松随意起来,"他穿着浴衣和和式棉袍,所以我想或许是你们这里的客人。"

"请等一下,我去叫我爸妈。"成实的脸绷得紧紧的,身影消失在前台后面。

这时,桥上凑过来,用胳膊肘捅了捅西口的侧腹。"相当有气质啊。你说同学,我还以为是男的呢。"

43

"桥上前辈，这是您喜欢的类型？"西口小声问。

"真不错，要是再化个精致的妆，肯定更漂亮。"

西口心里同意，嘴上却只犹犹豫豫地说："谁知道呢。"

不一会儿，成实从前台后面走出来，身后跟着一对上了年纪的男女。男人胖墩墩的，拄着拐杖。成实介绍这是她的父母川畑重治和节子。大概是从成实那里听说了发现尸体的事，二人的表情都有些僵硬。

由于报案的是重治，西口就把遗体的照片给他看了。重治瞟了一眼，皱起眉，之后让节子也看一看。节子看过后脸色煞白，用手捂住了嘴。一旁的成实把脸转开了。

"怎么样，是不是？"西口问道。

"没错，是我们的客人。"重治回答，"是事故吗？"

"现在还不知道。人掉到了礁石滩上，应该是撞到了头部。"

"啊，礁石滩……"节子拿出住宿登记册和住宿卡，上面记录着客人的名字是冢原正次，来自埼玉县，年龄六十一岁。

"他是什么时候离开旅馆的？"

"我也不清楚。"重治回答西口的问题。

据重治说，昨晚八点左右，他和还是小学生的侄子在旅馆后院开始放烟花。到了八点半左右，他想起还没有确认客人冢原用早餐的时间，于是回到旅馆，在前台给客房打电话，却没有人接。他以为客人在上厕所或在洗澡，就回到后院继续放烟花了。放完烟花时已快九点，他再次给客房打电话，可还是没有人接听。于是他又到一层的大浴室去看了看，人也不在那里。没办法，他只好去四楼房间，但是敲了半天门也没有回应。门并没有锁，他就开了门，里面行李还在，人却不知去哪儿了。正忙乱的时候，节子被熟人送回来了。她之前带着另外一位客人去了附近的居酒屋，还陪着喝了会儿酒。

接着，成实介绍了一番送节子回来的熟人泽村的情况。此人和她一起从事海底资源开发的反对运动。昨晚开完会以后，他俩和其他同伴一共四人一起去居酒屋，在店门口遇到了节子。

"泽村先生说想和我丈夫打个招呼，就进了旅馆，看见他正因找不到客人而不知怎么办才好，就建议一起在附近找找。"节子接着说道，"他们俩开着轻型卡车出去找的时候，我就在旅馆周围又查看了一遍，但还是没有找到。过了一会儿他们就回来了，也说没有找到。"

"虽说是出去找，但当时已经过了九点，周围很黑，如果不是在路上走或是站在显眼的位置，是很难发现的。"

西口听了重治的话点了点头，心想也是，这附近几乎没有路灯。

桥上掏出手机，打开玄关的门走了出去，可能是想把情况向元山汇报。

"可是，没想到是这个样子。"重治用手扶了扶额头，"人是在哪儿发现的？"

"就是'岬食堂'那边的堤坝下。"西口用了三年前就已经倒闭的店名来描述地点，这是身为本地人的优势。川畑一家三口一下子就知道了，了然地点点头。

"掉到那个地方，要是撞到致命部位，大概就真没救了。"重治说完，嘴紧紧地抿成了一条线。

"但是，他为什么会到那里去呢？"成实道。

"这个嘛，大概是去散步吧，也许是想看看夜色中的大海。晚饭的时候他又喝了点酒，可能想去醒醒酒。"

"所以，爬到堤上，然后掉下去了？"

"可能吧。"

成实看向西口。"是这样的吗？"

西口思索着，说："这个现在还不知道，还需要做详细的调查。"

成实"嗯"了一声，好像并未释然。

桥上走回来，在西口耳边低声说了一句"行李"。这应该是元山的指示。

"我们想查看一下冢原的行李。给你们添麻烦了，能带我们去一下他的客房吗？"

"我带你们去吧。"节子举了举手。西口和桥上跟着她进了电梯，在那里戴上了手套。

旅馆每层有八间客房，冢原正次住的叫作"虹之间"。和室部分有十叠[①]大小，桌子和坐垫被挪到角落，被褥已经铺好。窗边是木板间，摆放着椅子和小桌。

"被褥是什么时候铺的？"西口问道。

"我记得是七点多。我是趁冢原先生用餐时铺的。我丈夫行动不便，没有雇临时工的时候，铺被褥都是我和成实的活儿。"

被子不像是被用过。冢原正次可能吃完晚饭回了一趟房间，

[①] 日本计量房屋面积的单位，1叠约为1.62平方米。

随即就出去了。

行李只有一个用旧的旅行袋。桥上打开查看，拿出一部手机，款式是适合老年人用的，仅有一些简单功能。

一件开襟衬衫和一条灰色长裤叠得整整齐齐，放在房间的一角。西口检查时，裤兜里掉出一个钱包，里面有一些现金，还有驾照。姓名是冢原正次，住址和住宿卡上填写的一致。

"啊！"突然，西口不禁发出一声惊呼。

"怎么了？"桥上立刻问道。

"看这个！"西口从钱包里抽出一张卡片，"警察互助会的会员证。"

8

似乎听见有人在训斥，恭平一下子睁开了眼。他躺在褥子上，慢慢地环视四周，天花板和墙壁都让他觉得陌生。

过了片刻，他想起来：对了，这是姑姑家。昨天自己乘新干线来的，昨晚还和姑父一起放烟花呢。

但是，这个房间并不是昨天白天领他去的那间，他也没看到自己的背包。

哦，对了，他又想起来：放完烟花，去吃了西瓜。这个房间被重治一家用作起居室。恭平吃西瓜时，姑父说要去给客人打电话，就出去了。他记得自己开始看电视，但是之后的事就不记得了。

恭平坐起来看看四周，吃西瓜时用的矮脚饭桌放在角落里。可能他看着看着电视就睡着了，于是姑父他们就在这儿给他铺了被褥。

电视柜上有一个小座钟，指针指在九点二十分附近。恭平站了起来,身上还是昨晚放烟花时穿着的T恤和短裤。

拉开拉门,走出房间。门厅那边传来说话声,于是他朝那儿走去。两名男子站在那里,一个是中年人,个子不高,身材敦实;另一个比较年轻,脸看上去十分紧致,身体也很结实。重治坐在长藤椅上,似乎在接待这两个人。

"恭平,你起来啦?"重治看到了他。

那两名男子的视线也转向了他,恭平不由得停住了脚步。

"这是您的侄子吗?"中年男子问重治。

"是的,是我妻弟的孩子。放暑假了,昨天过来玩。"

中年男子点点头。他身后那名年轻男子忙着在小记事本上记录着什么。

"实在不好意思,我们希望在一段时间内,那个房间能保持原样。"

"明白了。一个房间而已,不算什么事。而且盂兰盆节也结束了,基本没有人订房。"重治的口吻带有几分自嘲。

肯定发生什么事了。他们说的那个房间,到底是哪个房间?

"姑父,"恭平唤重治,"我回我昨天的房间可以吗?"

重治看向中年男子。"这孩子的房间在二楼,没问题吧?"

"啊,那当然。"中年男子笑着看向恭平,"但是没事不要去四楼,叔叔们在那儿调查点事情。"

"这两个叔叔是警察哦。"

听了重治的话,恭平不禁瞪大了眼睛。"出什么事了吗?"

"啊,也没有,嗯,算是有一点吧。"重治显得有些顾忌在场的那两个人。

估计是不能跟小孩说。又是这样！大人总是毫无根据地就认定，不能和小孩分享秘密。

如果是以前，他还会追根究底地问，但是现在已经放弃了。他只哼了一声，便朝电梯走去。

他刚要按电梯的按钮，无意中看了宴会厅一眼。好像有人在那里吃早饭，有个房间的门口放着一双拖鞋。他蹑足走近那个房间。拉门开着，悄悄往里一看，汤川正坐在昨天吃晚饭的位置搅拌纳豆。

汤川突然停下手中的动作。"你的爱好是偷看别人吃饭吗？"

恭平一下子缩回脑袋，然后大大方方地走了进去。汤川忙着把拌好的纳豆浇在米饭上，根本没有看他。

"我是想看看谁在这儿。"

汤川哼了一声，淡然一笑。"愚蠢的回答。这是住宿客人专用的餐厅，这个时间在这里的肯定是客人。而且这家旅馆昨天只有两个客人，一个不见了，剩下一个，只能是我。"

"不见了？另一个客人不见了？"

汤川拿着筷子伸向鱼干的手停住了，这次他终于正视恭平。"你还不知道吗？"

"好像出了什么事，警察来了。可是他们都不告诉我。大人永远都是这样。"

"别在没有意义的地方较劲，就算知道了大人隐瞒的事，对你的人生也没有太大的益处。"汤川喝了口汤，"听说发现了尸体。"

"啊？尸体？他已经死了？"

"那位客人昨晚不知什么时候离开了旅馆，一直没回来。今天早上在海边的礁石滩上被发现了，据说很可能是从堤坝上不小心掉下去的。"

"是这样啊……是谁告诉你的？"

"这家旅馆的那个姑娘，叫成实吧？因为早餐时间有点晚了，我去问时她告诉我的。"

"哦。"恭平回头望着走廊的方向。成实现在在哪儿呢？

"成实应该在警方那里。"汤川像是一眼看穿了他的心思，"她陪老板娘去的。"

"为什么姑姑非得去警局呢？"

"大概是为了做正式的笔录。因为实际上只有老板娘接待过那个客人，我想他们应该会询问当时客人的一些情况。"

"真是太麻烦了，不就是掉到礁石滩上摔死了嘛。"

汤川再次停下拿着筷子的手，看向恭平。"你该考虑到死者家属的心情。要是警察说，这件事不过就是人掉到礁石滩上摔死了这么简单，他们能接受吗？他们肯定想了解尽可能详细的情况，想知道这一切为什么会发生。我倒是希望警方的调查别太敷衍。"

"什么意思？"

"没什么特别的意思。"汤川把浇上纳豆的米饭搅匀之后，伸手拿过茶杯。

"喂，能问你一件事吗？"

"如果是案子的事，我也不知道更多的了。"

"不是。我是想问你，为什么决定住这家旅馆？旅馆有的是啊。"

汤川摆弄着饭碗，侧过头。"难道我不能住这儿？"

"不是呀。一般情况下，你来玻璃浦之前不是应该订好住处了吗？"

"之前是另有预订。不过不是我订的，是戴斯麦克的人预订的。"

"啊，我知道，就是那帮要挖掘海底的人吧？他们是成实的敌人。"

汤川似乎觉得"敌人"这个说法有点滑稽，不禁苦笑。"借用你的说法，我并不完全是戴斯麦克的同伙，并没想着非要推进这次海底资源开发计划不可，所以我不想欠戴斯麦克太多人情。虽然他们请我来说明会声援，给我安排住宿也在情理之中，但我还是觉得牵扯过多。正好当时遇见你，知道了这家旅馆。我想这大概也是某种缘分吧，就决定住这儿了。这下你能理解了吧？"

"嗯。"恭平点点头，"理解是理解了，不过博士什么的可真是奇怪啊。"

汤川蹙起眉头："博士？"

"你在大学里是做科学研究吧？管这种人不是叫博士吗？还是说叫老师更合适？"

"哪个都行，博士也好老师也罢，我修完了博士课程倒也是事实。"

"那还是叫你博士吧，更酷。"

"随便你。不过我哪里奇怪了？"

"要是我，就会去住已经给我安排好的旅馆。那边大概更高级吧。"

"听说是玻璃浦最高级的度假酒店。"

"你看，果然是这样。那个海底资源计划也是，如果能进行，你肯定有钱可赚吧？"

汤川喝光茶水，摇着头放下茶杯。"科学家不会仅仅为赚不赚钱而改变立场。科学家应该首要考虑的是，哪一条道路对人类更有益。如果弄清楚是有益的，那么即使对自己并没有好处，也必定要选择这条路。当然，如果对人类有益的同时自己又有钱可赚，那就更理想了。"

这人真会讲大道理，用词还那么难懂，恭平心想。他身边可没有人平时说话动不动用"人类"这种词。"你是说，科学家不想要钱吗？"

"不是啊，我也想要钱。如果有人给，我会不客气地收下。我的意思是不会仅仅为了钱去做研究。"

"可研究科学也是博士的工作吧？工作就是要挣钱的吧？"

"大学会给我发薪水。"

"就是嘛，首先还是得考虑能不能挣钱。我爸妈就常说：'雇人就得发薪水，那些不能帮店里挣钱的店员还是辞掉吧。'"

汤川两手撑着榻榻米挪了挪身子，继续盘腿而坐，正对恭平。"你好像误会了，我要解释一下。我拿的薪水是教学生物理学的报酬。当然我自己也做研究，但发表再多论文也不会因此拿到报酬。研究经费由大学提供，这相当于一种投资，假如我的论文得了诺贝尔奖之类,大受好评,也能给大学带来荣誉。"

恭平凝视着物理学家一本正经的面孔。"你能得诺贝尔奖?"

"我是说假如。"汤川用中指推了推眼镜,"科学家要做的,唯有探究真理。真理,你懂吧?"

"大概懂吧。"

"有很多物理学家一直在研究宇宙的起源。知道中微子吗?它是超新星爆炸时放射出的粒子。通过分析这种粒子,就能使我们了解那些遥远得不可思议的星球的样子。如果要问这些研究能带来什么好处,我只能说,暂时对日常生活没有任何影响。"

"那为什么还要做这些研究呢?"

"因为想要了解。"汤川简洁而干脆地说,"你为了找到来旅馆的路,不是拿着地图吗?因为有了地图,你才没有迷路,顺利到达。同理,人类为了走在正确的道路上,也需要一张详尽的地图,告诉我们这个世界到底在发生什么。但是我们手里的地图还远远没有完成,几乎派不上用场。虽然已经是二十一世纪了,人类依然在犯种种错误。战争之所以还没有结束,环境之所以仍遭到破坏,都是因为我们现有的地图残破不全。而弄清这些缺失的部分,正是科学家的使命。"

"唉,听起来怪没意思的。"

"怎么会?哪一点没意思?"

"就是跟钱没关系这一点啊。我对这些完全提不起兴趣。我不太擅长理科,那些东西都有什么用呀。你觉得科学研究好玩吗?"

"没有比这个更好玩的了,你只是不了解科学的乐趣罢了。这个世界充满了未解之谜,即使是那些最微不足道的谜题,当你靠自己的力量解开时,也会感到无比快乐。"

完全听不明白。恭平歪着头,身子也倾斜着。"我还是算了吧。人类走在正确的道路上什么的,只要我没当上美国总统,就跟我没什么关系。"

汤川无奈地笑起来。"说'人类'可能是有点夸张,那就单纯地说人好了。当要采取行动的时候,人都会面临选择。你今天打算干什么?"

"还没定。昨晚姑父倒是说要带我去海边,可是出了这样的事故,还不知道去不去呢。"

"那假设你姑父时间方便,这样一来你就面临着两条路:按原计划去海边和延期再去。"

"才不会延期呢。只要姑父带我去,我肯定去。"

"要是到时候下雨了呢?"

恭平往窗外看了看。"今天会变天吗?"

"不知道。就算你出门时是晴天,也有可能瞬间就变了。"

"那先看看天气预报吧。"

"没错!天气预报是气象这门科学赐予我们的礼物,不过目前的天气预报还不够精准,你需要更详细准确的预报。具体来说,你肯定想要知道一小时后、两小时后玻璃浦海水浴场的天气会是怎么样的吧?"

"是啊,但不知道也没办法啊。"

"你可以去问问本地的渔夫,他肯定能详细地告诉你今天的天气。他们每天早上出海前都要先预测当天天气。海上风浪可是会致命的。他们不能仅凭天气预报,还要根据以前的天气、天空的颜色、风向、空气湿度等情况,做出精确的预测。这就是科学。学理科没用?等你至少学会看气象图以后再说这话吧。"

恭平不吭声了。

不知是不是觉得自己把对方说倒了,汤川站起了身。在走出房间之前,他回过头,俯视着恭平。"你可以不喜欢理科,但要记住,总说什么'不知道也没办法'这种话,早晚会犯大错的。"

9

距离玻璃警察局最近的火车站是中玻璃站,这也是这条线上最大的一站,勉强算是有一栋车站楼,站前有个交通环岛。但对于东京人来说,大概怎么看都只能算是乡下的车站吧,西口想。每年他都会去东京好几次,每次都会为每条街上的车站都那么气派而惊异。

"快了吧?"元山看着手表嘟囔道。受他的影响,西口也不禁去看自己的手表。快到下午两点二十分了,东京过来的特快列车马上就该到了。

二人等在检票口外。他们一大早就开始到处奔波,衬衫早已被汗湿透,但两人都没有脱掉外套,连领带都一丝不苟地系着。

出事后,他们很快就联系上了冢原正次的遗属。按照住宿卡上填写的电话号码打过去,冢原的妻子早苗正好在家。西口把情况说完后,早苗一言不发。长久的沉默如实地传达出她此时的表情。

过了片刻,早苗问:"发生了什么?"那声音镇定得令人诧异。

西口如实告诉了她。早苗从头听到尾,除了中间"嗯"了几声,没有插嘴提问过一次。

西口表达了想请她来确认遗体的意思,得到了可以马上出发的答复。西口告知了自己的手机号码,请她等车次确定后跟他联系,好去接站,当时定的还是他一个人去接。

给早苗打完电话后大约过了一个小时,西口接到了元山的电话。元山说他也要去车站接遗属。

据元山说,警视厅搜查一科的多多良管理官[①]给局长打了电话,说要和冢原早苗一同过来。死者冢原正次是多多良在搜查一科的前辈,去年刚刚退休。

从死者持有警察互助会的会员证可以看出,冢原正次曾经是名警察,但没有料到竟然是警视厅搜查一科的人。不过这样也就能说通了,西口想。得知冢原正次的死讯之后,早苗如此冷静,应该是常年做好丈夫出意外的心理准备的妻子才会有的表现。

不管怎么说,既然有警视厅的管理官同行,只让一个普通刑警去接就不合适了。因此,身为组长的元山才会出现在此。

"喂,好像到了。"元山望向检票口。

乘客们从楼梯上陆续下来。盂兰盆节之后,游客急剧减少。

[①]警视厅下属各科内的三号人物,位列科长和理事官之后。搜查一科的管理官在重大案件发生时负责在管辖案发地的警察局设立搜查本部,现场指挥。

向检票口走过来的，净是些一看就知道是本地居民的人。从他们行李的大小就能知道。

其中有一男一女，气质明显与周围人不同。女子身材纤细，身穿灰色连衣裙，戴着浅色太阳镜，年龄在五十岁左右；男子个子不高，肩膀很宽，穿着十分得体的深色西服，梳得整齐的分头夹杂些许银丝，戴着金边眼镜。

"就是这两位。"元山低声说，"不会错的，那完全是久经历练的刑警才有的眼神。"

那两个人出了检票口。男子看到了他们，迈着毫不犹豫的步伐走了过来。女子跟在他的身后。

"您是多多良管理官吧？"元山开口道。

"是的，你们是……"

"我是玻璃警局刑事科一组的元山，这是我的部下西口。"

"请多多关照。"西口鞠躬。

多多良微微颔首，然后介绍站在自己斜后方的女子："这位是冢原夫人，名字你们应该知道吧？"

"是的，知道。"元山转向冢原早苗，深深鞠躬，"对这次的事，我们深表遗憾，也非常理解您的心情。"西口也随着上司深深弯下腰。

"给你们添麻烦了。"早苗道。她的声音比电话里听到的还要低沉一些。

"这次我提出了过分的要求，实在不好意思。"多多良说。

"哪里哪里。"元山诚惶诚恐。

"夫人告诉我这个消息后，我简直坐立不安。毕竟对我来说，冢原前辈不仅仅是前辈，更是恩人。"

"哦，是这样啊……"元山掏出手帕，擦拭着额角的汗。

"遗体现在在哪儿？"多多良问。

"在局里的太平间。对遗体的检验已经完毕，现在我就带两位过去。"

"给你们添太多麻烦了。"多多良说。他身边的冢原早苗又一次深深鞠躬。

西口驾车送两人来到玻璃警察局。刑事科长冈本已经在大门口等着了，他以颇为谦恭的姿态迎接了多多良和早苗。

"有事情请随时吩咐，只要是我们能做到的，一定尽力办到。"略微驼背的冈本现在就已经开始紧张地搓手了。毕竟警视厅的管理官和小警察局的局长在级别上是相当的。

西口和元山带二人到地下室的太平间。床上放着冢原正次的遗体，伤口已经被尽可能处理过，显得不那么醒目。

只看了一眼，早苗就认出了丈夫。她脸色苍白，但并没有丧失理智。

西口和元山把二人留在屋里，走出太平间，在走廊上等候。过了五分钟，门开了，多多良一个人走了出来。

"已经好了吗？"元山问道。

"让夫人单独和冢原前辈待一会儿吧。这段时间，请你们介绍一下详细情况。"

"好，那我们到其他房间吧。"说完，元山看着西口，"你等在这儿，夫人出来后，带她去第二会议室。"

"好。"西口答道。

在略微阴暗的走廊里等了大约十分钟,门静静地开了,早苗走了出来。只见她眼睛泛红,却不见泪痕,出来之前应该是补过妆了。她看到西口,马上颔首:"让您久等了。"

"多多良管理官现在正在听详细情况,我带您过去吧。"

"不好意思,麻烦您了。"

第二会议室位于二楼。西口带早苗进去时,元山正对着会议桌上打开的地图,将现场的位置指给多多良。在座的不仅有冈本,还有局长富田。早苗进来后,富田以和他那肥胖身躯不相称的敏捷度站起,低头表达哀悼之意。

多多良对早苗说:"听说冢原前辈是在玻璃浦这个地方去世的。对此您能想起什么吗?"

早苗一边思索着,一边在椅子上坐下来。

"刚才我们听多多良管理官说,您先生离开家时,并没有告知您详细的目的地。"元山问道,"常有这种情况吗?"

早苗握紧了膝上的提包带子。"他自从去年退休之后,偶尔会随兴出行,去温泉之类的地方,而我平时还要工作,所以他有时候会告诉我目的地,有时候就只告诉我要去看红叶,或是去看日本海。这次出门,他就只说了大致的方位,详细情况我也不知道。"

"您听丈夫提起过玻璃浦这个地名吗?"

"有没有呢……我想是没有。"她不太确定地答道。

元山把旁边椅子上的旅行包拿过来放在桌上。"您见过这个包吗?"

"是我丈夫的。"

"您能确认一下里面的东西吗？如果有看着陌生的物品，请告诉我。"

"可以直接用手接触吗？"这样的问题，只有当过刑警的人的妻子才会问。元山说可以。查看之后，她说："都是我丈夫的东西。"

"对手机里的内容您怎么看？我们检查过，好像最近没怎么用过。"

早苗拿起手机操作起来，查看了通讯录和通话记录。据警方的调查，最后一次打出电话是在三天前，对方是绿岩庄，应该是为了订房。

"我觉得没什么问题。他虽然有手机，但基本不怎么用。他说退休后也没什么人可联系……也不发短信。"

元山点点头，从外套的内兜里取出一个塑料袋，里面有一张纸。他把塑料袋放在桌上。"这个您知道吗？请拿起来确认一下。"

冢原早苗拿起塑料袋，注视着里面的东西，露出困惑的神情。

这张纸是西口发现的，它在冢原正次的开襟衬衫口袋里叠放着。纸上印着"海底热水矿床开发计划的说明会暨讨论会入场券"，上面还有海底金属矿物资源机构的签章。

早苗疑惑地放下塑料袋。"我没有见过这东西。"

多多良问："这是什么？"

"这是从昨天到今天在本镇召开的一个会议的入场券。"元山答道，"说是发现附近海底蕴藏着很多资源，正在推进相关的开发计划,开发方和本地居民就开发计划在会上进行讨论。"

"你是说冢原前辈也参加了这个会?"

"是的,昨天有人在会场见过冢原先生,他很可能是为了参加这个会议来到玻璃浦的。"

多多良难以置信地看向早苗:"您听说过这件事吗?"

"从来没有。海底资源什么的,我头一次听说。"

多多良用手肘拄着桌子,思索着:"到底是怎么回事?"

"我们询问了一些参加这个会议的人,他们说参会的不光有相关人员和本地人。"元山说,"毕竟这种开发在日本是头一次,全国各地对此感兴趣的人都可以申请参加。冢原先生有可能对这个问题感兴趣,就申请参加了,因为不申请就无法拿到入场券。"

冢原早苗和多多良都微微点了点头,然而脸上的表情并未释然。

这时,一直沉默的局长富田开口了:"会不会是冢原先生退休以后,在独自旅行的过程中,开始关心起环保问题了呢?玻璃浦的海非常美,有可能他想到,一旦大海被污染便会产生难以挽回的后果,所以就赶来了。"

很明显,富田希望尽早从这个案子里脱身。毕竟目前此案并无证据指向他杀,大概他也实在不想跟警视厅管理官这么一个令人棘手的人物产生更多瓜葛。

多多良没有回应,而是把地图拉到面前。"从这里到现场该怎么去?我想去看看。"

"可以坐火车。您想去的话,我们派车送您吧。"元山说。

"那就拜托了。"

"好。那么,遗体现在该怎么办?我想之后可能还有诸如葬礼的安排等事宜。"

多多良来回看了看元山和冈本,然后将视线转向富田。"不准备解剖,是吗?"

旁边的西口听了,不禁一惊。从警视厅搜查一科的管理官口中说出"解剖"这个词,使人感到事态比实际情况更严重。

"啊,这个,根据至今为止得到的调查报告,似乎没有这个必要。"富田求助似的看向冈本和元山。

"根据本地医生诊断,脑挫伤很有可能是。"冈本变得语无伦次,"是不是?"他又把问题抛给身边的元山。

元山答"是",然后接着说:"鉴定科验过血液中的酒精浓度,死者确实喝了点酒,没到酩酊大醉的程度,但有可能会脚步不稳。为了醒酒出去散步,在爬堤坝时失足掉下礁石滩,这样的推测不合理吗?"

多多良稍稍低头思索了一会儿后,抬起头。"请让我先看看现场,遗体的事之后再说。这样可以吗?"最后一句是对着冢原早苗说的。

"好的。"她回答。

三十分钟之后,西口驾驶的车到达发现遗体的现场。由于礁石滩上很难立足,所以只能从堤上向下看。即便如此,依然可以看到遗体留在岩石上的鲜明血痕。冢原早苗捂着嘴,发出压抑的呜咽。多多良合掌默祷后,用锐利的目光再次扫视着现场。

"今早开始,我们的人一直在附近了解情况,但还没有发现昨晚目击过疑似冢原先生的人。毕竟,在这样的乡下,晚上过了八点,大多数人就不出门了。"元山辩解似的说。

多多良环视周围。"这附近,晚上应该很黑吧?"

"简直是漆黑一片。"

"刚才说从旅馆到这儿大约有四百米。这个距离,居然在黑暗中走了这么远。冢原前辈带着手电筒吗?"多多良自言自语似的喃喃道。

"虽说很暗,但还没到看不见路的地步。我记得昨天晚上也有月光。"元山慌张地修正自己的措辞。

"那就是说,没有发现手电筒?"

"这个嘛,是的,有可能掉到海里了。"元山游移的目光转向西口。

"旅馆的老板都不知道冢原先生什么时候出去的,所以应该也没有借过他手电筒,"西口道,"不过那种旅馆的每个房间都备有紧急情况时用的手电筒,他拿着出去的可能性也是有的,之后我会确认。"

多多良似乎没听到西口的话,没有点头,径自俯瞰礁石滩。片刻过后,他用锐利的眼神看着元山。"不好意思,能马上回局里吗?我有事想和局长商量。"

10

会场里冷气开得很足,戴斯麦克的开发科科长的额头上却在冒汗。他一手拿手帕擦汗,一手拿着话筒。"所以,围绕对浮游生物产生的影响,我们也在考虑下一阶段的调查。如您所说,挖掘海底,对食物链多少会有影响。在调查清楚影响的程度之后——"

"我问的是调查阶段的挖掘如果产生严重后果该怎么办!要是因此不能捕鱼,谁来负责?要怎么负责?"身穿T恤、露出粗壮胳膊的男子站起来,大声怒问。这是一名渔业从业人员,目前正积极参加成实他们召开的集会。

"对不起,请不要过于激动。戴斯麦克方面的说明还没有结束,请全部听完后再举手发言。之前已经说过几次了,请不要随意发言。"和昨天不同的是,主持会议的人换成了一脸不胜其烦的市政府宣传科科长。大约两个小时的讨论会主持下来,他的嗓子都哑了。

戴斯麦克的开发科科长又拿起了话筒。"配合调查的挖掘工作已经在一点一点地实施了。目前还没有产生大的影响,挖掘的规模也会逐步扩大——"

"这可怪了。为什么你们想挖就挖?谁批准你们这么干的?"有人坐着就嚷嚷起来。

"你说什么呢?不就是因为做了调查性挖掘,才知道海底有稀有金属的嘛。调查还用谁批准啊?"这么说的并不是戴斯麦克的人,而是坐在成实旁边的一名穿西装的男子。

"你说什么?你是站在哪一头的?"先前发言的男子生气地问。

"我来这儿就是想看看自己该站在哪一头。别再讨论什么鱼了,还是让人家戴斯麦克讲讲商业方面的问题吧。"

"什么别再讨论,你什么意思?!"

"不好意思,请等一下。发言前请先举手。拜托各位,请按说的做!"主持人一脸苦相地对着话筒大声说。

日本首次围绕海底热水矿床开发的讨论会进行得颇为不顺。除了戴斯麦克的部分职员,几乎所有人都缺乏充分的专业知识,因而难以有效地开展讨论。连自以为做足功课的成实,都很难说自己能够完全理解,心里不由得升起一种受挫感。

不过,成实今天在讨论会上感到难以集中精神,很明显是因为她还牵挂着发现房客冢原的遗体的事情。

她不由得想起昨天在这个礼堂里和冢原对视的情景,他看上去确实在向她颔首致意。还是说那只是她的错觉?她陪母亲去过玻璃警察局了,警察问了很多问题,却几乎没有告诉她们任何详情。

成实将目光投向和戴斯麦克职员们坐在一排的汤川。他像是在看桌上的资料,却让人感觉心不在焉,根本没有在听讨论的内容,因为这会儿他已经把眼镜摘下来了。

最后,会议延时了四十多分钟才结束。戴斯麦克的人个个面带疲色。推进派一伙人中,只有汤川显得不以为意,他收拾好东西就潇洒地离开了。

"唉,就弄成这个样子。"成实邻座的泽村站起来说道,"不过,能定下下次的讨论会,就是收获了。"

"但我们还是希望他们能公开有关深海生物栖息的数据。他们说还没有整理,绝对是骗人。在回答质疑的时候,我还以为你会说点什么呢。"

泽村把资料放进皮包,耸了耸肩。"我正犹豫要不要说的时候,话题就转到渔业上了。嗯,错过时机了。"这对于习惯辩论的泽村来说,是很少见的情况。不过也从反面说明,这个问题很难。

"对了,"出了礼堂后,泽村有点顾忌周围似的压低了声音,"我想等讨论会结束再问你的。你家那边怎么样了?"

"我家那边?"

"我听说了。昨天没有回去的那个客人,原来死了。"

"啊。"这镇子真是太小了,一点消息马上就传开了。"是的,真令人震惊。"

"听说是从什么地方掉下去摔死的?"

"堤坝。从堤上摔到礁石滩上,好像磕到了头部。"

"真可怜。不过你家也受连累了,警察来过了吧?"

成实点了点头,说上午陪母亲去了警察局。

"那警方怎么说?"

"什么也没说,好像还什么都不清楚呢。我们都觉得他可能是喝醉了,往堤上爬时失足摔了下去。"

"嗯,要是没往那上边去就好了。不会是自杀吗?"

"应该不会。怎么说高度最多也就五米,就算跳下去也不一定能死啊。"

"也是。"泽村嘟囔了一声。

出了公民馆,和泽村等人分手后,成实骑上了自行车。她沿着海边轻快地骑着,不一会儿,前面出现了一个高大的背影。她一眼就看出是汤川。她捏着刹车闸,放慢速度。"汤川先生,您也太快了!"她从后面招呼道。

汤川站住,回过头。"哦。"他有气无力地应了一声,"太快?你指什么?"

"您从会场离开的速度啊,不是比谁都快吗?"

"你看到了?"

"还看见您摘了眼镜,坐在那里毫无干劲的样子。"

"我只不过是因为被迫来听这场毫无建设性的讨论,觉得没有意义罢了。"

汤川迈步向前走,成实从自行车上下来,推着车和他并肩而行。

"您是要回旅馆吧。不坐出租车吗?"

"我决定不再指望这镇上的出租车了。不需要的时候眼前跑着好多辆，需要的时候一辆也等不到。"看样子他对昨天在车站没打到出租车的事相当懊恼。

"您刚才说'毫无建设性的讨论'，可大家不都在努力地交流吗？"

"其实并没有交流。戴斯麦克那帮人只不过是把召开讨论会当成要做的业绩，你们这些反对派也只是在吹毛求疵。这样的会议不能算讨论。"

"要求保护环境是吹毛求疵？"

"你们要求的是完美的环境保护。然而这个世界上不存在完美的东西。要求不存在的东西，不是吹毛求疵是什么？"汤川的口吻变得尖锐起来，同时步伐也加快了。成实几乎小跑才能跟上。

"我们并不是要求什么，只是希望不要破坏。只要人类不去捣乱，这片美丽的海洋就不会遭受灾难。"

"是不是捣乱由谁来判断呢？你吗？"

听到汤川这句话，成实停下脚步。汤川径自继续向前走。成实瞪了汤川背影一眼，骑上自行车用力蹬着，在赶上汤川时捏住了闸。

物理学家停下来，目光冷静地和她对视。"还想再辩论吗？讨论会已经结束了。"

成实瞪了他一眼，然后长长吐出一口气，又露出笑容。"汤川先生还要在我们镇上待一阵吧？"

"一直待到调查船的工作结束。"

"我想带您去个地方。您会潜水吗？"

"潜水?"

"水肺潜水,您玩过吗?"

汤川挺直后背,目光警惕,然后一下子收紧下巴:"别看我这个样子,其实我有潜水证。"

"真厉害!"成实睁大双眼,"那我过两天一定要跟您一起去潜水。"

"你想带我去的地方是海里吗?"

"对。因为咱们一直都在谈大海啊。"

"确实。有机会我一定去。"

"我会找机会的,一定哦。说好了啊!"成实踏上脚蹬,踩了下去。等到在玻璃浦的海里潜水时,这位物理学家的表情会是什么样的呢?光是想象一下就好期待啊。

11

在玻璃浦车站旁有一排特产商店,店面都不算太大。恭平站在其中一家的门口看了会儿,忽然听到一声招呼。

"恭平!"成实缓缓骑着车过来了,"你在干什么呢?是要买礼物带回家吗?"

恭平摇摇头。"没事可干,太无聊了。我想出来看看有什么好玩的,就走到这儿了。"

"这样啊。其实今天你本来应该去海边的,对吧?"成实的神情黯淡下来。

"唉,没办法。"

到了下午,警方的人还是不停地来到绿岩庄,所以重治不能离开旅馆。

"警察还在吗?"

"应该走了。你的会开得怎么样?有意思吗?"

成实苦笑。"那种事怎么可能有意思。你现在不回去吗?"

"不呢,我再散散步。"

"那好,你别太晚回去。"成实从自行车上下来,推车上坡。

恭平感到口渴,在自动售货机上买了一罐可乐,边喝边琢磨该干什么时,忽然看到汤川走了过来,外套脱了下来,搭在肩上。

"你好像没去成海边啊。"看到恭平,汤川说。

"你怎么知道的?"

汤川指了指恭平的脸:"一点都没晒黑。"

恭平嘟起嘴:"警察来了,所以姑父没空。"

"真遗憾。警察到底在查什么?"

"不知道呀。刚刚我去礁石滩看了看,感觉全都收拾干净了。"

"礁石滩?"汤川的镜片反着光,"你知道现场在哪儿?"

"知道,姑父告诉我的。他让我不要靠近那儿。"

汤川微微点头。"带我去看看。"

"哎?让我带你去?"

"是啊,难道还有别人?"

"可以是可以……可是那儿现在什么都没有。"

"没关系,我们走吧。"汤川率先迈步。

几分钟后,二人站在了堤坝旁。那地方挂着"禁止入内"的封锁带,但并没有执勤的警察。谁让这里是乡下呢。看到汤川毫不在乎地"侵入"禁区,恭平也有样学样,趴在堤坝上探下身去。

"人好像是掉到那里。"恭平指着沾染了血迹的礁石,"听说有一只木屐找不到了，可能掉到了海里。"

"一只木屐？另外一只穿在死者脚上？"

"应该是吧。"

汤川点了点头，用中指推了推眼镜，一直盯着礁石滩，像是在观察什么。

"怎么了？"

汤川似乎回过神来，眨眨眼。"哦，没什么。"说完，他的视线投向远处，"这里景色可真好，成实感到自豪也不无道理。"

"听说中午看起来会更美呢。你知道为什么这里的地名有'玻璃'两个字吗？"

"因为这里位于火山带吧。"汤川简单地答道。

"火山？关火山什么事？"

"因为玻璃就是火山岩中含的非结晶物质。"

恭平蹙起眉头，看着物理学家平静的侧脸。"根本不是这样的。这里的玻璃指的是水晶！你知道七宝吗？佛教里认为世界上最珍贵的七种宝物之一就是水晶。"

汤川慢慢转向恭平："你还是个佛教文化爱好者？"

恭平无声地微笑，用手蹭了蹭鼻子下面。"是昨天放烟花时听姑父说的。"

"这样啊。那，水晶又怎么了？"

"说是当太阳升到头顶的时候，阳光就能照进海底，看上去就像好多好多块彩色的水晶沉在海底一样，所以叫玻璃浦。"

汤川微微张开嘴，再次转向大海，上上下下地重新打量着。"是这样啊，原来是形容海水的清澈啊，真长知识。有机会我们中午来看看吧。"

"但是好像在水浅的地方看不到,说是必须要到至少离岸一百米的海面上才行。"

"一百米,也不是游不到的距离。"

"但这附近禁止游泳。"

"去海水浴场不就行了?"

"你怎么不明白呀!有海水浴场的地方,要看到美丽的海底,就要去得更远,二百米、三百米的,肯定在游泳区浮标的外头。"

"哦,对,因为海水浴场水都比较浅。那坐船去好了。"

"你也是这么说啊。果然……"恭平的肩膀耷拉下来。

"怎么了?有什么问题吗?"

恭平抱着胳膊伏在堤上,下巴抵着胳膊。"如果是大船还好,小船的话,我很容易晕船。妈妈说是因为我太偏食,但我觉得跟这个没关系,我就是这种体质。我的朋友里面很多比我挑食还严重,可是他们都不晕船。"

"这确实跟体质有很大关系,是耳朵里的三个半规管不能很好地发挥功能的缘故。不过,也有晕车晕船的人通过平时调整,得到了很大改善。你坐车没事吗?"

"坐爸爸的车就没事,可坐巴士就常常晕车。所以我都尽量坐前面的位子,因为前面不那么晃。"

"不仅要坐前面,视线也很重要。比如当车行驶在弯道很多的路上时,因为离心力,你的身体会有被向外甩的感觉。这时候,如果你的视线随着身体一起移动,半规管收到的信息和视觉信息不一致，大脑产生混乱，结果就会晕车。如果你把视线固定在交通工具行驶的方向上，就不容易出现这种症状。容易晕车的人自己开车时没事，就是因为在驾驶时总是看着前方。"

恭平抬起脸，看着汤川。"博士，你也研究这个？"

"这不是我的专业，但我查过跟这个相关的技术。"

"哦，科学家要做不少事啊。下次我再坐巴士时，试试你说的方法。可是就算有用，也没法用在船上啊。"

"为什么？"

"因为我想看的是海底呀。光看着前面，就没法看下面了。"

"嗯，确实。"

"妈妈说，晕车药也不能总吃，所以再可惜也没办法。"恭平离开堤坝，转身往回走。

"你放弃了？"汤川问他，"不想看海底的玻璃了吗？"

"这不是没办法嘛。我不想晕船。"说着走出几步之后，恭平停下来回头看，只见汤川还伫立在堤坝边，"你不回旅馆吗？"

汤川把搭在肩上的外套穿上。"你先回去，我要在这儿思考一个方案。"

"方案？什么方案？"

"这还用说？就是能让你看到玻璃的方案。"

12

汤川指定的晚饭时间是七点,可是现在都已经到时间了,这个性情乖僻的物理学家还没有回旅馆。

成实正不知该怎么办的时候,汤川出现了,只见他两手拎着纸袋,大汗淋漓。

"汤川先生,我正要给您打电话呢。"

"对不起,我又没打到出租车。"

"您要先回趟房间吗?"

"不用,直接去吃饭就行。"

饭菜都已经摆好了。汤川把手里的东西和外套放在一旁,盘腿坐在了坐垫上。

"您去家居用品中心了?"成实一边往玻璃杯里倒啤酒一边问。她看见纸袋是那家店的。那家店虽小,在镇上却深受看重。

"我想做个小实验,"汤川把玻璃杯凑近嘴边,在喝之前看了成实一眼,"可以帮我个忙吗?"

"什么事?"

"我需要空饮料瓶,最好是装碳酸饮料的那种。"

"饮料瓶?我们好像有一升半的可乐瓶。"

"那太好了。请帮我找五六个,随后我去拿。"

"您要这东西做什么?"

"等明天你问那个别扭男孩就行了。"

"别扭男孩?"成实蹙蹙眉,"您是说我表弟?"

"没错。也许这么说有点那个,不过真的很久没见过那么别扭的小孩了。"汤川说着,津津有味地喝起啤酒。成实直盯着他的脸看。他发觉了,问:"我脸上有东西?"

"没有,"她忍着笑答道,然后站起身,"请您慢用。"

出了宴会厅,成实直接乘电梯上了三楼,去汤川的客房铺被褥。客房万能钥匙就在她口袋里。

一进房间,她就看到了壁龛前放着的瓦楞纸箱。这是今天送到的快递。汤川是昨天入住的,大概是到了旅馆后才请人寄过来的。她看了看上面的快递单,寄件人是帝都大学物理系第十三研究室。箱子上面还贴着"小心易碎品"的标签,物品名称一栏写的是"瓶类"。

铺完被褥后,成实回到自家的起居室。重治和节子正在喝饭后茶。没有看到恭平,大概在自己房间吧。

"汤川先生的被褥已经铺好了。"

"辛苦你了。"节子小声说。她的声音有些消沉,重治的脸色也并不好看。

"怎么了?"成实来回看着父母的脸。

"没什么,嗯,刚刚我们俩正说着呢。"重治开了口,"我觉得也是时候了。"

"是时候……"就这么一句,成实已经明白他说的是什么了,"咱们旅馆要关张吗?"

"也没法子了吧。虽说盂兰盆节已经过了,但是只有一个客人,怎么也说不过去,而且还出了那种事故。"

"事故不是我们的错吧。"

"唉,话也不能这么说。因为我们没有服务员,所以冢原先生出去了都没人知道,等发现人不见了,也没能马上去找。今天白天,冢原先生的夫人来了,虽然没有说一句埋怨的话,可是我惭愧得不得了。就这样,夫人还说要付一晚的住宿费……"

"难道你收下了?"

"怎么可能收!"重治用力挥了挥手,"我说住宿费什么的就别提了,但是夫人说给咱们添了麻烦,请咱们一定要收下房费,怎么都不肯让步,最后好说歹说她才同意的。"

"这样啊……"

"总之,我想差不多到关门的时候了。十五年啊,我自己也觉得干得够不错的了。"重治抱着胳膊,怀旧般环视着屋里。

成实听着,当年的记忆在脑海里突然复苏。那时她还是个初中生,在东京当公司职员的重治决心回到老家,接手绿岩庄。其实几年前,他的父亲,即成实的爷爷因脑梗死病倒以后,周围的人就问过他是否要继承旅馆。

搬到小镇之初的情景,成实至今还能清晰地回忆起来。由于是父亲的老家,之前她也来过好几次。然而,一想到这里以后就是自己的居所，一切风景看上去感觉都不一样了。特别令她感动的，是大海的颜色之美。她有一种直觉，守护它正是自己的使命，也是自己生存的意义。

正当她沉浸在回忆中时，低沉的蜂鸣声把她拉回现实。有人在按外面前台上的按钮。应该不是汤川，可能是访客。

"是谁呢？这么晚了。"节子看了眼钟。

成实疑惑地站起身，来到门厅。西口刚正站在门口。"嗨，多次打扰，抱歉。"他轻轻举起右手。

"这倒没关系。不过西口，你还没下班吗？当警察可真辛苦啊。"

"平常并不怎么忙，但是赶上这样的事，毕竟事关人命，不能草草对待啊。"

成实点点头。确实如此，她想。"后来怎么样了？事故原因查清楚了吗？"

"还不好说。有人怀疑不一定是事故。"

西口不经意说出的话令成实一惊。"咦？这是什么意思？不是事故是什么？自杀？"

"所以我说，还不好说。大概自杀的可能性可以排除，但有其他的可能……哦，不，最后可能结论还会是事故。"西口前言不搭后语。

成实下巴微收，抬眼看着老同学。"你的意思是，有可能是他杀？"

西口尴尬地挠了挠眉毛。"真的还都不知道呢。不过啊，那个冢原先生，曾经是警视厅的警察，而且是搜查一科的。"

"啊……"就连成实也知道这个部门是专门负责侦查杀人案件的。她直到上初中,一直是推理小说迷。

"所以今天白天,除了冢原先生的夫人,还有一个他的后辈也到我们局里来了。那个人也是搜查一科的,还是管理官呢。你知道管理官吗?就是搜查一科科长之下的职务,也是侦查工作的实际负责人,警衔是警视①呢。这么一个大人物来了,连我们局长都战战兢兢的。"

"那个人说什么了吗?"

"可能是说什么了。因为我们带他看了现场之后,他说还要再和局长谈一次。后来,他们在局长室里密谈了将近一个小时,然后管理官和冢原夫人就走了。遗体也决定运回东京去,但好像并不是为了办葬礼。"

"那是为了什么?"

"那还用说?当然是……"西口单手挡在嘴边,"为了解剖吧。司法解剖。"

成实倒吸一口凉气,说不出话来。

"当然,如果真的是杀人案,县警本部也不会坐视不管,而且玻璃浦发生的案子由警视厅出手,也太不正常了。所以说,现在这样我觉得是上面的人商量的结果。因为这个,我们局里的气氛一下子变得紧张兮兮的,'今天之内把能查的全部查清'这样的指令都下达给我们了。"说完,西口大概觉得说多了,在嘴上比画了一个拉拉链的手势,"刚刚那些话,因为你是老同学

---

① 日本警察职衔由上向下分为警视总监、警视监、警视长、警视正、警视、警部、警部补、巡查部长、巡查。

我才说的,不要往外传啊。"

"我知道了。西口,那你来是为了什么事?"

"啊,对了,要紧事都忘了。"西口挺直身子,致意似的微微弯了下腰,"今天我来是想向你们借一样东西,是叫……住宿客人名单吧?如果你们能提供在这里住过的客人的名单,就太好了。"

"要这个做什么?"

"这个嘛,有点难以启齿,"西口环视四周,"他们在讨论冢原先生为什么在你们旅馆订房。"

"意思是说,一般人都不会选这种又旧又脏的旅馆?"

"没说那么过分,但应该是有什么特别的原因吧?比如说有人推荐。所以我们想了解一下过去住过的客人。"

"这样啊。要多少年的?"

"可以的话,全部都要。"

"明白了,我问问爸妈。"成实抽身往起居室走,心里咀嚼着西口的话。是啊,为什么冢原先生会选择住在绿岩庄呢?

13

恭平吃完早餐,正准备回房间时,在门厅看到了汤川。他坐在长藤椅上,凝视着墙上的画。画上描绘的是一幅海景。

"这幅画是这家里的人画的吗?"他突然问道。

"不知道。这画怎么了?"

汤川用手指着画:"从这家旅馆的位置,不可能看到这样的海景。所以我在想这是在哪里看到的。"

恭平看看画又看看物理学家的脸,歪着头说:"在哪里看到的都无所谓吧。"

"可不能这么说。这个小镇是以海滨美景吸引游客的,这家旅馆应该也是为了招待为海景而来的游客建造的。在这里挂着的海景画,大家理所当然会认为画的就是附近的大海。如果画里描绘的其实是别处的海,或者是想象中的风景,几乎可以说是一种欺诈行为。"

"啊?太夸张了吧?"

汤川再次凝视画,然后转向恭平。"你今天有什么打算?"

"没什么打算。"

"是吗?"汤川的目光落在手表上,"现在八点半。好,过三十分钟,就是九点,我们在这里集合。"

"啊?干什么?"

"昨天说过的吧?我在思考让你看到海底玻璃的方案。现在方案已经敲定,我想马上实施。"汤川站了起来。

恭平惊异地仰视着学者:"我可是晕船的。"

"知道。区区一百米,用不着坐船。"汤川用手比成手枪的样子,对准那幅海景画,"能看到就行了。"

大约三十分钟后,穿着短袖衫的汤川出现在门厅,他一手拎着皮包,一手拎着两个大纸袋,把其中一个递给恭平。纸袋的袋口封得牢牢的,看不出里面装的是什么,用手一提,却没有看上去那么沉。恭平问他里面装了什么,他答非所问地说:"不是便当,你别想得太美。"

"对了,你带手机了吗?"出门时,汤川问恭平。

恭平从短裤裤兜里掏出儿童手机给他看。他满意地点点头,出发了。

汤川连去哪里都不说,恭平只能在后面跟着走。当路过房客跌落而死的地方,汤川也没有停下脚步。

过了码头,来到防波堤。汤川朝防波堤伸向海里的一端加快了步伐。

"到那里是要做点什么吗?"

"是啊,所以才带你来。"

"准备做什么？快告诉我吧。"

"别问个没完，马上就知道了。让你好奇的还在后头。"

走到防波堤的尽头，汤川终于停了下来。"打开纸袋，把里面的东西摆在地上。"

恭平按吩咐去做。纸袋里有个塑料桶，桶里装着塑料绳和用塑料饮料瓶做成的筒状物等。

"你知道饮料瓶火箭吗？也叫作水火箭。"

"学校做活动的时候见过，是靠喷水发射的吧？"

"你知道就好，现在我们就来做这个。"

"现在？"

"不用担心，基本上都已经做好了。昨晚我在房间里完成的，今天为了拎过来才又拆开，组装起来很简单。"说着，汤川熟练地组装起部件。一会儿工夫，筒状物就变成了火箭的样子，比恭平在学校活动上见到的要大得多，长度足足超过一米。

"博士，这东西是你在房间里做的？"

"如何让你看到一百米以外的海底，我研究后认为这是最好的方法，而且还有助于你学习物理。"

"为什么发射火箭就能看到海底？明明是毫无关系的两件事呀。"

汤川停下手里的动作。"你知道加加林[①]吧？如果没有火箭，人类就无法看到地球真正的样子，所以必须要有火箭。"说着，他把眼镜向上推了推。

[①] 尤里·阿列克谢耶维奇·加加林（1934—1968），第一个进入太空的地球人，也是第一个在太空看到地球全貌的人。

14

埋头写报告的时候,草薙忽然感到有人站到了桌前。从电脑键盘上抬起头,只见组长间宫正低头看着他。

"怎么,草薙,你不会盲打呀?"

"那组长您会吗?"

"我怎么可能会。"间宫环顾了下四周,俯下身,"你现在有时间吗?"

草薙摇晃着身子笑道:"不是您命令我抓紧写完报告的嘛。"

"报告可以推迟一下。现在你跟我来,多多良管理官等着呢。"

"管理官?"草薙瞬间把自己近来的言行飞快地在大脑里回顾了一下。不是自己出了什么岔子吧?

"别担心,不像是要训人。咱们过去吧。"不等草薙回应,间宫就先走了。草薙慌忙站起,追了上去。

来到小会议室门口,间宫敲了敲门。里面传来一声"请进",

是多多良的声音。间宫推门走进去,草薙跟在后面。

多多良已脱了外套,正坐在椅子上。会议桌上放着几页文件,其中有张照片,还有张复印的地图,不知道是哪座城市的。

"抱歉在正忙的时候把你们叫来,先坐吧。"

草薙和间宫并排坐下。

"叫你们过来不是为了别的,有一项非常规任务,我想交给草薙。"多多良对着草薙说。他面色温和,镜片后的眼中却闪出锐利的光芒。

草薙挺直了后背,应了一声"是"。

"冢原正次去世,你听说了吧?"

草薙没能马上作答,因为这是个完全意料之外的提问。"昨天听到消息了,说是在外地去世的。"

冢原正次离开搜查一科已经快十年了,那时他以健康不佳为由申请调到了其他部门。由于业务完全不同,草薙几乎不认识他,连他去年退休一事,也是昨天才知道的。

"冢原先生是我的前辈,对我非常照顾。可以说,我能成为一名合格的警察,都是冢原前辈的功劳。"

草薙垂下头,心想这会儿是不是应该说一句"愿他安息"之类的话。

"昨天我陪着冢原夫人去看了事发现场。就是这样一个地方。"多多良把一张照片放到草薙面前,是从高处俯拍的一处海边礁石滩。"被人发现时,他倒在这里的礁石滩上,诊断结果是脑挫伤。"

草薙皱起眉头。"是失足从堤上掉下去的吗?"

"当地警方似乎很希望得出这样的结论,而且看来也无意进行解剖。"

草薙在多多良微妙的用词里捕捉到某种意图。"您是觉得有什么不对劲的地方?"

"我是在太平间看到遗体时,突然有这种感觉的。这不是单纯的摔落致死。"多多良来回看了看草薙和间宫,接着说道,"我见过很多摔死的尸体。即使从只有几米的高度摔下来,如果受到脑挫伤程度的撞击,那么全身都会出现内出血。但是冢原前辈的遗体几乎没有内出血的迹象,很有可能他在摔到礁石滩上之前就已经死了。"

草薙全身起了一层鸡皮疙瘩。是因为这件事有可能是他杀,还是因为折服于多多良敏锐的洞察力,他自己也说不清。

"看过现场后,我更加确认了这点。冢原前辈的确喜欢喝点酒,但从来没喝多过。说什么醉酒后往堤上爬,然后失足摔下,我根本无法接受。"

"您跟那边的警方说了这些情况吗?"间宫问。

多多良苦笑,摇了摇头。"要是交给那帮乡下警察,恐怕永远也确定不了真正的死因。与其那样,不如立刻接收遗体,在这边进行解剖。"

间宫瞪大了眼睛。"您准备在这边解剖?"

"别一惊一乍的,只要办好手续就没问题。其实,我已经请刑事部长给那边的县警本部打了电话。遗体在我们这里解剖,如果他杀的可能性大,马上出动那边的搜查一科。当然,我们要提供所有情报,这样就不会伤了对方的面子。玻璃警局的局长也同意了。"

多多良语速很快。草薙看着他的脸,一阵感慨。别看管理官把头发梳得一丝不乱,容貌看上去宛如金融界人士,却与他的个性并不相称,据说他当年还是警员时,横冲直撞的行事方式让周围人相当忌惮。听了刚才的话,草薙心想,看来那些传言并非空穴来风。

"那什么时候解剖?"间宫问。

多多良一笑:"已经结束了。"

"啊?!"草薙和间宫同时发出惊呼。

"哦不,说结束不够准确。昨晚遗体运到,今天一早就开始解剖了,但正式的尸检报告还没出来。死因还没有查明。"

"死因还没有查明……"草薙喃喃道,"意思是,果然不是因为脑挫伤?"

"是的。目前已经查明,头部的伤是死后产生的,也排除了脑溢血、心脏麻痹等自然死亡的可能性,因此不可能是在堤上猝死后摔落。另外,除了头部,遗体上并无可致死的大创伤。"

"没有伤,又不是病死……"草薙谨慎地接道,"难道是中毒?"

"很有可能。"多多良点头,"现在还在进行各种检查,查明死因只是时间问题,但是关键问题不在这儿。一个已经死去的人,是怎么倒在这个地方的呢?"他指着刚才那张礁石滩的照片。

草薙已经明白了多多良要说什么——冢原正次是被人杀死的。

"看来会在玻璃警方设立搜查本部吧。"

"这只是时间问题。县警本部可能会要求我们提供侦查协助。但是如果一味等待,在侦查上我们恐怕就陷入被动了。而且,他们可不会把案子的主导权交出来,不一定会透露所有情报。我们有必要独立查案。"

"您是说,实际上的主导权要握在警视厅手里,对吗?"草薙问道。

管理官摇摇头。"不,我并不想拔头筹,只要他们能周全地办案,找出罪犯就可以了。但是如果案件因为他们侦查方向错误而一拖再拖,甚至陷入迷局,那么不仅无法向遗属交代,我也没脸面对过世的冢原前辈,所以我才考虑我们同时进行侦查。这个过程中如果找到了有用的线索,不用迟疑,可以提供给那边的县警本部。"

"独立查案由我们自己来做?"

"没错。"多多良将视线转向间宫,"怎么样?你那里的案子结了之后,不会马上有任务的。当然,不会一直是这种状态。在下次任务之前,调用他一下好吗?"

"这个……我是没问题。"间宫将脸转向草薙。

"为什么找我呢?"草薙问。

多多良目光一闪。"你不愿意?"

"不是的,我只是觉得奇怪。有很多前辈都比我更熟悉冢原先生。"

"我知道,比如说我。"

"是。当然,我知道您现在一般不能亲自办案了。"

管理官同时指挥着多个小组,其中几个组现在手里都还有案子。

"在警视厅,没有人比我更了解他。我的意思是,只要办这个案子的人不是我,熟悉不熟悉冢原前辈都一样。"

"既然谁都一样,是不是可以认为,就因为我正好手头没事,才找上我呢?"

"喂,草薙!"间宫的语气有些发窘,"注意你的措辞!"

"没事,草薙有疑问很正常。"多多良露出意味深长的笑容,拿起一份文件,"刚才我说了,县警本部还没有向我们提出协助的要求。这种情形下,如果我们用力过猛,对方可不会高兴。弄不好,给我们搞点小动作,后面麻烦有的是。可要是完全接触不到当地的情报,我们想办案也无计可施,所以一定要想办法拿到。该如何解决这个问题呢?"他把手里的文件递到草薙面前,"冢原前辈住的那家旅馆里,还入住了哪些人?玻璃警方的年轻刑警调查之后,把情况都告诉了我。没想到,除了冢原前辈只有一个房客,更没想到的是,这个人是我们的熟人。"

草薙伸手接过文件,上面记录着由川畑重治经营的名叫绿岩庄的旅馆,还有就是,房客的姓名是——

"汤川?"草薙抬起脸,"那家伙在那里?"

"说是现在还逗留在那儿。"多多良脸部的线条放松下来,"现在你明白为什么要选你了吧?"

15

嗖——带着一声喷射音,火箭向远远的前方飞去。又没能看到发射的瞬间,恭平噘起嘴。眼睛完全赶不上火箭发射的速度,那种气势超出了他的想象。

汤川对着小型双筒望远镜。火箭似乎落到海面上了。"距离?"

恭平去看固定在地面上的一个电动卷轴的刻度。火箭上缠着钓鱼线,通过拉出钓鱼线的长度,可以测出大概的飞行距离。"是……一百三十五米,比刚才近了一点。"

"好!收回来吧。"汤川盘坐在地上,开始敲击放在皮包上的笔记本电脑的键盘。

恭平一边瞟着他,一边用电动卷轴把火箭往回拉。从刚才开始,这样的操作已经重复六次了。汤川只管发射火箭,根本就没有要给他展示海底景象的意思。恭平不明白这样不停重复到底有什么意义。

汤川盯着笔记本电脑的屏幕，双臂环抱。"看来已经得出结论了，和模拟实验结果产生误差的原因也清楚了。这样我们就可以在最合适的条件下发射了。"

"还要发射？到底还要发射多少次才算完啊？"

"可能的话，次数越多越好。无论是载人火箭还是饮料瓶火箭都一样，在正式发射前，测试次数越多越好。但是，真正的火箭发射有预算上的制约，而我们呢，有时间上的制约。太阳已经升得很高了，再拖下去就看不到海底的玻璃了。下一次就正式发射。"汤川站起来，把身旁的水桶扔到海里。桶上系着塑料绳。

恭平用电动卷轴往回收火箭，一旁的汤川用系着塑料绳的水桶巧妙地从海里汲水，这也已经重复多次了。

汤川造的火箭不仅体积大，还安装着形状奇特的翼。据汤川本人说是原创，恭平却完全看不出哪里具有独创性。这火箭另有一个特点，就是里面安着一个烟盒大小的铅锤。每次微微改变铅锤的位置，就要重新测试一次。铅锤大约有一百克重，恭平怀疑正是因为这个玩意儿火箭才不能飞得更远，可是汤川说它是绝对必要的。

博士到底是个什么样的人啊？恭平重新思考起这个问题来。自己是说过想看看海底的玻璃，可是这个愿望并非那么强烈。然而博士却如此认真地试图实现这个愿望，同时又不多做解释，自顾自地忙活着，似乎认为别人只要默默看着就会明白似的。

但是，为什么自己却无意违抗呢？而且内心充满了期待，好像和他在一起就能遇到激动人心的事一般。

"好，这下该正式发射了。"汤川拿着火箭，把里面的铅锤取了出来。

"咦？"恭平叫出了声，"这东西不是很重要吗？"

"这个铅锤只是测试时的替代品，正式发射时需要搭载其他东西。"

这时，传来了手机的铃声。汤川从皮包里取出手机，看到显示屏面色一沉，接通了电话。"你好，我是汤川。"对方好像说了些什么。汤川的眉毛一动。"对不起，今天不行。明天以后吧……我正在做实验，是物理实验，所以今天不行。那就先这样。"说完，他挂掉电话。

恭平问他是不是工作上的事。

"是戴斯麦克的人。打着商讨的旗号，其实就是一边说些废话一边吃饭而已。这种事算不上工作。"

汤川把严格称量过的海水倒入火箭的储水槽里。喷射口安装了用水管阀改造而成的特制开关。他把火箭安装在同样是自制的发射台上，然后开始用自行车的打气筒向储水槽里打气。饮料瓶以肉眼可见的程度鼓起来。最合适的海水量、打进去的空气量、发射台的角度，都通过之前的测试弄明白了。与刚才唯一不同的，就是没有安那个铅锤。

汤川说了声"好"，把打气筒从火箭上移开，然后从口袋里掏出刚刚用过的手机。他用拇指敏捷地操作了几下后，装入了原先安铅锤的位置。

"咦？你要把手机放在那里？"恭平惊讶地问道。这时他的儿童手机了响起来,他刚要去接——

"过会儿再接电话!"汤川喊道,"现在我开始从三倒数。Three、Two、One,发射!"

汤川按下连接发射台的开关的瞬间,火箭的尾部喷出大量海水。恭平飞快地把目光转向前方。透明的火箭在蓝天背景下笔直地向前飞出,沐浴在阳光中,闪闪发亮。

火箭降落在比刚才更远的海面上。恭平看了一下电动卷轴的刻度,二百二十五米,最高纪录!他兴奋地告诉汤川。

"好了,"汤川反应平淡,"接电话吧。"

恭平这才注意到自己的手机还在响。从口袋里掏出来一看,显示的是视频电话。他盯着液晶画面接通了电话。"哇!"他不由得惊呼。

屏幕上显示出反射着五彩光芒的海底世界。红色、蓝色、绿色,宛如巨大的彩画玻璃窗沉在海底。海水澄澈,色调随着光线折射角度的不同发生着变化。

"怎么样?"汤川问道。

恭平无声地把显示屏朝向他。一直面无表情的科学家这会儿也微微睁大了眼睛,然后连连满意地点头,用平静的语调说:"实验成功了。"

16

从县警本部搜查一科来的警部矶部，不笑的时候就像是板着脸，方脸膛的皮肤显得略厚，眉毛和眼睛细得像四条线，沉默时嘴角向下垂。如果他笑起来，看上去就像是个野心勃勃、满腹阴谋的家伙。

矶部暂时带领三名部下进驻了玻璃警察局。"暂时"是他本人的说法。

"因为如果真要在这里设立搜查本部，我会带五十人来。"他摆着几分架子说道。不过即使真来那么多人，也不会都是他的部下。他的头衔只是组长。

刑事科长冈本脸上的殷勤笑容依旧不变，甚至微微鞠躬道："到那时我们也会严肃对待的，请多多关照。"

矶部一行的目的，是对发现冢原正次遗体一案确认此前查到的各项事实。于是，元山、桥上和西口三人被叫到会议室说明情况。

主要由元山向矶部等人将大致情形讲了一遍。矶部抱着胳膊听着。

"以上就是目前查明的情况。冢原与玻璃浦的关系尚不明确，另外他为什么对海底矿物资源开发感兴趣，至今也还不清楚。"

矶部依旧抱着胳膊，没有作声。由于他的眼睛很细，不注意看和睡着了一样，但其实是醒着的。

发出一声沉吟之后，矶部微微睁大眼，望向元山等人。"那么，结论是……"

"您的意思是……"元山问。

"在各位看来，他杀的可能性有多大？"

"呃，这个嘛……"元山瞟了一眼身边的冈本。但是冈本低着头，毫无开口之意。元山无奈地继续道："根据现场情况来看，我认为没有特别可疑之处。既没有搏斗痕迹，也没有明显外伤。"

"但是，警视厅的管理官应该是有所发现吧？不是因此才要求在东京进行解剖吗？"

这时，冈本抬起了头。"哦，这也并不一定是因为……"

"那是怎么回事呢？"

"去世的冢原是管理官在警视厅的前辈。管理官说如果不进行司法解剖就草草埋葬会心里过意不去，所以希望把遗体运回东京，由专门的医师进行解剖。"

"这些我也听说了，所以我们才来的。你们是不是推测，就算解剖也不会有什么结果，这归根结底只是一起意外事故？"

冈本没有回答，元山也默不作声。

矶部摇着头嘀咕道："真没辙！"

"听说那个矶部组长，名声可不怎么好。"桥上胳膊肘架在窗框上，眺望着窗外说道。

"怎么不好了？"西口问，他手里拿着一罐咖啡。

两人从中玻璃站乘上列车。车厢里没有几个人。他俩对坐在四人座上。

"听小道消息说，他是个精于算计的野心家，也是个阿谀奉承之徒。如果案子是他杀，他就有了立功的机会，肯定跃跃欲试呢。"

"是吗？怎么看着他挺不高兴的。"

桥上"啧"了一声，晃着手指。"那不过是掩饰情绪而已。这会儿回到县警本部，一定正唾沫星子乱溅地跟科长汇报呢。"

如果真是这样，矶部肯定希望案件是他杀。他今天对冈本和元山那么不客气，可能是因为没有得到他杀的确证。

列车沿着海岸线飞驰，很快就到了玻璃浦。但是两人没有起身，今天的目的地，是前面的东玻璃站。

冢原正次参加了戴斯麦克的说明会，现已查到当时把他送到公民馆的出租车。司机说接到无线呼叫后，在东玻璃站前接上了他。到公民馆最近的站是玻璃浦站，冢原手中的说明会入场券上面印有乘车路线。他为什么要从东玻璃站坐上出租车呢？很有可能他在参加说明会之前，到东玻璃站有事要办。因此西口和桥上准备去那里调查一番。

由于地形的关系，东玻璃站的位置距海边稍远一些。从车站出来沿着前方的路一直走，就能到海边。眼前有几条岔路，可以通往蔷薇园、八音盒博物馆、特技摄影艺术馆等景点。可能是由于此地并不挨着海边，在某一时期兴建起许多试图吸引游客眼球的设施。不用说，这些努力最终都失败了。

路边林立着小店，但是不少商店的铁质卷帘门都关闭着。即使开着的，从外面也看不出是否在营业。

"跟这儿相比，中玻璃还算不错呢，"桥上边走边说，"多少还有些活力。哪儿像这里，路上都没人。"

但也还有几家正在营业的店铺。两人拿着冢原正次的照片分头去了解情况。很快得到线索的是西口。一家海产干货店的老太太认出了冢原正次，说是前天来过。

"他是来问去海上群山怎么走的。"

"海上群山？"

老太太笑出一脸皱纹，摆了摆手。"是别墅区，很早以前建的，现在可能没人住了。"

西口把桥上叫过来，说明了情况。老太太已经告诉了他去别墅区的路。

从通向海边的路拐上岔路后，是一个平缓的上坡。大概因为前面是别墅区，脚下是柏油路。

"说起来，倒是听说过。"桥上说，"很早以前，有家大型地产公司兴建别墅，想大捞一笔，好像就叫海上群山玻璃，但最后卖掉的很少，亏得厉害。"

"冢原为什么会来看这种别墅呢？"

不久，他们就看到了零散分布的一栋栋别墅，可以想见刚建成时豪华时髦的旧貌。而今，每一栋都破败得令人心酸。

马路边上有名男子正在修剪草地，五十岁上下，戴着一顶草帽。桥上跟他搭上了话。他说自己受雇于地产公司。

"这些别墅都在出售，不过根本没有买家。但也不能让它们自生自灭，所以总得剪剪草。"

桥上把冢原的照片给他看。

"哦，这个人我见过，就在前天。"男子干脆地说，"因为他看的是仙波家的房子，所以我有点印象。"

"仙波家？"桥上问。

男子向远处一指。"看到那边的白房子了吧？建在高台斜坡上的那栋。那原先就是仙波的家。"说完，又加了一句，"他是杀人犯。"

17

"找到了,草薙前辈!"身后响起一个女声。草薙倚在靠背上,把椅子转了一圈。穿着西装西裤的内海薰拿着文件走了过来。

"哦,辛苦了。是个怎样的案子?"

"您自己看一遍不更快吗?"

"细节我会确认的,我现在想先了解一下大概。你给我大致讲讲吧。"

内海薰靠着桌子,低头看着草薙。"您今天派头格外大呢。"

"那当然,我可是得到了管理官的特别任命,在这个案子上,我是代表管理官的。"

"这个我知道,可为什么让我给您打下手?"

"管理官和组长都说过,我可以找个人给我当助理。"

"我是问为什么是我!"

草薙无声地一笑,抬头看着后辈女刑警。"刚才我说过了吧,汤川就在当地。"

"那又怎样？我知道因此您才被派了这个任务。"

"你该知道，他那样固执的一个人是不会痛快答应协助办案的。如果他啰唆较起真来，你出面去说服他。"

内海薰不高兴了。"我可没那本事。"

"没关系。如果我拜托他不听，你就去苦苦哀求，他肯定拒绝不了。"

"哀求？我？"她一脸愕然。

"看情况嘛。快，别抱怨了，赶紧给我讲讲，时间宝贵。"

内海薰叹了口气，目光落到文件上。"姓名，仙波英俊。十六年前因杀人罪被起诉，判八年有期徒刑立即执行。案发现场在杉并区荻洼的马路边。"

"马路边？打架了吗？"

内海薰摇头。"被害人三宅伸子，当时四十岁，似乎做过很长时间的女招待，被杀时处于无业状态。她和仙波以前认识，被杀前一晚还一起去喝酒。当时仙波提出要她还钱，她却装傻说不记得借过什么钱。于是，第二天仙波又把被害人叫出来，威胁不还钱就杀了她，还亮出了菜刀。但是被害人不仅不害怕，还笑话他，他怒不可遏，就将人刺死。案件大概就是这样。"

草薙双手交叉到脑后，跷起二郎腿。"真是个明明白白的案子，没有一点疑难的迹象。这个仙波没有马上抓到吗？"

"不，在案发两天后的晚上就被逮捕了。"

内海薰说，五月十日晚十时左右，有人报案，说在荻洼的住宅区有女子倒在路边。警察赶到的时候人已经死亡，腹部有被刺的伤口。根据死者携带的物品，马上确认其身份是曾经做过女招待的三宅伸子，进而查到被杀前一晚，她和一名中年男子在常去的店喝过酒。据那家店里很多人回忆，两人曾发生口角。那个男性客人之前已经很久没来了，不过店长还记得他姓仙波。

搜查三宅伸子的住处时，发现了仙波以前的名片。他大概是伸子当女招待时的客人，经历事业失败后，一度搬到妻子老家居住，后来又回到东京，住在江户川区的一栋二层公寓里。

上门调查仙波的侦查员经验丰富，一眼就看出他的样子不对劲，于是要求进屋看看，却遭到拒绝。侦查员告辞后没有马上离开，而是躲在远处监视。

不一会儿，仙波从屋子里出来，手里拎着一个小包。他在公寓附近的水渠旁向四周张望时，资深侦查员向他靠近，喊了他一声。仙波立刻抱着包拼命地跑起来，差点逃脱，但最后侦查员还是追上了，并将其逮捕。

在仙波的包里发现了一把血迹斑斑的菜刀。很快，上面的血被证明是三宅伸子的。

"当时逮捕仙波的资深侦查员就是冢原正次。真不愧是多多良管理官的前辈啊。"内海薰说。

草薙变换了一下跷二郎腿的姿势，歪着头。"还没到需要用这么钦佩的口气的地步吧？要求查看房间被拒绝，大部分刑警都会觉得不对劲。"

"是倒是，不过，一般没有这么利索，毫不拖泥带水。"

"说的就好像你挺懂行似的，明明还是个新人。"

内海薰轻轻翻了个白眼。"我怎么还是新人？"

"只要没再来人，过多少年你都只能算新人。那后来负责审讯的人也是冢原先生吗？"

"看案件记录是这样的。"

"八年徒刑呀。算一算，现在已经从里头放出来了。冢原先生去看这个人以前的家干什么呢？"

将近一小时前，玻璃警察局的西口巡查打来电话。多多良大概已经告知对方警察局，此案件的联系人是草薙警部补。

据西口说，冢原正次在玻璃浦参加说明会之前，曾经在东玻璃町的某个别墅区对着一栋房子凝视了好一阵。那栋房子的主人是一名男子，曾在东京因杀人被捕，案发时，房子已经被卖出去了。这房子也因为有杀人犯这么个前主人而在当地很出名。但是，当地警方没有此案的相关资料，所以西口是来请求提供资料的。

"是顺便吧？"内海薰问。

"顺便？"

"冢原先生去玻璃浦的目的是参加说明会，顺便去看看曾经逮捕过的凶手的家……"

草薙沉吟了一声。"有这种可能吗？如果是那个人本人或者家属还住在那儿倒还说得过去，但现在那儿可是空无一人啊。而且案发时，房子都已经被变卖了，有必要特意去一趟吗？这么执着。"

"确实。"内海薰少见地轻易认了输。

"算了，去走一下手续，把资料给他们寄过去，然后查一下现住址。"

"仙波英俊的吗?"

"对。你明知故问吧?"

"我可还是新人呢。"

草薙看着转身离开的内海薰的背影,这时手机响了,显示的号码他并不认识。他接通电话,"喂"了一声。

"我是多多良。现在方便吗?"

"啊,是,当然。"他不由得坐正了身子。

"进行解剖的法医学研究室给我打了电话,具体的死因已经查明了。"

"是什么?"

"我真是吃了一惊,说是一氧化碳中毒。"

"啊?"草薙惊呼。这完全在他意料之外。

"因为一直无法确定死因,他们就开始进行血液化验,最后发现一氧化碳血红蛋白浓度大大超过致死量。他们说,估计死者处在充满高浓度一氧化碳的地方,在十五分钟以内就死亡了。而且,他们还发现了服用过安眠药的迹象。"

"一氧化碳中毒和安眠药?"草薙立即想到烧炭自杀,但他什么也没说。自杀了的人不可能从堤上掉下去。

"我来联系县警,也会让法医那边给他们寄一份尸检报告。如果他们来询问,就这么回答。"多多良快速地说。电话里传来嘈杂的声音,他现在可能在某个搜查本部。

"管理官,我有个问题。"

"要问什么?简短点说。"

"十六年前,您是和冢原先生在同一个组里,对吧?"

"是的,有什么问题吗?"

"您还记得当时逮捕的一个姓仙波的杀人犯吗?"

"仙波?仙波英俊?"

草薙对他反应之快感到惊讶。像多多良这样的人物,见过的杀人犯应该不在少数。对一个并不那么印象深刻的案件的罪犯名字,草薙觉得如果是自己,应该不会在十六年后还能记得如此清晰。

"是的,他杀死了一个曾当过女招待的人。"

"他有什么问题?"

草薙扼要地传达了西口的话。

沉默片刻后,多多良开口了。"我现在在品川警局。麻烦你到我这儿来一下。"

18

汤川指定晚餐时间在六点。成实在常用的宴会厅里准备时,恭平来了。

"我也在这里吃,行吗?"

"在这里?"成实看着表弟,"你要和汤川先生一起用餐?"

"嗯,博士说可以。我把我的那份端过来。"

"这样啊……那也行。"

他俩似乎很合得来,今天一起玩到傍晚,两个人都晒得通红。

刚把汤川的饭菜摆好,他就来了,拎着的塑料袋里好像装的是烟花。"嚯,看上去就好吃。"他看着晚饭盘腿坐下,应该是看到了凉菜里有龙虾。

"没有什么太好的东西提供,见谅。"

"你过谦了,我都担心这几天会长胖。"汤川眯着眼微笑。

恭平端着托盘出现了。托盘里有盛着蛋包饭的碟子和汤匙。

他小心翼翼地把托盘放在汤川的饭菜对面。

"你那个看起来也很好吃。"汤川说。

"那我们交换?"

"今天还是算了。"

这时,玄关处传来门铃的蜂鸣声,有人来了。成实向汤川说了一句"您慢用",走了出去。

走到玄关一看,和昨晚一样,西口又站在门前。他抬起手打了个招呼,表情却有些不自然。

"还是关于冢原先生的事?"成实问道。

"嗯,有事想请你们协助。"西口舔了舔嘴唇,接着说道,"我们想再查一遍旅馆。"

"冢原先生住过的那间?"

"不,不是,是整个旅馆全面检查。"

"全面检查?"成实不由得皱起眉,"为什么?"

西口显得有些难为情,向外面瞟了一眼。成实不由得也随着看了一眼,随即怔住。外面站着一排身穿深蓝色制服的人。

"怎么回事?"她问。

"他们是县警鉴定组的。不好意思,我不能讲太多。如果实在不行,我们也不会强迫,但是我想下次就会拿搜查令来了,到时候是不可能拒绝的。所以,还是今天赶快查完结束吧。"

成实看了一眼急于解释的西口。"我跟爸妈商量一下,请稍等。"说完,她回到里面。

重治和节子正在起居室吃饭,听了成实的话,停下了筷子。

"他们要查什么?昨天不是已经全都查过了嘛。"重治不满地说。

"跟我说又没用。现在怎么办？"

重治跟节子对视了一眼后，费劲地站起身。

"我也去。"节子说。

三人一起来到玄关，发现好几个人已经站在走廊边。他们全都戴着帽子，拎着各种物件。

重治询问缘由，西口又把刚才的说辞重复了一遍。其他人则上上下下、来来回回地打量着房子。

"请问，你们具体想看哪里呢？希望不要打扰到其他客人。"重治说。

一名戴着帽子的男子上前一步。"请先带我看看厨房好吗？"

"厨房在那边。"重治指着前台里侧说。

男子说了句"失礼了"，随即开始脱鞋。好像收到了暗号似的，其他鉴定人员纷纷走进屋，大概是认为已经交涉成功了。

几个人进了厨房，节子赶紧跟了过去。

另一个鉴定人员看看重治又看看成实。"请问锅炉房在哪儿？"

"在地下。"重治答道，然后拄着拐杖带路，"在这边。"他边说边推开了旁边的一扇门。

又一个人过来问成实："我想看看死者住过的房间，行吗？"

这是想让她带路的意思吧。成实走到前台后面，翻找房间的钥匙。

19

"发射型烟花和火箭型烟花,基本原理看似相同,其实有微妙的区别。发射型烟花就跟大炮一样。在这根吸管里,"汤川用拿着筷子的手指着恭平喝可乐的吸管,"塞入用纸巾碎屑团成的纸团,然后用嘴一吹,纸团就嗖地飞到对面去了吧?发射型烟花安装在圆筒形的发射台,下面装入发射用的火药,烟花靠火药爆炸时的冲击力和气压,就飞上了天空。而火箭型烟花是本身炸开,向后喷射火星,靠反作用力助推飞到空中。火药在饮料瓶火箭里面起到压缩空气和水的作用。"

汤川滔滔不绝,同时嘴巴和筷子也不停。真行啊!比起他说的内容,恭平倒是对他这个本领感到由衷的佩服。

"那你刚才买的不是发射型,是火箭型的烟花。"

"是的。真正的发射型烟花,一般人是买不到的。受火药类管理法规的限制,必须有烟花师资格才行。"

"哦。"

从海边回来的路上,他们顺路进了一家便利店,买了烟花。并不是恭平要求,而是他说了前天晚上和姑父一起放烟花的事,汤川才要买的。

恭平吃完蛋包饭,正喝着可乐,拉门突然被人拉开了。一名戴着帽子、身穿深蓝色衣服的男子探进头来。

"啊,对不起。"那人马上把门拉上了。

恭平直眨眼。"那个人是干什么的?"

"他穿的是警方鉴定人员的制服,看来是又来调查什么了。"汤川说。

不久,成实送来了茶。她向汤川道歉,说打扰到他了。

"警方又来人了?他们到底在查什么?"

"我也不太清楚,不过看样子主要在查看火源。"

"火源?"

"他们查看了厨房的炉子能不能正常点火。"

"那有点奇怪。不是为了查礁石滩那个案子吧?"

"警方说就是为了查那个案子,但具体目的只字未提。"

汤川喝着茶,无奈地说:"他们就是这种人。"

晚饭后,汤川和恭平决定直接到外面去放烟花。出了宴会厅,只见好几个和先前那名男子穿着同样衣服的人在旅馆里走来走去。

两人走出玄关。恭平知道桶放在哪里。

他们听到有人唤了一声恭平。通往地下室台阶的门开着,重治从里面出来。"是要去放烟花吗?"

"嗯,我们借桶用用。"

"那倒是没关系,可……"他的目光投向汤川提着的塑料袋上,"里面装的是发射型烟花吧?"

"准确地说是火箭型烟花。怎么,不能放吗?"

重治露出苦笑,用手掌摸了摸几乎秃了的头顶,看着汤川。"那天晚上是偷着放的。町内会规定这种烟花只能在海边放,消防队还来指导过呢。要是平时我也不会这么死板,可今天晚上……"

"明白了,要是飞到人家家里可不得了。那火箭型的就算了。"

听了汤川的话,恭平也点点头。

他们走出去,绕到房屋的后面。这里有块空地,后面靠近树林。

就在恭平马上要放手持烟花的时候,汤川拦住了他。"等等,你知道烟花的原理吗?"

"啊?不就是把火药弄在一起嘛。"

"那样一点火就该爆炸了。看这个。"汤川说着,从兜里掏出一团白色的东西。仔细一看,是团棉花。汤川把它放在地上,又从另一边兜里取出钉子和砂纸。然后,他开始用钉子在棉花上蹭,眼看着棉花就被钉子上的铁粉染黑了。"拿这个点火。"汤川将一次性打火机凑近棉花,点上火。

一瞬间,棉花上火星四溅,烧了起来。"哇!"恭平惊呼。

"一般不会燃烧的金属,像这样当条件充分时,也会烧起来。烟花的主体其实就是金属,是由好几种金属组合而成的。"

"为什么要好几种组合在一起?"

"问得好。你先把那个烟花点燃看看。"汤川把打火机递给他。

恭平点燃了手持烟花。一下子,火星和五彩的光从上端一齐喷出,颜色还随时变化着。

"发出蓝色光芒的是铜,绿色的是钡,红色的是锶,黄色的是钠。这些都是金属。某种金属或金属化合物燃烧时,就会发出该物质特有的光,这叫作焰色反应。"与烟花喧闹的声音和绚烂的色彩形成对照的,是汤川那平淡的语气。"烟花就是利用这一点……"他突然中断了话音,抬眼向上看去。

两名男子正从建筑物后面的疏散楼梯上下来,都穿着鉴定人员的制服。他们瞥了汤川和恭平一眼,点头致意。

"他们从哪儿下来的?我刚刚都没注意到。"

"是在屋顶吧。烟囱在那儿。"

此时,其中一个戴眼镜的鉴定人员走了过来。"打扰你们了,很抱歉。您是住在这里的房客吧?"

"是的。"

"我想问您几个问题,可以吗?"说着,他似乎要从胸前口袋掏东西。

"我能看出你是警察。要问我什么?"汤川问道。恭平第一次听他说话不那么客气。

"您是从前天开始入住这家旅馆的吗?"

"是的,前天傍晚入住的。"

"哦。在这家旅馆里,有没有发生什么奇怪的事?"

汤川一脸莫名其妙地看着他。"我听说有客人摔死在礁石滩上了。"

"哦,不是这个。我是想问旅馆里有没有什么反常的情形,比如您有没有突然感到恶心不适,或者闻到奇怪的气味之类的?"

"不适?气味?"汤川歪着脑袋想了想,"没有。"

"这样啊,我明白了。打扰你们了。"那人准备离开。

"你不问问他吗?"汤川说道。那人愕然回头。汤川看向恭平继续说道:"对孩子就不问,逻辑上说不通吧。"

"啊,是……"那人一脸尴尬地走到恭平面前,"你呢?发现什么奇怪的事了吗?"

恭平无声地摇头。那人点点头,向汤川微微躬身,走开了。

汤川仰头看了看旅馆,也点了点头,然后问道:"刚才我说到哪儿了?"

"烟花变色的原理你已经讲过了。"

"好,下面我们讲讲蛇形烟花的原理。"他将手伸到塑料袋里开始寻找。

20

晚上八点刚过，成实到了常去的那家居酒屋。泽村正在桌子旁开着笔记本电脑等她。

"对不起，久等了。"成实边道歉边拉开椅子坐下。他们约好今天在这里准备整理说明会和讨论会的纪要。当然，她之前给泽村打过电话，告诉他警察过来调查，会晚点到。

"没关系。那帮人呢？"

"已经走了。"

"他们到底在查什么？"泽村诧异地问。

成实把对汤川说过的话又说了一遍。

泽村脸色一沉。"到底怎么了？那个人不是从堤上摔下去撞到头死的吗？还有什么必要查这些呢？"成实只能歪歪脑袋表示自己也很不解。泽村自觉失态，笑着向成实道歉："对不起，我这么问你，你也没办法回答。"

"我完全不知道发生了什么，不过我觉得应该没什么大不了的。"

"怎么说？"

"我是偶然听到的。"

汤川用完餐后，成实把餐具撤下，要进厨房，忽然听到里面几个人的说话声，话里夹杂着几句"没什么反常的情形""旅馆没有问题"等。他们要离开时，西口在她耳边嘀咕了一句"这样大概就没事了"。

泽村听了放下心来，吐出一口气，但还是显得难以释怀。"真不明白这些警察是怎么想的。"

之后开始归纳会议纪要，但两人都有些难以集中精神。于是泽村关掉了电脑，说今天就到这儿吧。

"对了，等夏季过去，你家是怎么打算的？很多旅馆现在都选择暂时休业。"

这问题提得不可谓不尖锐。成实告诉他，父母在考虑关张的事。这个回答可能在意料之中，泽村没有现出惊讶之色。

"这样啊，确实支撑下去太艰难了。那你的工作怎么办？"

"找呗，反正到秋天也必须找工作了。"

"你看这样如何？"泽村认真地看着她，"你愿意给我当助手吗？"

"啊？"她睁大眼睛，"助手？"

"我是自由撰稿人，需要到各地出差，又身兼环境保护活动家这个身份，必须和各方面保持联系，所以实在需要一个人在我不在时留守。这次，我想把我家的一部分改建成事务所，如果你能来帮我，我就放心得多了。当然，我会开出相应的薪水。"

成实笔直地坐着，视线落在桌上。对于突如其来的邀请，她感到不知所措。

这不是什么坏事，甚至还应该是求之不得的好事。这样她就不必离开小镇，还可以投身于保护大海的事业中。但让她踌躇的是，在这个邀请背后泽村的想法。

"怎么样？"泽村向她微笑，"我总是说，你可以成为我的最佳拍档，我也有自信成为你最好的搭档，我俩携手是最棒的。你不这么认为吗？"

成实露出微妙的笑容，侧头做思索状。

泽村总是爱用这种暧昧的表达方式。他所说的最佳拍档，仅仅是指在环保活动中，还是兼指公私两方面？指代并不清楚，或者是他故意含混吧。

从他们一起参与活动不久，成实就察觉到泽村对自己抱有好感，但一直假装不知道。她尊敬他，却并没有把他当作恋爱的对象。

于是从某一时期起，泽村开始对她说一些有时候听起来像是表白的话。他似乎认为，这样多说几次，成实就能把他当成异性来考虑。

"让我考虑一下，好吗？"

听到成实的回答，泽村鼻翼微微一动，点头道："当然，你可以慢慢考虑。"

她报之以微笑，同时有了心理负担。

回到旅馆，只见汤川正在门厅转悠，手里拿着一瓶红酒。

"你回来得正好，我想借一把开瓶器。"

"您这瓶红酒是……"

"我让他们从学校寄过来的,因为还要在这里逗留一段时间。"

那个纸箱里装的就是这个吧,成实明白了。所以上面才贴着"小心易碎品"的标签。

她从厨房拿来了开瓶器。

"你也来一杯怎么样?"汤川邀请道。

"可以吗?"

"两个人喝总比一个人独饮好。"

成实走回厨房,从架子上为数不多的红酒玻璃杯中拿下来两个。

两个人坐在门厅的桌边碰了一下杯。酒才刚刚入口,一股来自酿酒桶的木质清香就在口中扩散开来,入喉后仍有一缕甘甜,令人情不自禁地想继续啜饮。

酒瓶上的标签印着"SADOYA",汤川说这是山梨县的一家公司。

"没想到国产的红酒也这么好喝。"成实坦率地说道。

"日本人太不懂得欣赏日本的好了,"汤川转动着酒杯,"许多人看不到地方上的努力。无论你生产出多么好喝的红酒,他还没喝,一句'不就是国产的嘛'就给否定了。你们拼命守护着的玻璃浦也是这样,对于外人,美丽的海滨有的是,他们只会冷眼以待。"

"您是想说,我们的活动没有意义?"

"恰恰相反,我是想说你们应该得到回报。今天中午,我和恭平一起看到了使玻璃浦得名的海底景色，真的很美。"

汤川的话听起来并不像外交辞令。这个人，大概真的不是敌人，成实想。

这时，前台的电话响了起来。成实望了望时钟，站起身来。马上就要到晚上十点了，这个时间来电话可不多见。

"您好，这里是绿岩庄。"

"这么晚打扰您，非常抱歉。"电话里传来一名男子的声音，"我想找住在贵店的一个姓汤川的客人。我姓草薙。"

21

"……总之,绿岩庄的取暖和烹调设施等所有点火设备都没有问题。这些设备使用时间都很长了,有些甚至超过了二十年,但是并没有不合格。冢原正次住过的房间也仔细查过,没有发现煤炭燃烧过的痕迹,产生一氧化碳的可能性极低。汇报完毕。"

正在平静地发言的,是来自县警鉴定科的组长。坐在会议室角落里的西口闻言不由得放下心来。实际上,昨晚他担心得都没睡好觉。他和鉴定组的人在绿岩庄一直待到将近八点,但并没有得到明确的结论。听他们交谈的语气,感觉似乎没有发现什么特别的问题。从旅馆出来之前,他为了让川畑成实安心,故意说应该没问题,但其实他一直战战兢兢,生怕有人在会议室指出疑点,那他就不知该怎么办了。

"旅馆没问题啊?嗯,也是,如果有客人一氧化碳中毒,肯定会先叫救护车的。"

说话的是县警本部搜查一科的穗积科长。他头发浓密乌黑,鹰钩鼻下面的胡须里零星夹杂着一些银丝。

对于从东京寄来的尸检报告，不仅玻璃警察局，就连县警本部也不敢忽视。在摔落礁石滩前，冢原正次已经死亡，而且死因是一氧化碳中毒，这说明当初认为他因醉酒从堤坝摔落的结论是完全错误的。但同时，也缺少认定他杀的关键证据。因此，搜查本部还没有正式设立。

"可以认为事故的可能性基本为零了吗？"穗积自言自语道。

"可以认为在堤上没有发生中毒的可能。"鉴定科的组长答道，"我看过初次搜查记录，没有燃烧的痕迹。即使燃烧煤炭一类的东西，在室外应该也不会中毒。"

"如果在其他场所吸入一氧化碳中毒，走到堤上后断气，这种情况可能发生吗？我听说过症状延后出现的例子。"

"呃，有关这方面，"穗积旁边的矶部举了一下手，"我昨天和手下年轻的同事说了，让他向专家了解了一下。喂！"他盯了一眼坐在远处的一名年轻侦查员。

那名侦查员打开记事本站了起来。

"我咨询了县立大学医学部的山田教授。正如科长所说，当轻度中毒时，延后出现意识障碍，或有时发生人格变化，过去确实有过这种病例。血液中一氧化碳血红蛋白浓度超过百分之十的时候，症状有可能延后出现，所以需要格外小心。但是根据尸检报告，该数值远远超过百分之十，这种情况下，人基本不可能自己走到其他地方。所以可以认定，被害人是在中毒场所死亡的。"

矶部对部下的汇报满意地点点头,然后向穗积说,专家是这样讲的。"可以确定是在其他地点中毒死亡的。故意使人中毒的方法,都有哪些呢?"

鉴定科的组长出声作答:"最普遍的手法是在密闭的狭小空间,比如在车内,燃烧煤炭。这曾经被认为是没有痛苦的自杀方式,在网络上流行一时。"

"这样说来,是有这种事喽。"穗积的胡须微微抖动,"尸检报告中提到检出了安眠药,我知道了——将被害人引入车内,想办法给他服药,使其入睡,然后烧炭。"

"确认其中毒死亡后,将其推下堤坝,"矶部接着说道,"然后乘车逃走。这样就说得通了。"

穗积点头。"说得通,但可惜没有确凿的证据。中毒而死是另有人有意为之,还是本人的意志,目前还无法判断。"

"确实。"矶部立刻附和上司的意见。西口想起桥上说他是个"阿谀奉承之徒"。

"听说被害人的手机记录里也没有什么可疑信息。"

"是的。当然也有可能被人故意删除了,所以我们找电话公司出具了记录详单,没有发现问题。"

这个会议到底算什么?西口想。虽说在玻璃警局里召开,但是发表意见的都是县警本部的人。不仅组长元山、刑事科长冈本,就连局长富田都一反常态地老实低调。

"不过,我听说被害人生前行迹调查有了新发现,说是他去过自己曾逮捕过的凶手家里,是吧?"尽管并没有听到西口的腹诽,穗积还是转向了本地的侦查员们。

"啊，这个让西口来汇报吧。"元山说着，向西口使了个眼色。

西口起立，打开了记事本。"被害人去看的是位于东玻璃町别墅区的一栋别墅，由一个叫仙波英俊的人买下，听说他曾经住过一段时间，但是不久又变卖了。仙波为工作去了东京，在那儿犯下杀人罪后被捕，当时负责案的就是冢原。我们从警视厅调来了有关该案详情的资料，现在应该已经送到矶部组长那里了。"

矶部打开自己的文件夹，拿给穗积看。

"乡下人进东京，杀死曾当过女招待的人……简直冒失到可怜。"穗积用兴味索然的口吻说。

"我给冢原的妻子打过电话了，"矶部插了一句，"她说冢原一直特别关注在职时逮捕的凶手，这次大概是借着来玻璃浦的机会顺路去看看。"

穗积抚着下巴，点了点头。"这种刑警有很多，不过也有遭对方怨恨的例子。先去查一查仙波现在人在何处、在干什么。"

矶部答应着，同时向部下使了个眼色。

"怎么样，富田局长？"穗积对依然一声不吭的局长说，"我先回县警本部，和上面商量一下。先以遗弃尸体案的名义设立搜查本部，你看行吗？"

富田如梦方醒，半张着嘴连连点头。"行，行，这样可能比较好。"

"那么今天做好准备吧。先把矶部组的人全都调过来，然后再根据需要增派人员。这样可以吧？"

"哎,好,我明白了。那就请你们多多费心了。"

看着局长点头如捣蒜的样子,西口低声叹了口气。正在这时,外套内兜的手机振动起来。有短信。他轻轻取出,放在桌面下查看。看到发信人名字的一刹那,他的心怦怦直跳。短信是川畑成实发来的。

22

把自己的汽车天际线停在路边后,草薙比对着卫星导航仪上的画面和周围的环境。这条路弯弯曲曲的,两侧都是住宅,其间分布着树林和小块的田地。"应该就是这一带啊。"这些房屋建的位置都比道路稍低,所以门上的姓名牌不大好认。

"我去看看。"内海薰从副驾驶座打开车门下了车。

草薙拉出盛烟灰的托盘,叼起一根烟。因为是在自己的车里,抽起烟来也很放松。打开车窗,炎热的空气扑面而来。

他俩来到了埼玉县鸠谷市。冢原正次的家就在这附近。

昨天草薙被多多良叫到品川警察局。"这里面一定有问题。"多多良突然说道。他不明所以地愣住了,多多良继续道:"我说的是仙波英俊。"

"冢原前辈在退休之前,我俩单独喝过一次酒。当时我问了他一个问题:'在您负责过的案件中,印象最深的是哪个?'我问的时候其实并没有想太多。冢原前辈是一个记忆力超群的人,对于经手的案件和罪犯，几乎都记得很清楚。所以我以为他会说，没有最深刻，哪一个案子都印象很深。"

但是冢原正次的回答完全出乎多多良的意料。

"是仙波英俊——他沉思了一会儿后，嘴里蹦出一个名字。老实说，我当时有点不知所措，因为我完全不记得了。他说就是那个在荻洼用刀杀死陪酒女招待的男人，我这才模模糊糊地想起来。可那是个很快就破了的案件，公审时也没出什么状况。于是我问他，为什么是这个案子。"

冢原并没有回答，而是摇摇头，说自己只是心血来潮，让多多良忘了这件事。

"无论案件大小，只要还在干刑侦工作，自己调查过的凶手的情况就一直记在心里，这是常有的事，有时候自己也不明白为什么会这样，所以我也没有追问。可是，冢原前辈落得这个结局，事情就另当别论了。你一定要彻查清楚。"

得到指示后，草薙想尽早见到仙波，却找不到他的住所。据内海薰调查，仙波刑满出狱后，经一个老熟人的介绍，在足立区的一家废品回收公司干过活，可是公司没多久就倒闭了，那以后仙波就行踪不明了。

而冢原呢？他对仙波这么在意，很有可能仙波出狱后和他取得过联系。草薙想查一查他的记事本和手机，可那些现在都在玻璃警察局。

内海薰跑了回来。"找到了，就在前面不远的地方，那儿也有停车位。"

"太好了。"草薙松开了手刹。

冢原正次的家是一栋朴实无华的木造二层小楼。冢原的妻子早苗把他们迎进门，带到一间可以看到后院的和式房间。房间里布置着佛龛，但并没有挂冢原的遗像。

"我已经和殡仪馆说好了，明天遗体就能到。"早苗的声音和她纤细的外表很相称。

草薙表达完哀悼之意后，告诉她冢原很可能并非死于单纯的事故。早苗没有露出震惊的神色，应该是多多良已经在电话里把解剖的结果告诉她了。

"其实，在听到他的死讯时，我就隐约感觉到了。他那样的人喝醉酒掉到礁石滩上摔死……"她摇着头，"绝对不可能。"她语调平静，却相当笃定，包含着强烈的意志。多年来她一直默默地在背后支持着一名干练的刑警，肯定拥有单凭外表看不出来的坚强内心。

草薙告诉她冢原去过仙波的旧居，问她可有什么线索。早苗微蹙起眉头思索着。

"当地警方也打来电话问这件事。我家那位对自己经手的案件的当事人都会一直关注，所以我并不觉得这事稀奇。不过，仙波这个姓氏我没有听说过，我想我家那位也没有和他有过信件往来。"

"冢原先生刑警时代的侦查资料还有吗？"

早苗摇头。"那些东西在他退休的时候，应该都已经烧掉处理了。因为对他已经没用，而且还牵涉到别人的隐私。"

"哦，是这样啊。"冢原认真严肃的性格可见一斑。

"不过，书房里也许会有一些，你们要去看一看吗？"

草薙答道:"请一定让我们去看看。"

书房在二楼,是一间六叠大小的和室。窗前摆放着木制书桌,桌旁的书架上排列着司马辽太郎和吉川英治的作品,和警察相关的书一本也没有。书架最底下一层放着厚厚的电话簿。

得到早苗的允许后,他们打开书桌的抽屉,但并没有发现可能和这次案件有关的东西。

楼下的电话响了起来,早苗说了一声"失礼了",走出房门。草薙思索着,从书架上拿出电话簿。

"这个有问题吗?"内海薰问。

"以前那个年代,这东西一般都放在固定电话的旁边,但是这里连个无绳的子机都没有。"

"还真是。"

"而且,这是东京的电话簿,大约一年前发行的。那时他已经从警视厅退休了,还要这个做什么呢?"

草薙把电话簿放在桌上,哗啦哗啦地翻着。忽然他发现有一页是折着角的,打开一看,这一页都是简易旅馆的电话号码,而且基本都在台东区和荒川区,尤其位于南千住这个地方的最多,就在泪桥附近。

草薙和内海薰对视了一眼后,把折住的页角摊平,合上了电话簿。放回书架上时,楼梯上响起了脚步声。

"是玻璃警局打来的,说今晚县警方还要来人,想再了解一下我丈夫的事。我应该怎么回答他们呢?"早苗问道。

"您就像对我们一样,如实回答就可以了。"草薙说。

"也是啊。嗯,今天有什么发现吗?"

"没有,很遗憾。"草薙摇了摇头,站起身,"打扰您了,我们这就告辞了。在走之前,您能借我们一张冢原先生的照片吗?看得清脸部的就可以。"

"电话簿的事,为什么不告诉冢原夫人?"草薙开动车子之后,内海薰马上开口问道,好像早就想问这个问题,已经忍了许久。

"跟案件是否有关还不清楚。没有确证的事情不能告诉家属,这是刑警的铁律。"

"但您认为有关的可能性很大吧?"

"呃,怎么说呢。你呢?你怎么认为?"

"我认为可能性很大。"

草薙侧目向副驾驶座瞥了一眼。"答得毫不犹豫啊。"

"如果那本电话簿真是冢原先生在退休后买的,那是为了什么呢?如果就是为了查那些简易旅馆的电话,我认为他的目的只有一个。"

"是什么?"

"找人。"这次内海薰也是立刻作答,"冢原先生应该是在找一个没有固定住所的人。这个人为什么没有固定住所呢?"

"因为他有前科,找不到稳定工作,所以也就没法租房子吧。"

"您的推理跳跃性也太强了吧。"

"不,我认为很合理。现在还不知道仙波是否住在这样的地方,但是,冢原先生在退休以后,很可能还在利用自己老本行

129

的手法进行调查。"所以,循着冢原先生走过的轨迹一路追踪,就有可能找到仙波——草薙如是想。

"问您个问题。"

"什么?"

"这事不需要告诉那边的警方吗?告诉了他们的话,他们应该也会去追查仙波的。"

"那帮人不熟悉东京这边的情况,还是咱们自己找快一些。"

"您果然没有告诉他们的意思。就连管理官说过的冢原先生印象最深的就是仙波一案的事,您也不打算告诉他们吧?"

草薙皱起了眉头。"怎么回事啊你?有点胡搅蛮缠了吧?"

"管理官给我们的指令,不是要最大限度地协助县警方吗?"

草薙撇撇嘴,叹了口气。"只给他们提供信息,对案件的侦破没有帮助。"

"什么意思?"

"昨晚为了联系汤川,我给绿岩庄打了电话。"

"给旅馆?为什么不打他的手机?"

"我打过了,没打通。好像是为了做什么实验,手机弄坏了。他还说手机的防水功能不行什么的。唉,不说这些了。当然,他已经知道了有房客死亡的事,但更详细的情况好像就不知道了。所以我就把到目前为止的情况,还有我被指派做联络工作的前因后果简单地告诉了他。"

"汤川老师很震惊吧?"

"他并不怎么惊讶。他虽然不知道死者是前警视厅刑警,但在此之前就怀疑是他杀。"

"他这么说的？是发现了什么疑点吗？"

"木屐。礁石滩上找到了疑似冢原先生穿过的木屐。汤川觉得，堤坝相当高，穿着木屐应该很难上去。他对这一点感到疑惑，但是想到日本的警察都非常优秀，他这个外行没必要多嘴，所以就保持了沉默。"草薙说着，想起了汤川那带着揶揄的口吻。

"这真是非常汤川式的说法。那关于协助调查他怎么说？"

看到前面的信号灯变成黄色，草薙踩下了刹车。在停车线边停住后，他把脸扭向副驾驶座。"你猜他怎么说？"

内海薰的黑眼珠向左上方转了转。"'协助警方？我早就受够了'之类的？"

"你也是这么以为的吧？我也做好思想准备等他这么回复了。但昨天他是这样说的：'明白了，虽然提供不了太重要的信息，但在可能的范围内我会帮忙的。'"

内海薰的黑眼珠又骨碌碌地转动起来。"真的？"

"我一提请求他就这么说，我反倒不知所措了。我差点问他出什么问题了，可又怕他犯起别扭来，所以就什么都没说。"

"您很明智。那，这和您不给县警方消息有什么关系？"

眼前的信号灯变成绿色，草薙继续开车向前。"挂电话之前，汤川说了一句'这可能是个非常棘手的案子'。我问他什么意思，被他含糊过去了。当时我就有一个想法：除了木屐，他还有其他发现。不，可能还没到那个阶段，但他肯定对这个案子很关注。如果是你和汤川谈话，恐怕也会留下同样的印象。"

"如果您指的是汤川老师在犯罪侦破方面敏锐的观察力，这个我自认为还是很清楚的……"

"不仅是对事物,他对人的观察力也是非凡的。他对这个案子这么感兴趣,说明关键人物就在他身边。所以我觉得不要指望县警方,用好汤川才是侦破案件的捷径。"草薙看了副驾驶座一眼,"你觉得呢?对我说的感到意外?"

"不,我很明白您的意图。确实有很多案件是在汤川老师的帮助下侦破的,但因此就不给县警方提供情报,不会有问题吗?"

"也不是完全不给,看情况而定。你好好想想,我们警视厅的人在汤川面前甘拜下风,但其他的县警只会把他当普通平民,绝不会想到让他插手帮助破案。汤川是推理方面的天才,但没有推理用的材料他也没法发挥,而能给他提供材料的只有我们。所以,虽然对不住县警方,但我们还是必须确保先一步取得有价值的情报。怎么样,这样你能理解了吧?"

草薙用余光看到内海薰点头。"汤川老师在自己得到确证之前总是什么都不说,还经常没有任何解释就突然吩咐查这查那。也许能跟他合作的也只有我们了。"

"我们就像四肢,支持着他这个大脑。一向不就是这么个模式嘛。"

大约二十分钟以后,草薙在明治大道边停下了车。"仙波英俊的有关资料都拿了吧?仙波的照片也有吧?"

"有服刑时照的。"

"那就够了。给,拿着这个。"草薙从衣服内兜里掏出冢原正次的照片,"那就靠你了。"看着内海薰接过照片直发愣,草薙指了指前面。"你发什么呆？想想这是哪里。"

眼前的十字路口标着"泪桥"，周围简易旅馆的招牌到处可见。

"啊！"内海薰反应过来，拿起背包，推开车门。

"让碰到的每个人都好好认一认照片。"

听到草薙的吩咐，内海薰使劲点了一下头，然后砰的一声，用力关上了车门。

23

西口带着矶部和他的两名部下到达绿岩庄时,是下午三点刚过。

由于事先联系过,川畑夫妇和成实都在门厅等候。三个人本来表情就显得有些紧张,因为态度强势的矶部的到来,面容显得愈发凝重。

矶部仔细询问了冢原正次失踪那晚的情形。虽然已被询问多次,三人仍然认真地回答。他们的话里没有矛盾,也没有不自然之处。

对于西口来说,这些内容也早就听够了。在其他人交谈的过程中,他入神地看着成实秀丽的面孔。

"那接下来就去冢原先生住过的房间看看,可以吗?"矶部粗声问道。

节子站起来。"我带几位去吧,这边走。"

矶部和侦查员跟在她身后。

"我也一起去吧。"重治说着,拄着拐杖向电梯走去。

当只剩下西口和成实后,西口说:"对不起,又一次打扰你们。因为不是单纯的事故,侦查的规模扩大了。这次又调来很多人员加入,我们也都快受不了了。"

成实淡淡地微笑着,摇了摇头。"没关系,你不必介意。其实我更应该道歉,在你那么忙的时候还发短信。"

西口慌忙摆手。"真没关系。忙是忙,但我也就是打打杂。不过,你说有事想问,是什么事?"今天早上开会的时候,她发来的短信上写着:"有事想问你,可以找个地方见面吗?如果打电话合适,你什么时候方便?"

"唔,是这样。"成实好像在考虑该如何开口,她舔了舔嘴唇,"上次你不是借走了我们的房客名单吗?你说是为了查冢原先生为什么要订我家旅馆住。现在查明白了吗?"

"啊,你说那个啊。抱歉,名单还要用一阵子,还没有全部筛查完。"

"没关系。你的意思是目前还没有什么发现?"

"是的,至少在这两年的客人中没有发现和冢原先生有关联的人。当然,也许他选这家旅馆根本没有什么特殊的理由。玻璃浦旅馆联盟的网站里,也有绿岩庄的介绍啊。"

成实垂下眼睑,点了点头。很明显,她在想着别的事。

"你在担心什么?"西口问。

"不知道是否算是担心。"成实露出似笑非笑的表情,同时也显得有些迷茫,"你知道,我们这里现在住着一位姓汤川的大学老师。昨天有人打电话找他,我并没有故意偷听,但他在前台很大声,所以我听到了……"

西口有些迷惑,他仅仅在案件资料上了解过汤川这个房客,没有和他说过话,好像是在哪儿看见过一眼,但是并没有明确的记忆。对于他来说,汤川只是个路人。

"给他打电话的人好像是警视厅的。"

听到成实压低的声音,西口一下挺直了身子。"警视厅?"

"汤川先生是这么说的:'为什么这里发生的案子,你们警视厅要给我打电话呢?'后来他可能觉得那么大声不太合适,我就听不见了。之后我问他,他说对方是大学时的朋友,但没有说具体聊了什么事。"

"大学老师和警视厅的人啊……"

西口也是大学毕业。他回想起自己的同学,好像没有一个是站在讲台上的材料。

"就算是朋友,一个警视厅的人特意打电话给毫无关系的汤川先生,你不觉得很奇怪吗?说不定他问的是我家的事……旅馆啊,我爸妈啊,还有我。"

"怎么会?"西口微微一笑,"虽然我不太了解警视厅,但应该不会这样。可能就是偶然知道自己的熟人住在这里,就顺便问问当地的情况。应该是这么回事吧。"

"是这样吗?"成实看起来并没有消除疑虑。

"为什么要这么担心呢?自家的房客意外死亡,还死得奇怪,感到不安很正常,但是不管怎么看,你家都没有过错啊。当然,要是引起一些负面评论,导致订房的客人减少,这确实糟糕,但目前还没有这个迹象。你就当自己是个纯粹的旁观者就行了。"

西口话音刚落,电梯门开了,矶部等人走了出来。矶部依然面无表情,跟刚才没有什么变化。

正在这时,成实看向玄关。"您回来了!"她扬声招呼。西口看到一名戴眼镜的高个男子正在那里脱鞋。此人应该就是汤川。

矶部看到汤川,问了节子几句,嘟囔了一声"正好"。"抱歉,能占用你一点时间吗?"矶部出示了警徽。

"什么事?"汤川目光冷淡地看着他。

"我想问一下大前天晚上的情况。你当时在哪里?在做什么?"

汤川扫视过成实等人,开口说道:"八点左右到十点多,我在码头附近的居酒屋。我点的是毛豆和腌制食品,还有黑雾岛的加冰烧酒。开始是和老板娘,后半段是和她的女儿一起喝的。"简直是对答如流,所说内容和之前的侦查记录完全一致。

"从居酒屋回来的路上,你有没有看到可疑的车辆?"

"你说的可疑是指什么?"

"比如说车停在马路上、里面还有人这种情况。"

汤川想了想。"我没注意。"

"好的,非常感谢你的配合。"矶部微微弓了下身。

"我能问个问题吗?"

"什么问题?"

"一氧化碳的产生源确定了吗?"

矶部的眼睛立刻瞪圆了。"你怎么知道……"

"昨晚看见鉴定人员的工作,就不难猜到。产生源查到了吗?"

"这个……我不能说,这是保密事项。"矶部紧紧抿着嘴巴。

"原来是这样,我知道了。"汤川展颜一笑,向电梯走去。

24

马上就可以一举消灭时,传来了敲门声。就这么一瞬间的走神,被突然出现在画面里的敌人弄慌了手脚。"唉,糟了!"恭平快速地操作着手柄,但是已经来不及了。随着像是在嘲笑失败者似的音乐声响起,又失去了一条宝贵的性命。"啧,什么玩意儿!"恭平看着屏幕噘起了嘴,然后冲着门口喊起来,"谁呀?门没锁!"

门被小心地打开,汤川探进头来。

"我以为谁呢,博士呀。"恭平放下手柄,"怎么了?"

"可以进来吗?"

"可以呀。"

汤川面无表情地走了进来。他穿着白衬衣,拿着外套和文件包。

"工作做完了?"

"今天的做完了,"汤川说着,走到窗边,"但是收获为零,只完成了和戴斯麦克实验前的手续。无关的人参与得过多。那个技术管理科科长是什么人啊！指指点点，一点建设性的意见都拿不出来。他到底是来干吗的？除了碍事就没干别的。"发泄了一通之后，他突然冷静下来，回过头，"啊，抱歉。听我这么抱怨太无聊了吧。"

"没关系。不过听起来，这项工作有很多你不喜欢的地方。"

"有点吧。一旦和别人合作，或多或少会有些压力。"

"我明白我明白。就是和朋友一起打游戏，如果有合不来的人，我也不愿意跟他打配合游戏啊。"

"配合游戏？"

"就是三四个人打一个游戏，每人用一个手柄。"

"哦，"汤川看了看恭平，又看了看电视，"你很擅长打游戏吗？"

"算是吧。"

"挺有自信嘛，"汤川看着屏幕，"打一个给我看看。"

"现在？"

"嗯，刚才你就在玩着呢吧？"

"但是我玩的时候不喜欢让别人看着，尤其是大人。"

"别摆架子了，快点吧。"汤川在恭平身后盘腿坐下。

恭平无奈地拿过手柄，开始玩游戏。起初他还意识到汤川在身后看着，不一会儿就习惯了，精神也集中起来。顺利打通了刚才失败的那关，恭平按了暂停键，回头道："大概就是这样。"

"哦，"汤川嘀咕了一声，"看着倒还有两下子。"

"这是什么话？"

"这也没办法。我又不知道这个游戏的难易程度,也不知道别人的水平。要评价你的实力,数据还不够。"

"那博士你自己来试试。"恭平把手柄递给他。

汤川的脸上浮现出为难的神色。"我就算了。"

"为什么?"

"我是那种在现实世界里反复摸索的类型,对虚拟世界不感兴趣。"

"说得好复杂。哦,我明白了,你是没有自信,所以想逃避。"

汤川一脸不高兴。"才不是逃避。"

"那就试试嘛,也别摆架子了。"恭平把手柄使劲塞给他。

汤川不大乐意地接过手柄。"我不会用这个。"

"玩玩就会了。"恭平按下游戏开始键。

"哎,等等!这么突然……"汤川瞪大镜片后面的眼睛,盯着游戏画面,手忙脚乱地操作着手柄。任谁都能一眼看出,他使出了全身之力。

转眼工夫,游戏里仅剩的三个角色就都死掉了。恭平倒在榻榻米上笑得直不起腰。

"不可能吧,连我妈妈玩得都比你强。这是怎么回事啊?我还是头一次见到!"

汤川面无表情地放下手柄。"我大概知道了。在这个游戏上,你的实力相当强。"

恭平仰躺着。"不好意思,我可不想让博士你来推测我的实力。"

"先不说这个了。这是什么?"汤川看着小桌上的东西。

恭平坐起身，苦着脸。"看一眼还不明白？是语文和数学的习题。"

"哦，暑假作业啊。"

"还不光那些呢。"恭平把放在壁龛处的纸箱拉过来，这是他到这里的第二天快递过来的。里面除了换洗的衣服、游戏机，还有一整套暑假作业。"首先是生活表，要制订每天的计划，填写是否按时完成。这就够麻烦的了，还必须写读后感。还有自由研究，我都不知道该弄什么。为什么大人总让我们做这些呢？暑假就让我们自由自在地玩不好吗！"

汤川拿起数学习题，哗啦啦地翻着。"几乎都没做呢。最后做来得及吗？"

"可能够呛，只好在开学之前一边挨妈妈的骂一边补做了。妈妈虽然骂我，但也会帮我做点。"每年恭平都是这么过来的。

"这不叫帮，而是阻碍，你妈妈在阻碍自己的儿子好好学习。"

"说是这么说，可是没做完作业，就会在学校挨骂呀。"

"挨骂也没什么大不了，那才是为你好。"

"什么呀！真是站着说话不腰疼。"恭平想把汤川手里的习题抢回来，手刚要碰到，就被汤川一下拿远了。

"我来帮你，这本习题两三天就完成。"

恭平顿时直起了身子。"你要帮我做？"

"不是帮做，是帮助。在我的指导下，可以让你全都做对。"

"就像家庭教师那样？"

"通俗地讲，是的。"

142

"哎——"恭平苦着脸,"我并不想学到那个程度啊。"

"反正你早晚也得做。"汤川摊开习题本,"求十八边形的内角和这样的题,你迟早要靠自己做出来。要是一直不会,等长大成人后,你就会面临很艰难的局面。所以现在学会它不好吗?而且现在你应该已经靠我的帮助完成一项作业了。"

"咦?什么呀?"

"火箭啊。我们不是用饮料瓶火箭看到海底的玻璃了吗?这就是非常棒的自由研究项目。我那儿有全部数据,整理一下就行了。"

"这样啊。"恭平拍手,"但是实验都是博士做的,这算不算作弊呀?"

"让你妈妈帮忙做数学题都没有罪恶感,在这儿你倒讲起规矩来了。实验你也参与了,不算作弊。"

"太棒啦!这样一项作业就解决了。"恭平双臂上举,做了个胜利的姿势。

"你就一鼓作气,把这个也做完。"汤川扬了扬手里的习题本。

恭平皱着小鼻子,挠挠头之后,点了点头。"知道了,那我就做做看。有博士教我,也会轻松一点。"

"对此你大可放心。另外,跟你商量件事,我辅导你学习,你也帮我一个忙,行吗?"

"什么事?"恭平坐直了身子。

"你知道万能钥匙吧?就是在这种旅馆或酒店里,哪个房间都能打开的那种钥匙。"

"你说的是放在姑父房间里的那把吧?我看成实从抽屉里拿出来过。"

"应该就是。我想用用,当然,就一会儿工夫。"

"可以呀,我去借。"恭平准备站起来,却被汤川按住了肩膀。

"不必现在就去,而且,也不是要你去借。"汤川舔舔嘴唇,"我是要你悄悄地给偷出来。"

25

西口和要回县警本部的矶部等人分手后,回到玻璃警察局已是晚上八点多。局里乱哄哄的,搜查本部快要正式设立了,手里没有案子的人都在忙于筹备工作。

西口到局里最大的大会议室看了一眼,里面已经陆续搬进了电脑等设备。

忽然有人拍了一下他的肩膀,回头一看,桥上正沉着脸站在他身后。

"你在这儿傻站着,马上就会有人来给你派活儿。还没吃饭吧?走,一起去。"

"这样行吗?不用帮忙?"

"以后有的是给县警打杂的时候。能偷懒时不偷懒,往后就没机会了。"说着,桥上走了出去,西口跟在后面。

二人进了警察局附近的一家定食屋。西口点了烤肉套餐。听到"打杂"这个词,他觉得必须提前补充些能量。

"惨透了。原以为只是个简单的事故,谁想是这么个结果。那个警视厅的管理官真是多此一举。县警那帮人,话里话外好像我们初期侦查多差似的。那种情况不管是谁都得判断为事故吧?如果这样的都——解剖,那咱们就该挨埋怨了。"桥上一边用筷子戳烤鱼,一边抱怨着。

"桥上前辈,您今天去哪儿了?"

"东玻璃。和县警的人一起走了走,应该说是给他们带了一天的路。"

"就是那个叫海上群山的别墅区?"

"也去那儿了。调查的是另一个别墅区,说是仙波死了的妻子娘家在那儿,现在已经变成了停车场。"

"仙波的妻子是东玻璃人?"

"好像是。"桥上放下筷子,从放在旁边椅子上的外套里掏出记事本,"根据警视厅送来的资料,仙波是爱知县丰桥市人,到东京工作,三十岁时和女同事结婚,对方来自东玻璃。"桥上给他看的那一页上记着"悦子,原姓日野"。

"妻子娘家在这里,而他们又另外在旁边买了别墅?"

"不是,他们结婚的时候,妻子娘家的房子已经拆了。她在东玻璃一直待到高中毕业,后来因父亲工作调动,跟着搬到了横滨。和仙波结婚后,自然是住东京。仙波呢,三十五岁时自己成立了一家家电维修公司,当时的住址是东京目黑区。公司业绩蒸蒸日上,在四十六岁时,为了实现妻子的夙愿,他买下了海上群山的那栋别墅,因为他妻子经常说希望有一天能住在故乡海边的房子里。这是他因杀人被捕后,在接受审讯时说的。"

"哦，只听这些，感觉也不像是太坏的人啊。"西口大口嚼着烤肉说道。

"一念之差吧。别看他当时连别墅都买得起，可是小公司啊，走错一步就不知会怎么样呢。仙波的公司就是这样，勉强拓展了新业务，没想到反而受了拖累，转眼间债台高筑，公司破产。幸而还剩下目黑的住处和海上群山的别墅。结果，他妻子又病倒了，还是癌症。"

"癌症？"西口皱着眉，"这也太……"

"够倒霉吧？"桥上夹了一筷子煮菜放进嘴里，"为了筹措看病的钱，仙波卖掉了目黑的房子，二人搬到了海上群山。没想到在这种情形下实现了妻子的愿望，也够讽刺的。但是这也没维持太久，不久妻子就死了，剩下了仙波。"

"一个人孤零零地住在那种地方，也够难受的。"西口回想起那废墟般的别墅。

"他一个人住了一阵子，但毕竟没有收入，生活很艰难，于是他回到东京，开始在电器行打工。案件就在这个时候发生的。"

"这之后的情况我看了资料，说捅死的是一个前女招待？"

"两个人为有没有借过钱争执起来，最后他在气头上捅死了对方。本来就一无所有了，又死了妻子，大概迷失了吧。说蠢也真是蠢，可我也有一点同情他——"

西口用手势制止了桥上的话头。"冢原是否也是这么想的呢？对仙波怀有同情之心。"

桥上露出思索的表情。"应该是吧。当时案件的负责人就是冢原。现在留下的卷宗里，刚刚说的为了妻子买下海上群山的这些话,记录人应该就是冢原。我想是为了审判的时候,多少能给法官留一点好印象。"

"要是这样,仙波可能也并不怨恨冢原。"

"有可能。"桥上点了点头,"当地现在还有几家人和仙波妻子娘家来往过,我也去和他们打听过了。仙波开始住到海上群山的时候,还经常主动跟他们打招呼呢。他们都说没见过比仙波心肠更好的人了,所以都觉得仙波犯案肯定是有原因的。会不会就是因为这个,冢原到这里来的时候,才会想着顺便去看看呢?"

"那么,这起案件和仙波英俊……"

桥上摇头。"没有关系。我觉得县警那帮人对这个也失去兴趣了。"

26

电视正在播放艺人挑战危险游戏的综艺节目。恭平其实不太爱看,但还是抱膝而坐,装出爱看的样子。这时,节子端来了盛着梨块的碟子,放在矮桌上让恭平吃。

"谢谢。"恭平没有拿碟子里的小叉子,而是直接用手拿了起来。

今晚他没有和汤川在一起,而是和重治一家共进晚餐。吃完饭后,他一直坐在他们屋里看电视。

重治在旁边边喝茶边看书。成实饭后就出了门。

"恭平,你今天干什么了?好像一直没从房间出来啊。"

"呃,做暑假作业,然后打了会儿游戏。"

"做作业啦?真懂事。"

"才刚刚开始做。博士说碰到不会的,他教我。"

"博士?"

"就是汤川先生。"节子站起来说道。随后她走出房间,大概是去厨房了。

"哦，是这样啊。不知道那位老师打算在这儿待多久？"重治疑惑地说。

"他说自己也不知道呢。"恭平说，"他抱怨戴斯麦克那帮人都是笨蛋，研究没有一点进展。"

"这样啊。反正他是帝都大学的老师，倒是不用担心拖欠房费。"重治摸了摸头发稀疏的头顶，看着恭平，"那位老师有没有对这个案子说过些什么？"

"是指什么？"

"随便什么。比如有人死了怪可怕的，或者是怎么死的，有没有说过这类话？"

"没说过。只是说老有警察来，不太平静。"

"哦。"重治点点头，重重地叹了口气，"恭平你运气也不好啊，好不容易来一次，却碰上这种事。答应过带你去海边游泳也没去成，姑父真对不起你。"

"没关系。海边什么时候都可以去。"

"嗯。"重治正说着，放在房间一角的无绳电话子机响了起来，但马上就停了。母机在前台，估计是节子在那儿接了。

恭平看了看钟，马上就要九点了。综艺节目已经结束。他拿着遥控器，心想用什么借口在房间里继续待下去。再过一会儿重治就该去洗澡了，必须坚持到那时候。

为了拖延时间，他换了个频道，正好一部偶像主演的电视剧开始了。这剧恭平从来没有看过，但他装作等待已久的样子，重新坐好。

"咦，你爱看这样的节目呀？"重治有些意外。

"还可以吧。"他冲着电视答道。要是姑父觉得这剧简直无聊得看不下去，那才正合他心意呢。

这时，无绳电话又响了。不过这次铃声和刚才不一样，大概是由分机线打来的。

"哟，到底怎么回事呀？"重治说着，准备去接电话。

忽然，走廊里传来小跑过来的声音，是节子。

"这是恭平他爸爸打来的。"说着她接起了电话，"喂？听到了吗……现在换他接喽。"她将电话递给恭平。

"我爸爸？"

"对，是从大阪打来的。"

恭平把听筒放在耳边。"是我。"

"嗯，我是爸爸。你还好吗？"电话里传来敬一洪亮的声音。

"嗯，很好。"

"是嘛。刚才我听姑姑说了，发生了一件不得了的事。你怎么没跟妈妈说呢？昨晚她不是给你打电话了吗？问你有没有事，你说没什么。"

恭平很想说因为怕麻烦，但是忍住了。"我觉得没什么大不了的。"

"有人死了，这还没什么大不了？你没事吧？"

"什么？"

"肯定有警方的人进进出出，让你感到不安了吧？还哪里都玩不成，也没法学习，是不是？"

"没有的事！我玩了，还做了一点作业呢。"

"是吗？如果你待得难受，就老实告诉我。"

恭平答应着，心里却在想：如果我真这么说了，你打算怎么办？会让我去大阪吗？不就是因为没办法，才把我送到这里的嘛。

"那你还想在那边待一阵子？"

"嗯。"

"好，知道了。你让姑姑接电话。哎，等等，妈妈要跟你说话。"

"算了吧，昨天刚说完。"

恭平把电话子机递给节子。节子和敬一又说了几句之后，挂了电话。

"敬一很担心？"重治问道。

"好像也不是。他是那种精神专注在一件事上的人，现在满脑子都是工作上的事吧。"说完，她看向恭平，"你在姑姑家想待到什么时候都可以，但如果你想去爸爸那儿就直说，姑姑马上就给他打电话。"

"好的。"恭平点头。

"好了，我该去洗澡了。"重治终于站了起来。

节子也回厨房去了。

终于，只剩下恭平一个人。他可是等了好久了。

他开门确认走廊没有人后，拉开电视旁边的柜橱抽屉。挂着一块大木牌的钥匙赫然放在里面。他拿起钥匙，塞进短裤裤兜里，然后关上电视，走出房间，拖鞋也没穿就跑过走廊，穿过门厅，乘上电梯。他的心脏怦怦直跳，这不光是一路狂奔的缘故。他上了三楼，敲了敲"云海之间"的房门。马上传来门锁转开的声音，门开了，汤川站在门口。恭平拿出万能钥匙给他看。

"辛苦你了。咱们还有多长时间？"

"我得趁姑父洗完澡之前把它放回去，大约二十分钟吧。"

"那足够了，走吧。"汤川出了房间，他也没穿拖鞋。虽然没有其他客人，不怕被谁听到脚步声，但估计是为了以防万一。

汤川没乘电梯，走楼梯到了四楼，然后走向与恭平推测的相反的方向。

"博士，你去哪儿？'虹之间'在那头。"

汤川停下来。"虹之间？"

"你是要看那个去世的伯伯的房间吧？"当汤川要他偷出万能钥匙时，他问过理由，汤川回答想要进一个房间看看，于是他就认定是那个死在礁石滩上的客人住过的那间。其实他自己也有点想去看看。那间客房被警方贴了封条，反而勾起了他的好奇心。

可是汤川摇了摇头。"那个房间不用去。"

"那是哪间？"

"你跟我来就知道了。"

汤川再次停下时，他们站在了"海原之间"的门前。

"是这儿？"

"对。"汤川从口袋里掏出一样东西，"把这个戴上。"

是一副白手套。因为是成人款，恭平戴上显得松松垮垮的。

"我没带儿童款。你尽量……千万别碰屋里边的东西。"

"你到底想干什么呀？"

汤川看上去若有所思，沉默了片刻，说："我想做些调查。"

"调查？查什么？"

"可以说是物理学方面的吧。这栋建筑的结构非常有意思，也许对我的研究有用，所以我想查看一下。"

"可如果是这样，完全可以和我姑父说一声啊。"

"那不行。警察时常到这里来，到时候你姑父和他们一说，他们肯定要来刨根问底，问我为什么要来看这间屋子。我受不了这么麻烦的事。把钥匙给我用一下。"

"当学者，麻烦事真多啊！"恭平把钥匙递给他。

"轻轻松松是没法掌握真理的。"

汤川转动钥匙，打开房门，摸索着打开了灯，走进房间。恭平跟在后面。屋里没有开空调，非常闷热。

房间的布局和大小与恭平现在住的那间一样。汤川站在门口，不慌不忙地打量着室内，然后蹲下身，擦了擦榻榻米，抬起手看看手套。

"你在做什么？"

"没什么。我在想，如果是不经常使用的房间，有可能地上比较脏。不过，看来这里打扫得很彻底。"

汤川往里走了走，拉开窗帘。恭平也跟着朝窗外看。从这里能看到放烟花的那个后院。

"你说过，你和姑父放过火箭型烟花吧？"

"嗯，放了五发呢。"

"当时这边房间的窗户全都是关着的吗？"

"嗯，关着的。"

"确定吗?"

"确定啊。因为烟花要是飞进房间里就糟了,所以我跟姑父仔细确认过有没有窗户开着。除了窗户之外,烟花有可能掉进去的地方也全都堵上了。"

"这样啊。"汤川点点头,"当时这个房间的灯呢?"

"灯?"

"你们在确认有没有窗户开着时,这个房间开着灯吗?"

"呃……"恭平不知如何回答这个意料之外的问题,"开没开着呢……"

"和今晚一样,那天这边的房间都没有人住,所以从后院看应该所有的窗户都是黑着的。"

他明白了汤川的意思。但是那个时候,他根本没有考虑这个问题。当时有亮着的房间吗?"觉得好像有,但是记不清了。"

汤川听完无声地点点头,把窗帘拉上,开始在屋里转悠,一会儿观察墙壁,一会儿又用拳头敲击墙面,好像在分辨敲出的声音。

"这楼真够旧的,是什么时候盖的?"

"具体我也不知道,但我想至少有三十多年了。听说是姑父的爸爸盖的,姑父在十五年前继承了下来。"

"十五年?你姑父现在多少岁?"

"嗯……还不到七十,但是四舍五入也可以说七十了。"

"看上去也差不多这个岁数。老板娘看着年轻多了。"

"再过一阵,姑姑的岁数四舍五入有六十了。"

"六十?你说再过一阵,现在也就五十三四岁?看着实在不像啊。"汤川突然想起来什么似的低头看着恭平,"你爸爸多大?"

"四十五岁。"

"姐弟俩岁数差得挺多呢。"

"因为他们不是一个妈妈。姑姑的妈妈死得很早,爸爸是第二个妈妈生的。"

"原来是同父异母的姐弟啊。"

"姑姑在很年轻的时候就离开家,到东京一个人生活了。所以爸爸也说感觉她不像姐姐,倒像是亲戚家的阿姨。"

"这么说真不像话啊。那你姑父继承旅馆应该是在五十出头的时候,之前他是干什么的?"

"好像是在一家发动机制造公司上班。"

"发动机?"

"听说他那时候岗位经常调动,还曾经一个人去外地上班。他们住在东京时,基本上都是姑姑和成实两个人过日子。"

"东京?哦,对,他们一家是从东京搬来的。"

"怎么了?问这些干什么呀?"

"没什么。"

汤川打开壁橱,里面摞着白色的被褥。看了几秒之后,他把被子拉出来,钻进壁橱的上层格里,又是敲打又是抹蹭墙面。

"博士!"恭平唤道,心里感到莫名的不安。

汤川从壁橱里出来,放回被褥,拉上拉门。"好,走吧。"

"结束了?"

"目的已经达到了。一切都和我预料的一样。"汤川伸手关掉了灯的开关。

在房间陷入黑暗之前,恭平看到物理学家的侧脸上现出他从未见过的严肃表情。

27

快到晚上十点时,内海薰打来了电话。草薙正在阿佐谷。他把自己的汽车天际线停在路边,接通了电话。

"你电话打勤一点行吗?你是在山谷下的车吧,你知道都过了几个小时了吗?"

"对不起,转起来就忘了时间。"

"你一直转到这会儿?"

"是的,这附近的简易旅馆我基本都去过了,累死了。"话是这么说,语气里却劲头十足。

这家伙真行,草薙都服了她。"转了这么多地方,找到什么线索了吗?"

内海薰停了一秒钟,答道:"嗯,算是没白跑。"

"太好了。你现在在哪儿?"

"正往浅草走呢。"

"浅草?去做什么?"

"我想去吃饭,刚才一直没时间。浅草那儿有家很不错的定食屋。"

"那好,你告诉我是哪家,我也去。晚饭我请。"

"真的?那我要换一家。"

"你别得寸进尺啊!快告诉我那家店的名字。"得知店名后,草薙在卫星导航上查好位置,发动了汽车。

内海薰说的店在吾妻桥旁边,位于江户大道和隅田川之间一条小路旁,恰好附近就有一个自动收费停车场。

两个人面对面坐在以巨大原木锯成的餐桌边。内海薰说牛舌套餐是推荐菜品,于是草薙也点了这个。

"快给我讲讲你的收获吧。"草薙把烟灰缸拿过来,点上一支烟。

内海薰从背包里拿出深蓝色的记事本。"草薙前辈,让您说中了。冢原先生确实找过仙波英俊。他好像是拿着仙波的照片,到处问别人认不认识这个人。今天一天,我就在九家旅馆得到了相同的证言。另外还有好几家旅馆表示,虽然不能确定是不是冢原先生,但的确有一名六十岁左右的男子来找过人。"

草薙对着天花板吐出烟圈。"那应该错不了了。然后呢?冢原先生有没有找到仙波的住处?"

内海薰从记事本上抬起脸,摇了摇头。"我觉得应该是没找到,所以他才会向那么多家旅馆打听。"

"那么,在泪桥附近冢原先生被人看到过好几次,而仙波就没有。"

"我给不少人看了照片,他们都说没见过仙波英俊。"

"果然，我想应该是这样。"

点的套餐端上来了。大大的盘子里盛着七片牛舌，周围摆着一碗拌山药泥、一碗大麦饭、一碟沙拉，还有一碗牛尾汤。

草薙灭掉手里的烟。"看样子不错。"

"您早就料到在山谷打听不到仙波的消息了？"

"差不多。即使仙波已经无家可归，我想他恐怕也不会去那儿。居无定所的人聚居在山谷的简易旅馆，已经是几年前的事了。现在那里已经成了穷游日本的外国背包客的天下，所以住宿费也相应涨了上去。失业的人现在可住不起那里。豕原先生离开一线好几年，也许不了解现状。或者他了解，但还是想大面积地排查一遍。听说他是名优秀的刑警，不会为省事而偷懒。"

草薙尝了一口牛舌，"好吃！"他不禁赞道。牛舌的口感与滋味达到了绝妙的平衡。"可恶！要是能来点啤酒就好了。"

"如今这个时代，他们这些人都是去网吧吧？"

草薙把山药泥浇在大麦饭上，点点头。"肯定喽。无论老少，没地方可去的贫民都会去网吧。过夜的费用比山谷的简易旅馆便宜多了，还能冲澡。喔，这个山药泥麦饭也好吃！"

"那我明天再去网吧转转。不过，豕原先生为什么要找仙波呢？"

草薙喝了一口牛尾汤，咂了咂嘴，然后从放在旁边椅子上的外套里拿出记事本，翻了起来。

"我去获洼警局查了仙波案的卷宗。因为是杀人案，自然设立过搜查本部。当时和豕原先生搭档的是一位姓藤中的巡查部长，现在他还在获洼警局，目前因病在家休养。我和他联系上了，他说可以见面，我就去拜访了他家。说出来吓你一跳，他家住的可是一栋高级公寓的三十层。听说他妻子开按摩店挣了大钱。白天咱们正好去过冢原先生家，一对比，我真觉得刑警也是形形色色啊。"

藤中博志只有五十五岁左右，但不知是不是因为太瘦削，看起来像个老年人。他说他有心脏病，但不是因此才变瘦的，而是本身就是这种不易胖的体质。

"那个案子我记得很清楚。虽然当时我是冢原警部补的搭档，但从开始到侦破，我几乎没出什么力，所以印象深刻。"藤中笑眯眯地说。他说话如同老师般温文尔雅。

"冢原先生逮捕仙波时，您不在场吗？"

"嗯，我在别的地方。太可惜了，我那时要是跟在冢原先生身边，准能看一场逮捕案犯的好戏。"

看来他根本没有想过自己也可能亲手抓捕罪犯。居然还有这样的刑警，草薙感到不可思议。

"刚才您说在破案之前没有出过什么力，在那之后，工作上有联系吗？"

"工作上的联系，主要也就是带带路。这是个非常简单的案件，罪犯的供述也很可信，而且都取得了佐证。但唯独有一点，一直没有搞明白。"

"是什么？"

"就是地点。"藤中立刻答道，"被害人的遗体是在荻洼的马路边被发现的，那边是极其普通的住宅区。根据仙波的供述，他们当时在附近的公园谈话，被害人轻蔑地嘲笑了他一通之后离开,他就追上去捅死了她。"

"事发经过我在卷宗里看到了。这里有什么不明之处呢?"

藤中坐直身体。"不明之处在于,为什么发生在这里。"他接着说,"被害人三宅伸子住在江东区木场,而仙波当时住在江户川区的公寓,相距不过十公里。为什么他们会约在方向上完全相反的荻洼呢?"

"对此仙波也有供述,他表示约三宅时,三宅说自己正在荻洼,让他有事就过来。"

藤中点头。"仙波说自己也不知道当时三宅为什么在荻洼。他满脑子都是让她还钱的念头,根本不在乎见面地点。于是我们走遍了荻洼的街道调查三宅的行踪,在见仙波之前她在哪里、在荻洼做了什么。逮捕过程非常快,可是之后的查证却拖了很久。唉,不仅是时间长,而且最后还什么都没掌握。我说的最后也没搞明白的就是这个。"

"这一点就这么重要吗?"

"老实说,我也曾经这样想,罪犯全都招认了,供述内容也没有矛盾,就算有小小的不明之处也关系不大。但冢原先生就是没法接受。他不仅和我一起去走访调查,好像还一个人调查了被害人的不少情况。判决下来以后,他到我这儿来过,还是一脸耿耿于怀的表情。啊,所谓纯粹的刑警,说的就是他这样的人吧。我记得当时朦朦胧胧地感到自己跟他骨子里完全不是一种人。"藤中像退役军人怀念峥嵘岁月似的说着,露出温和的微笑。

等草薙讲完,内海薰再次拿起放下的筷子。"冢原先生感到有疑点的不是仙波,而是被害人的行踪?"

"按藤中先生所说,是这样。不过我在意的是冢原先生为什么一直纠结这一点。确实,这对于了解案件的背景很有必要,但我们并不是总能弄清一切细节的。而且案发之前被害人的行踪本来也和案子无关。他这么纠结,我想必定有什么理由。"

"这个理由是……"

"冢原先生大概是认为不把这一点弄清楚,就无法发现真相吧。仙波供述的一切并不是真的,仙波在撒谎——我认为他在整理口供记录时有了这样的感觉。"

"根据呢?"

"我不知道。可能是出于审讯过程中刑警的直觉吧。"

"如果他感到仙波在撒谎,又为什么不继续追查下去?"

"恐怕是因为没有找到有力的证据。如果供述内容本身毫无矛盾,还取得了佐证,他就无法追查。单凭记录,案件整体没有丝毫不对劲的地方。唯一的疑问是被害人当时为什么在荻洼,但是仙波无法解释这一点本身并不构成问题。"

草薙把最后几片有点凉了的牛舌夹进口中,搅拌着山药泥麦饭。刚刚心思都在说话上,根本没有仔细品味食物。

"再去查查被害人三宅伸子怎么样?"内海薰提议。

草薙喝了一口牛尾汤送下口中的食物,点点头。"我也这么想。明天开始吧。不过不能用寻常的办法,当时冢原先生肯定也查过三宅。"

"我还是继续追踪仙波的下落吧。"

"你还打算拿着冢原先生和仙波的照片,跑一圈网吧吗?"

"不行吗?"

草薙翘起嘴角,歪着头思索。"也不是不行……"

"那到底要怎么做?"内海薰挑衅般地看着他。

"不是有个更省事的法子嘛。要找一个无家可归的人,与其到网吧一家家地找,不如找准这些人聚集到一起的机会更简单吧。"

"聚集到一起?"

"即使是没有固定职业、居无定所……不,正因为是这种人,才会有聚集在一起的地方,不少流浪的人就是靠着这个才勉强生存下去的。"

内海薰表情严肃地陷入思考,突然瞪大了眼睛。"煮饭赈济活动!"

"答对了。"草薙一笑,"应该有几个定期举办煮饭赈济活动的团体吧。"

"就按这个办,得马上开始调查。"内海薰在记事本上写了几笔。

"我这边该怎么办?被害人是千叶县人,但和娘家还有亲戚已经几乎没有联系了。原先是女招待,但是估计她工作的那家店早都没了。就算还在,几十年前的一个女招待,谁还能认识她?"

根据当时的记录,犯罪的动机是金钱纠纷,所以对三宅伸子的经济状况也做了调查。银行几乎没有存款,天天被催着还信用卡的欠款。案发后,也找到了几个说是借过钱给她的人。

"案发前一天晚上,被害人和仙波一起去喝了酒,是吧?是在一家他们以前经常去的店。那里的店长认识仙波,所以这应该也与他被捕有关联。去那家店问问怎么样?"

"我觉得可以。不过,怎么说也是至少十五年前的事了,不会倒闭了吧?"

"比起被害人工作过的那家,我感觉能找到这家的可能性还高一点。"

"也是。好,就这么办。那家店应该是在银座,一会儿我去看看。"

内海薰笑嘻嘻地道:"这样一来,咱俩就打了个平手。"

"说什么傻话!就你那程度……"草薙衔起一支香烟。

走出定食屋,站在停车场的自动缴费机前时,草薙的手机响了。对方是用公用电话打的。

"我是汤川。现在方便吗?"

"我刚吃完饭,内海就在我旁边。什么事?"

"有了一些进展。详情还不能说,但我已经确定了与案件关系较深的人。"

草薙攥紧了手机。"我可以理解为嫌疑人吗?"

停了数秒后,汤川道:"用什么词随便你。"

"OK!是什么人?"

一阵沉默后,汤川开口道:"那家旅馆的老板。"

草薙不禁"啊"了一声。"旅馆……叫什么来着?"

"绿岩庄。老板名叫川畑重治。在从他父亲手里接管旅馆之前,是东京一家公司的职员。你去调查下这个人,不,是这个人和他家属的情况。"

28

成实正在摆放早餐,汤川说着"早安"走了进来。

"啊,早上好。您昨晚休息得好吗?"

"睡倒是睡着了,但是睡得不踏实,可能是红酒喝得有点多。"汤川的脸色确实显得有些疲惫。成实给他的茶杯里斟满茶,他道谢后端起了杯子。

"汤川老师,您今天也要去看那艘船吗?"

汤川听了诧异地看着她。"为什么说'也要去'?还有谁要去?"

成实跪坐着直起了腰板,微微挺着胸。"我们也要去。"

"你们?哦,明白了。"汤川点头。

戴斯麦克的海底资源勘探船预计今天到达玻璃浦港口。成实和泽村等人很久之前就申请要参观船内设施,直到昨天下午,戴斯麦克才终于给泽村打电话,通知可以参观。

"我觉得你们现在就算去看了,也没有什么益处。"说完,汤川喝了一口酱汤。

"是吗？可是，了解他们用什么样的设备或装置、如何勘探海底，对我们来说很重要。"

"你们只是想确认这些设备会不会破坏海底吧？"

"是的。"

"所以，"汤川说，"没有看的必要，因为那些东西肯定会破坏海底。去看了，你们只会生气。当然，如果是把科学发展与人类未来同环境保护放在天平两端来衡量的话，就另当别论了。"

"我们不是不具备这样的视角，但希望不要放在天平上来衡量，而是想办法两全其美。"

"两全其美啊。"汤川"噗"的一声笑了。

"有什么可笑的？您是觉得太过理想化了吗？"

"追求理想是好事，"汤川表情认真地看着成实，"但是我从你的话里丝毫感受不到说服力，也感受不到对知识的尊重。"

成实瞪着物理学家。"为什么这样说？"

"你或许是环保方面的专家，但在科学上是外行吧？对于海底资源开发，你又懂得多少？想要两全，必须在两方面都拥有同等的知识和经验。认为只重视一方就够了，这只能说是傲慢。尊重对方的工作和想法，才能开拓出两全之道。"说完，汤川把搅拌好的纳豆倒在米饭上，"你不这么认为吗？"

成实无言以对，有些懊恼。汤川的话击中了要害。"那您说该怎么办？不去参观？"

"以你现在的心态，参观也没用。"汤川用筷子灵巧地夹起烤鱼,"不过,如果出发点是试图理解对方,那就应该去看看。刚才我说了没有任何益处,但其实,参观某个事物不可能一点意义也没有。如果你看到为海底资源开发而研发的各种技术,将来肯定会对你有帮助。"

成实双手紧握。从计划参观开始,她满脑子想的都是找出开发将引发的问题,完全没考虑过赞赏对方高超的技术水平。

"我听恭平说,你父亲以前是公司职员?"

"是的,怎么了?"

"公司叫什么?"

"叫'有马发动机'。"

"那是发动机界的顶尖厂家啊。你父亲既然在那儿工作过,我觉得你可以对日本技术工作者的业绩评价再高一些。"

"他们和这个完全是两码事。"

"并不是。发挥所有的经验,参观才有意义。"这时,汤川将视线投向成实的背后,说了一声"早上好"。

成实回头一看,是恭平进来了,手里拿着的大概是酸奶。

"啊,恭平,早上好。"

恭平来回看了看他们俩,问道:"参观什么?我可以去吗?"

"是船。"汤川回答。

恭平一下子没有了热情,"哦,船,那还是算了吧。"他随意放了个坐垫,盘膝坐下。

成实站起身来。"那回头见,汤川先生。"

"还是要去吗?"

"嗯,您给了我这么好的建议,我当然要去。"

不知道是不是该理解为讽刺，汤川端着碗，缩了缩脖子。

成实刚要走出门，像是突然想起了什么，回过头。"后来您又和警视厅的朋友谈什么了吗？"

汤川停下筷子。"你指什么？"

"就是关于冢原先生去世的事。那天，您的朋友不是为这事打电话来了吗？好像是姓草薙吧？"

"你挺关心这事？"

"这个……有一点，毕竟是我们旅馆的客人。听说冢原先生以前也是警视厅的，还在搜查一科待过。"

汤川转过身，仰头看着她。"你知道得还挺清楚。报纸和电视里应该没有报道过。"

"我有个高中同学是警察，从一开始就参与调查了这个案子，昨天白天也来了。就是您回来的时候，站在我旁边的那个人。"

"你这么一说，我想起来了，好像是看见了一个年轻的刑警。"

"您也从警视厅的朋友那里听说了冢原先生的事吧？"

"嗯，草薙现在也是警视厅搜查一科的，算是冢原先生的后辈。"

恭平不明白两人在说什么，惊异地来回看着他们俩。成实察觉到了这一点，但继续发问："警视厅是怎么看待这个案子的？那位草薙先生又为什么给您打电话呢？"

汤川拿着筷子，露出苦笑。"草薙为什么跟我联系，要说明这一点有些困难。用一句话来说，他是为了问问这里的情况。

他有时候也会别有用心，嗯，这种情况更多一些吧。"

成实皱着眉，摇了摇头。"我听不懂。"

"抱歉，别有用心这个说法你别理会。警视厅如何看待这个案子，作为平民的我是不知道的，草薙也没有跟我提过。只是案子还有很多疑问，比如，冢原先生到玻璃浦来仅仅是为了参加海底资源开发说明会吗？还是另有主要目的，只是顺便参加一下呢？"

"那他的主要目的是什么？"

"你的警察同学没有告诉你吗？冢原先生在去说明会之前，去了东玻璃的一个别墅区。那里原来是冢原先生曾经逮捕过的一个杀人犯的家。"

"杀人犯……"她一怔，"叫什么名字？"

"名字我没问。如果你想知道，下次我问问。"

"啊，不用，我随便问的。"

"哦。我现在只希望案子早点侦破。本地的警察老在周围转悠，东京的刑警朋友也打来电话，我都没法集中精力做研究了——科学家的工作搁浅，往往不是研究本身的问题，几乎都是受和研究无关的环境或人际关系的影响。"后半段话不是对着成实，而是对着恭平说的。

成实在余光里看到恭平用力地点着头，随即走出了房间。

29

县警本部搜查一科的侦查员起身翻开记事本。"昨晚我走访了被害人冢原正次位于埼玉县鸠谷市的家,向冢原的妻子了解了被害人生前的情况。冢原于去年春天退休后没有再就业,平时喜欢读书、观影等,有时还会单独出门旅行。不过因为冢原的妻子从事和服裁剪的工作,经常不在家,所以并不清楚冢原平时具体的情况。退休到现在,他没有遇到过大麻烦,在金钱方面也没有和人发生过纠纷,在异性关系上也没有出现过问题。"

"这些都是他妻子说的吧?"搜查一科科长穗积突然插了一句,"不能盲目接受啊。"

"是!我准备之后向他以前的同事继续了解情况,包括核实刚才所说的那些信息。我也向冢原的妻子问了仙波英俊的事。就这个问题,矶部组长已经通电话了解过,当时冢原的妻子说没有什么特别的印象。我这次当面问的结果也一样。冢原正次对于亲手抓捕的所有人都特别关注，但不会特意提及他们的姓名，冢原的妻子也没听他说过仙波这个姓氏。之后，在冢原的妻子的允许下，我查看了冢原的书房，但是他经手案件的资料都已经被处理掉了，有关仙波案的资料自然也没有留下。顺便说一下，在我们到达之前，警视厅的侦查员已经去过了。不过，冢原的妻子说她也没有跟他们说更多的情况，而且他们也没有拿走任何物品。"

会议室里，桌子挨着桌子一排排摆放着。背靠着墙占据了中央位置的，是以穗积为首的搜查一科的干部们。玻璃警察局局长富田、刑事科长冈本并排坐着，显得坐立不安。他们的对面，数十名侦查员整整齐齐地坐着。玻璃浦遗弃尸体案搜查本部已经正式设立了。

西口坐在后排的位子上，一边听着发言，一边不时做着笔记。参加这种规模的刑侦工作还是第一次，很多事务还都不懂。

坐在穗积身边的矶部扫视全场之后，开了口："东玻璃町的调查结果呢？"

应了一声站起来的，是桥上旁边的侦查员。他也是从县警搜查一科来的。

他所汇报的，就是昨天西口从桥上那里听说的内容——仙波亡妻娘家的邻居们都说仙波不是坏人。还补充了一点，就是仙波刑期应该已经结束，但没人在东玻璃见过他。

矶部看了看旁边的穗积。"科长，仙波这条线，您看怎么办？"

"唔……"穗积沉着脸，"没什么有用的信息啊。最关键的仙波的下落，还不知道吧？"

"是。他有亲戚在爱知县丰桥市，可是在案发之后就一直没有联系了。"

"这也难怪，谁都不想和杀人犯有什么关联。"穗积摸了摸鹰钩鼻下的胡须，"根据侦破记录，仙波不像是对被害人怀恨在心，恐怕他和这个案子无关。不过，以防万一，还要继续了解是否有人在现场周围目击过疑似仙波的人。"

"明白了。"矶部点头，看了看所有人，"下面，关于可疑车辆的目击信息。"

另一名侦查员应了一声后，站了起来。

如果冢原是被人有意毒死的，那么凶手作案时很可能使用了车，这是根据鉴定科同事的意见得出的结论，即以安眠药使其睡着后，在车内烧炭之类。从血液中的一氧化碳血红蛋白浓度来看，在极短时间内中毒死亡的可能性很大。因此，对现场周边是否有人目击到可疑车辆的调查一直在持续，但目前没有得到有力的情报。侦查员汇报说结果并不理想，虽然有人见过有车停在路边，但都无法确定是否与案件有关。

矶部无精打采地"嗯"了一声，再次看向身旁的科长。"您看怎么办呢？"

穗积抱着胳膊。"现在大概只能先去找目击车辆的车主一一核实。对车辆的盘查，今后还要继续。毒杀的地点不一定是在现场附近，也有可能是把人带到较远的地点，杀死后再将尸体遗弃在礁石滩上，所以要扩大盘查的范围。"

"明白了。"矶部毕恭毕敬地应道。

这个案子最终会如何收场呢？西口冷眼看着会议进行，像个局外人似的心想。虽然不知道最后是以怎样的形式解决，但可以肯定的是，其决策和自己是沾不上边的。但是协助这个案子对自己也并非没有好处，那就是可以再次见到川畑成实。他想在结案之后把她约出来吃顿饭。去什么店好呢？她是东京人，太土气的店会让她看不起的。

矶部突然大声喊着什么，西口一下子回过神来。周围人都同时起立，他也慌忙跟着站起来。

"敬礼！"

西口跟着矶部的口令，低头行礼。

30

泽村开车到达玻璃浦港口时,海底资源勘探船已经停泊在码头上了。成实坐在副驾驶座上,看到比想象中还要大的船,不禁睁大了眼睛。

"好大的个儿。"旁边的泽村低声道。

他们把车开到停车场,停在另一辆车的旁边,然后走向码头。除了成实和泽村,还有五个人一起来了,他们都参加了日前的说明会。那晚一起去居酒屋的年轻情侣也来了。

离船越近,就越发感到它的巨大,长度将近一百米。如果光看它的体积,给人的冲击力不逊色于豪华客轮。不过,等真正靠近,就能发现船体上有明显的污迹和陈旧感,甲板上安装的起重机等设备带来浓厚的工业氛围。

"我们的港口能停靠这么大一艘船啊。"

"这个港以前是个火山口,所以水很深。可能正是因此,戴斯麦克才考虑要使用这个港口。"

听了泽村的解释，成实恍然大悟地点着头。

有两个人走过来向成实等人打招呼，其中一个有些眼熟。接过名片一看，果然，就是第一天主持说明会的戴斯麦克宣传科的桑野。另外一名年轻男子应该是他的部下。

"今天各位可以慢慢看，直到充分了解为止。"桑野露出殷勤的笑容，带有几分讨好之意。

大家立刻上了船。首先介绍的是掌舵舱。桑野卖力地介绍了船体大小、总吨数、最大航速和续航距离等，但还没说完，就被泽村打断了。

"这些情况讲这么多就可以了，和海底资源开发又没有直接关系。"

"啊，是吗？您说得对，实在抱歉。"桑野有些瑟缩。

发动机控制舱、无线舱、海图舱都直接略过了。当看到一个门上挂着"沙龙"牌子的舱室时，泽村反应很敏感，要求一定要进去看看。

舱室里除了桌子和沙发，还有液晶显示屏、视听设备等，一应俱全，里面可以轻轻松松容纳十几个人。

"纳税人的钱都用到这里了。"泽村讥讽地说。

"在长期勘查的情况下，工作人员要在狭小的空间内生活几个月之久，如果没有这样的设施……"桑野小心翼翼地解释着。

下面介绍的是研究室，一共五间。

"第一研究室主要是用于控制多重音响测深仪等各种声音探测仪器，监测侧扫声呐等拖曳体，远程控制卷扬机。"桑野站在排成一溜的监视器和操作台前讲解着，和方才相比多了几分得意之态,"为了防止受水中杂音的影响,所有声音仪器都放置在位于船体前方中央的声呐罩内——"

"怎么会变成这样?"

突然传来一声质问,正在讲解的桑野张着嘴僵住了,他眨了眨眼,左右张望了一番,把嘴闭拢。

"我不是早说过了吗?线圈的缠绕方式要准备两种。我为此还重写了程序!"

声音是从大型仪器的另一边传过来的,成实认得这个声音。她从仪器的背后探出头,果不其然,看到了汤川的侧脸。他正隔着桌子和一名戴斯麦克职员模样的男子说话。桌子上除了笔记本电脑,还摊着文件、图纸。

"我们和您联系了好几次,可是您的手机总打不通。"对面的人解释道。

"我的手机坏了。手机有时候也是会坏的吧?那你们往旅馆打电话不就行了嘛。"

"打过了,可是他们说您没有入住,说是当天突然取消的。"

"是取消了,我住到别的地方去了,但是我通知过你们的负责人员。"

"哎呀,怪了,我们这边并没有接到通知。您为什么换旅馆呢?"

"这跟你无关吧?"

"啊,是,是的。"对方连忙低头认错。

忽然有人把手放在成实肩上。成实回头,是泽村。"该走了。"他说。成实点点头,跟着离开了。

在桑野的带领下参观了各个研究室之后,大家登上最高层的甲板,听有关船上搭载的观测装置的介绍讲解。这对成实来说着实太难了,有一半都听不懂。泽村则不停地发问。

"你说过,如果是自降式抓斗,它是靠自重沉到海底后,采集样本,再通过自动抛弃配重物上升,对吧?那么这个配重物呢?就扔在那儿了吗?"

"呃,是这样没错,但是不会因为沉在海底就产生什么问题。"

"不好这么断言吧?大海里原本没有那个东西啊。现在各个行业都在呼吁停止向海洋投弃废物,你们还故意使用配重抛弃式的装置,这没有问题吗?"

桑野脸上露出为难之色。"不过,这种方式在国际上都公认是没有问题的……"

"我认为这和国际不国际无关。我国海洋的事情,必须根据我国国情来考虑。"

"是。"桑野缩着脖子。成实都觉得他有点可怜。

成实并不懂专业上的东西,但是通过一系列的讲解,她了解到戴斯麦克的研究者们利用科学技术向未知领域开拓的努力,同时也有不少内容令她由衷感慨"现代科学居然可以做到这一步"。可能正如汤川所说,在展开真正的讨论之前,有必要对对方有一个正确的了解。

对其他装置也进行了一番介绍之后,桑野看了看手表。"今天的参观到此结束。原计划接下来请各位在会议室里观看测试挖掘情况的录像,但我们还需要一点准备时间,所以现在大家可以自由行动。想要离开的话,请提前和我们说一声。"说完,他鞠了一躬。

虽说是可以自由行动,但在甲板上其实没有什么事情可做。泽村坐下来,埋头记着笔记,其他人都显得百无聊赖。那对情侣眺望着大海说笑起来。成实实在无聊,决定再去看看刚才参观过的那些观测装置。

有两台鱼雷般的机器后部装有巨大的叶轮,虽然刚刚听过了有关讲解,但还是不太明白。

"那是质子磁力仪。"旁边传来一个声音。转头一看,汤川走了过来。"把它放在距船数百米的地方拖着航行,就能检测出海底热水矿床引发的一切磁力异常。"他站到成实旁边,"看来你们参观得很顺利。"他似乎早就发现他们来了。

"刚才听到您声音很大地说话,出什么岔子了吗?"

汤川眉头紧锁。"是他们准备的装置和我做的线圈不匹配。一旦要做点事情,总会接二连三出状况。如果是物理现象本身的问题,我还可以接受。但如果是这类人为失误造成研究上的停顿,就太累心了。"

"是很棘手啊。让这样老出差错的人来插手我们宝贵的大海,真的没关系吗?"

汤川一瞬间脸上闪现出不悦,但马上点了点头,虽然看起来不太情愿。"很遗憾,我无法反驳你的话。我会把这一点转达给他们。另外,宝贵的大海……我听说你是在东京长大的,为什么会这么积极地以守护大海为己任呢?"

"守护美好的事物,有什么不可以吗?"

"我不是这个意思，只是觉得任何事都有一个契机。"

"是有契机啊，就是我搬到了这个地方。我到了这里之后，看到了大海，感受到了那种激动人心的力量。"

"哦。"汤川依然一脸不解，"你直到十四五岁才离开东京来到这里吧？就没有想过要回去吗？"

"一点也不想。"

"是吗？我觉得对于十几岁的青少年来说，在城市的生活要刺激得多。你那时候住在东京的哪儿？"

"……王子。"

"北区啊。"

"很难说是有刺激氛围的街区吧？"

"确实。不过乘电车去涩谷、新宿之类的地方也很方便。"

成实看着汤川，缓缓摇了摇头。"并不是所有的年轻女孩都迷恋那样的都市，有的人性格更适合美丽的海滨小镇。"

汤川扶了扶眼镜，目不转睛地看着她。

"怎么了？"

"在我看来，"汤川像是在观察什么，平静地继续，"你并不是那类人。"

成实不禁睁大了眼。"为什么这么说？您别妄加评论了！汤川老师，您又对我了解多少呢？"她感到血液冲上了头顶，嗓门也变大了。

"成实！"泽村喊着她的名字跑了过来，"出什么事了？"他看看她，又转头看看汤川。

"对不起。"成实低声道，"没什么事。"

泽村一脸讶然地转向汤川:"你对她说了些什么?"

一直冷静沉默的汤川开口道:"我不是有意妄加评论的。如果因此惹你不快,我可以道歉。对不起。"

成实没有吭声,只是低着头。

"那我先失陪了。"说完,汤川转身离开了。

"这家伙在搞什么!"泽村不快地发泄了一句之后,转向成实,"你没事吧?他到底说什么了?"

成实也知道不能一直这样一副僵硬的表情,于是挤出了笑容。"没什么大事。抱歉,你不用放在心上。"

"那就好……"泽村依然一脸困惑。

刚说到这儿,就听到桑野那明快的嗓音:"让大家久等了。现在已经准备好了,请移步会议室。那里还预备了一些饮品。"

31

那栋挂着"KONAMO"招牌的大楼就坐落在麻布十番站旁边。从室外楼梯上去,再往前走一点就是餐厅入口。店名大概取自"粉物①"吧,这是一家专营文字烧和大阪烧的小店。

草薙抬头看时,一名年轻男子正好从里面出来,身上系着红色的围裙,应该是店员。他把门上挂着的牌子翻了个面,转身回到店里。

手表的时针刚刚越过两点钟的刻度。两名女子从店里走出来,大概是最后一拨客人。确认她俩离去后,草薙拾级而上,看到店门口的牌子上写着"准备中"三个字。

他推开门,头上的小铃铛叮当地响了一声。

那个年轻店员从收银台后抬起头。"啊,对不起,我们中午时段的营业已经结束了。"

---

① 以小麦粉、米粉、荞麦粉等为原材料制成的食品,日语读作"KONAMONO"。

"我知道,我不是来吃饭的。请问室井先生在吗?"草薙说着环视店内,四周摆满了带铁板的餐桌。

离得最近的桌边坐着一名白发男子,正背对着门看报纸。听到草薙的话,他转过头来。他满脸皱纹,但由于皮肤晒得黝黑,并不显得苍老,身上也系着红色的围裙。"您是……"他问道。

草薙一边出示警察手册,一边向他走去。"您就是室井先生吗?"

那人的脸上浮现出疑惑的神情:"我是室井。有什么事吗?"

"我想打听一下您在'加尔文'时的事。"

"加尔文?那可是很久以前了,得有十多年了。"

"我知道。昨天晚上我去了那里,就是在那儿听说了您的情况。"

加尔文位于银座七丁目尽头的一栋大楼里。店内装潢十分华丽,大厅里摆着一长排高级皮沙发,遗留着浓郁的日本经济黄金时代的气息。

这就是十六年前仙波英俊和三宅伸子一起喝酒的店。一夜之间,仙波就成了杀人凶手,三宅伸子成了丧命的被害人。而仙波之所以被逮捕,就是因为当时身为加尔文店长的室井雅雄提供了有力的证词。他对这两个人的面孔都很熟,甚至还知道仙波的名字。

听草薙说想打听那个案子,室井有些滑稽地瞪圆了眼睛。"那就是更久以前的事了。现在提这个是出什么事了?啊!难道是……"室井哗啦哗啦地把报纸草草叠上,坐直了身子,"他……仙波先生从里头出来了吧?他是不是很恨我?"

草薙苦笑。"不是的，仙波英俊早就刑满释放了。他有没有来找过您？"

"是吗？他已经出来了？"

"他们两个人你都很熟吧？"

"很熟说不上。他们很久没去店里了，那天晚上去了一次，没想到第二天就出事了。"

"我看了当时的记录，那天晚上他们之间的气氛特别紧张。"

"也不能算是紧张，但确实感觉有些异样……"室井有几分犹豫，接着说道，"仙波先生呀，当时还哭了。"

室井问草薙有没有吃午饭，草薙下意识地回答"还没有"，于是室井说给他做大阪烧。他赶紧推辞，对方却十分坚持，他只得应邀坐在了餐桌边。

"我是在东京出生的，初中时跟着家人搬到大阪，那时候家附近有一家店的大阪烧特别好吃，我就一直梦想将来也能开一家那样的店。但是不管在哪里开店，不做文字烧也不合适吧？所以我从加尔文辞职之后，就在月岛打工苦练技艺。大阪烧呢，我是从小就琢磨透了，还是比较自信的。"室井乐呵呵地说着，手上的动作也没停下。他搅和大碗里食材的手法，看上去确实不一般。

"您在加尔文待了多久？"草薙问。

"整整二十年。三十五岁刚去的时候是调酒师，在那之前也在很多家店干过，加尔文是感觉最好的。但是也不能一辈子给人打工啊，所以十年前我就辞职了。别看我这样，其实我还是很踏实的,也没有贷太多款就开起来了。"他开始烙大阪烧,油星滋滋直蹦。

"仙波英俊常去店里是什么时候的事?"

室井抱着胳膊努力回忆。"那是什么时候呢?记得是我到加尔文还不到十年的时候,算起来离现在应该是二十二三年前吧。"

"这样说来,"草薙在脑子里计算着,"应该是案发的六七年前。"

"啊,对,差不多。当时仙波先生正是事业得意的时候,还开了一家公司,虽说规模不算大。"室井提到仙波的时候,姓氏后面是加上"先生"的,大概当年算是店里的贵客吧。"后来不知从什么时候开始,突然就不来了。再来的时候呢,就是那天晚上。这么说有点不太好,就是人变得特别落魄,衣服一看就是便宜货。"

公司倒闭,多年的积蓄几乎都给妻子治病了。失意之中的仙波,大概是怀着重整旗鼓的想法刚刚回到东京,看上去显得有些落魄也可以理解。

"三宅伸子呢?您刚才说她在那之前也好久没去店里了。"

"没错,但她不像仙波先生消失得那么久。那天晚上之前,也有两三年没去了。理惠在辞了那家店之后,就不去我们那儿了。"

"理惠?"

"哦,这是她的艺名,正式艺名好像是理惠子。她当女招待的时候,打烊以后常常带着客人到我们那儿去。仙波先生也是她带去的客人之一。"

"这个理惠,嗯,三宅女士,您知道她辞职的原因吗?"

室井正在留神烙大阪烧的火候,听了草薙的问话,停下了手里的活儿,身子微微探出。"我听过一些传言。"

"什么传言?"

"说她不是主动辞职的,而是出现纠纷被炒了鱿鱼。"

"纠纷是指什么?"

室井耸耸肩,笑道:"听说她干过好几次小额诈骗的事。"

"这种事可不好啊。"

"她有时说收账之后被人抢了包,有时又说店里逼自己给欠了账溜之大吉的客人垫款,就这样从老主顾身上这个借十万、那个借二十万的。用现在的话来说,大概类似于专门杀熟的转账诈骗。到最后,好几个客人跑到店里投诉,她就被解雇了。"

"她丢了工作以后,靠什么生活?"

"谁知道啊,她毕竟也不年轻了,我估计经济上相当困难。"

三宅伸子被杀时是四十岁。如果室井的话属实,她丢掉工作时便是三十七八。要是手里有大把优质客人倒还好说,否则想接着做女招待恐怕很难。

"她一向花钱大手大脚,所以我听说她出事,压根儿不觉得意外。毕竟仙波先生在境况好时借给她钱也在情理之中。"

"嗯,刚刚您说仙波英俊那天哭了……"草薙压低声音,"真的吗?"

室井又看了看大阪烧的火候。"不光我一个人看到。"他说,"其他店员都在后面窃窃私语,说那位男客人哭了、他们俩在说什么呢之类的,所以我记得清清楚楚。"

"那您记得他们说了什么吗?"

"这我可不知道。"室井干笑着连连摆手,"要是女客人哭了,没准儿我还更好奇些。可一对中年男女里的男方哭了,我可不想凑过去。当时猜想大概是因为喝醉了才哭的吧。"

草薙点点头,脑海里想象着当时的画面。久别重逢的中年男女,一个是从事业顶峰跌落谷底的男人,另一个是惹出麻烦而一文不名的前女招待。他们之间发生了什么?他们俩谈了些什么,以至于男方喝着酒就泪流满面,而第二天又杀死了女方?

"您还记得其他认识三宅女士或仙波的人吗?或者,有没有加尔文之外他们常去的店?"

"嗯,我想想。"室井努力回想着,"毕竟是过去的事了,而且我也就是和他们面熟而已,并没有多说过话。"

"这样啊。"草薙把做记录用的记事本放回口袋。突然被问起二十年前的事,很少有人能马上回忆起来吧。

"来,大阪烧好了,趁热吃吧。"室井往大阪烧上挤上酱汁,又撒上绿海苔和木鱼花,放在铁板上用刀切成块。"对了,忘了给您上生啤了。"

"啤酒就不用了。那我就不客气了。"草薙拿起一次性筷子,夹起大阪烧送入口中。真是外焦里嫩,食材的滋味也全都突显了出来。"太好吃了!"他不禁出声赞美。

看出是由衷的夸奖,室井开心地笑弯了眼睛。"很多关西人也常到我们店里来,都夸我们的大阪烧味道正宗。看来大家都怀念家乡的味道啊。"说到这里,他突然脸色一变,目光变得悠远起来,"啊,对了!"

"怎么了?"

"那个……"室井像是头痛似的用食指揉着太阳穴,拼命地回忆着,"我想起来了,他们聊过这个。"

"他们?"

"就是理惠和仙波先生。他们经常聊到家乡的饭菜,有一次还送过我东西呢。"

"送给您吗?"

"是呀,说是哪儿的特产。呃,是什么东西来着?"室井抱着胳膊沉吟了一会儿,还是失望地摇了摇头,"不行,完全想不起来,只模糊记得收到了东西。"

"如果想起来了,麻烦跟我联系。"草薙把自己的手机号码写在便笺上,放在铁板旁边。

"好。不过您可别抱太大希望,一是我不一定记得起来,二是就算记起来,也不见得是什么有用的信息。"

"没关系,拜托您了。"草薙再次把筷子伸向大阪烧。这时,口袋里传出手机收到短信的声音。他悄悄看了一眼显示屏,不出所料,是内海薰发来的。

走出 KONAMO 后,他才拿出手机查看短信。"有马发动机的名册已查。川畑重治确实在那里工作过。"草薙拨通了内海薰的电话。

"我是内海。"

"干得不错!你是怎么查到的?"

"我去了新宿总公司的人事部,要了他们的员工名册。"

"他们给得那么痛快？"

在企业里，员工名册常常作为保密资料受到严格管理，企业认为这属于个人信息，不愿轻易示人。

"他们让我在保证书上签了字，保证不把内容用于侦查案件以外的用途，而且不得向外泄露，还要我写上上司的名字，我就写了您的名字。"

"没事。这样就能让你查，已经很走运了。"

"他们还刨根问底地打听我们在查什么案子。"

"喂！"草薙的声音变得严厉起来，"你没说吧？"

"那当然啦。您不要把我看成连这都不懂的新人。"

"那我就放心了。你看到川畑重治的名字了？"

"看到了。他在十五年前离职，此前隶属于名古屋分公司营业技术部技术服务科，头衔是科长。"

"名古屋？不在东京？"

"名册里是这样记录的，不过住址写的是东京。"

"东京？这是怎么回事？"

"不知道。写的是北区王子本町，最近的车站是王子站。住址后面还有个括号，里面标注着'公司宿舍'，他住的是有马发动机分给员工住的公寓。"

住址是东京，却在名古屋上班——是独自离家在外工作吧，草薙推测着。

"名册里除了住址和岗位，还有什么？"

"最开头是员工序号，是根据进公司的年份而定的，整个名册也是按这个顺序排列的。还有毕业院校和家庭电话。名册每年更新,所以第二年名册上川畑重治的名字就被删掉了。"

"有没有和川畑同期入职的校友?"如果有这样的人,会不会和他很熟呢?草薙心里期待着。

然而回答是"很遗憾,没有"。"不过,我复印了和他同期入职的大约五十个人的名单。另外,他还有四名部下,我也把这些人的名字复印了,但是他们全都在爱知县。"

"明白了。那么先去公司宿舍看看吧。还会在那儿吗?不会已经拆除了吧?"

"听说还在,只是已经相当老旧了。"

"OK!你刚才说最近的车站是王子站,对吧?咱们就在站前会合吧。"

草薙挂断电话,大步走了出去。从麻布十番到王子乘地铁就能到。

下楼梯往地下走的时候,草薙又想起昨天半夜汤川打来的电话。汤川让草薙去调查绿岩庄的老板和家属,根据他的推理,这些人很有可能与案件密切相关。当草薙问他是否可以理解为嫌疑人时,他回答"用什么词随便你",其自信可见一斑。

不过,如同以前一样,这位物理学家并不打算现在就把他的推理和盘托出,连调查川畑重治的原因也没说。而且,他还说了这样一番话:"我信任你们,解决这个案子需要你们的帮助,我才说这些话。希望你们能明白,这完全不同于所谓的给警方提供线索。"他的措辞太过迂回,草薙没有听懂。汤川继续道:"川畑一家和案件有牵连,基本确定无疑,但希望你先不要把这事告知当地警方。如果可以,最好由我们自己查明真相。如果以县警方那种粗糙的方式强行揭开真相，恐怕会产生难以挽回的后果。"

他说得有些莫名其妙。草薙问是什么难以挽回，他回答"人生"。

"如果这个案子最后没有解决好，或许某个人的人生会被严重扭曲。我一定要极力避免这样的事情发生。"

汤川到最后也没有明说这个人是谁，还一反常态地用柔和的语调说："对不起，我提了很多任性的要求，但有一点我可以保证，只要查出真相，我一定最先告诉你们。然后该怎么办，就由你们决定。"

汤川既然这么说，肯定是有相当特殊的情况。草薙早就明白，在这种时候即使追问也没有意义，于是他只说了句"明白了，我们马上去调查川畑一家的情况"，就挂断了电话。

然而，玻璃警察局几乎没有给他们提供任何有关川畑重治的信息。想也明白，毕竟在对方看来，这种信息提供给警视厅根本没有意义。可是也不能主动问他们，因为肯定会招来疑惑，没准儿他们还会因此怀疑川畑一家。这样一来，无形中也就破坏了草薙和汤川的约定。

那该怎么调查川畑一家的过去呢？草薙想了很久。今天早上，汤川又给他送来了有价值的信息。那家的女儿说，川畑重治以前供职于一家叫有马发动机的公司，于是内海薰马上奔赴该公司位于新宿的总部。

在地铁车厢里，草薙思索着。事情变得有意思了，案件发生在玻璃浦这样一个小镇上，可是破案的关键线索全都在东京，而且搜查本部对此毫无察觉。

那家伙到底在玻璃浦遇见了什么人？他在做什么呢？

凝视着车窗外飞逝而过的灰色墙壁，草薙的脑海中浮现出老友的面庞。

32

从礁石后突然游出一条小鱼，戴着护目镜的恭平不由得瞪大了双眼。小鱼只有五六厘米长，全身亮蓝色。恭平情不自禁地向它伸出手，当然没有捉到。小鱼轻灵地游动着，恭平要非常努力，目光才能追上它。很快,亮蓝色的小鱼躲回到礁石后面。恭平想等它出来，可水下呼吸管已经完全没入水中，呼吸开始困难起来。

他只好浮出海面露出脑袋，摘下护目镜抹了一把脸，然后用仰泳的姿势，只靠脚打水，向岸边游去。他可是游泳好手。

到了水深齐腰的地方，他双脚着地改为步行。方才还热闹非凡的海水浴场，这会儿已经人影寥寥。沙滩上的帐篷和遮阳伞也几乎都收走了。他穿上刚才脱在沙滩上的凉鞋，踩着晒得滚烫的沙子，向自家的遮阳伞走去。重治正躺在伞下的沙滩椅上打瞌睡，如同大鼓一般的肚子上摊着一本杂志。

"姑父！"恭平唤了一声。

重治好像并没真的睡着,立刻睁开了眼睛。"怎么了?要回去啦?"

恭平点了点头,从旁边的保冷箱里拿出一瓶饮料。"累了,还有点饿。"

"是吗?"重治坐起身,看了一眼手表,"啊,已经三点多了。那我们回家吃西瓜吧。"

"嗯。姑父,海里有种蓝色的小鱼,颜色可漂亮了,就这么大。"说着,恭平用手指比画着五六厘米的长度。

"对,这边海里可能是有这种鱼。"重治显得不太感兴趣。

"它叫什么鱼?"

"叫什么?"重治挠着头,从沙滩椅上下来,"这个问题你可以问问成实,她对这一带的鱼了如指掌。"

"姑父是在这里出生的吧?怎么对大海和鱼一点都不了解呢?"

"我只在这儿待到高中毕业,而且家里也没有渔民。"

"姑父是在东京上的大学吧?我听妈妈说,姑父以前是一流大学毕业的白领精英。"

"哪有,普通职员罢了。你妈妈开玩笑呢。好了,快换衣服吧。"

"嗯。"恭平拎出装着衣服和毛巾的塑料袋。

淋浴之后换上衣服,恭平回到原处。重治取出手机,按了几个键后放在耳边。"对,是我。我们要回去了……嗯,就在原先那个地方。"挂上电话后,重治把立在沙滩上的遮阳伞收拢。

遮阳伞和沙滩椅都是租的。恭平拎着自家的保冷箱,和姑父一起离开。重治拄着拐杖,拐杖的末端老是陷到沙子里,所以走得很吃力。

今天没有警察来,恭平终于能来海水浴场玩了。重治下不了海,只能在恭平下水的时候帮着看东西,但是游累了上岸休息时有个人陪着聊天,也让人很开心。

二人走到马路上,在一家小型便利店前驻足等待。不一会儿,一辆白色厢式小货车开了过来,车身侧面印有"绿岩庄"三个字。开车的是节子,来时也是她送的。

重治吃力地坐到后排的位子上,恭平和来时一样,坐在了副驾驶座上。

"怎么样,好玩吗?"节子问。

"嗯。"恭平应了一声,"这样就不用光听他们炫耀了。"

"炫耀?谁呀?"

"学校还有补习班的朋友。如果我没去成,那帮去过海水浴场的家伙就会跟我炫耀。真烦!可我又不想说谎,所以还是真正去游一圈最好。"

"什么?你是为这个才想去海边的?"坐在后排的重治接道,"不是真的想去游泳呀?"

"这个嘛,我是真的想游啊,不游泳就没意义了。但是在哪儿游也很重要,在家附近的游泳池肯定不行。"

重治哼了一声,表示难以理解。节子则边开车边笑。

汽车开过玻璃浦港口,早上来时看到的那艘大船依然停泊在那里,应该是戴斯麦克的船吧。

恭平忽然注意到船前方的马路边上有一个行人。"啊!"他伸手指向窗外,"博士!"

那个将浅色外套搭在肩上、拎着提包的人正是汤川。

"哎呀,真是啊。"节子踩着刹车减慢了速度,靠近汤川。他正沿马路右侧走着。

节子降下车窗,让车子和汤川并行。这位物理学家大概正在思考着什么,一脸心事重重的表情,一直低着头,完全没有朝这边看。

"汤川先生!"节子道。他这才抬起头看过来,应了一声停住脚步。节子刹住了车。

"您的工作结束了?"

"差不多吧。"汤川的视线投向副驾驶座。

恭平解开安全带,向驾驶座一侧的车窗凑过来。"今天姑父带我去海边了。"

"哦,那太好了。"

"汤川先生,您要回旅馆的话,就上来吧。我们正要回去呢。"

"方便吗?"

"当然啦。"

汤川稍一犹豫,随即说了一声"那我就不客气了",穿过马路绕到车的左侧,拉开车门坐进了后排重治的身边,道了一声谢。

"博士,戴斯麦克的人今天有没有犯蠢啊?"

"说犯蠢还不至于,但也一如既往地让人冒火。组织太复杂了,简直就是'船老大多了,反而把船开上了山'的典型例子。"

"什么？那艘船能开到山上去？"

"不是，这是比喻指指点点的人多了反而误事。对了，这辆车是您家的？我看见车身上有旅馆的名字。"

"是啊，"重治答道，"原先用来在车站和旅馆之间接送客人。近来人少了，最多就是我出门的时候接送我一下。"

"老板，您开车吗？"

"以前开，现在身体状况不允许了，连踩刹车都困难。"

"哦……"汤川扫视着车厢内，"警察没问一问这车子的事？"

"您的意思是……"

"我今天听戴斯麦克的人说，警方正在调查案发那天晚上在这附近停过的车辆。据说不仅询问车主，有时候还仔细搜查车内。"

"您说这个啊。"重治道，"前天晚上，警方的鉴定人员不是来过了嘛，他们也查过这辆车。但是具体查什么，我就不太清楚了。"

"我猜他们恐怕是在搜寻一氧化碳的产生源。昨天白天，县警方的刑警不是到旅馆来了嘛，还盘问了我的不在场证明。我当时就问他们有没有确定一氧化碳的产生源，那个负责人模样的人显得很尴尬。在礁石滩上发现的死者，死因估计是一氧化碳中毒，但还不知道是什么时间、在哪里中毒而死，所以他们才这样一点一点地排查车辆吧。"

"博士！"恭平喊道，"一氧化碳是什么？和二氧化碳不是一种东西吗？"

大概被这个问题惊到了,汤川微微动了动身子,但表情马上平静下来,点了点头,看了重治一眼。"你姑父解释这个问题应该最拿手了,听说他以前可是专家。早上听成实小姐说,您以前在有马发动机工作。"

"那都是陈年旧事了。"重治生硬地笑了笑,然后对恭平说,"你知道二氧化碳吧?"

"我知道!就是全球变暖的罪魁祸首。"

"对。物体燃烧的时候,会产生这种气体。但如果燃烧得不完全,就会产生其他气体,即一氧化碳。"

"吸入这种气体会死吗?"

"有可能。"

"好可怕。但是这和汽车有什么关系呢?"

"这个嘛,"重治舔了舔嘴唇,"车辆会排出尾气,对吧?尾气里就含有一氧化碳。"

"原来是这样。"恭平点着头,看向汤川。

"您解释得果然专业。"汤川对重治说。

"哪里,这点常识……"他的后半句含含糊糊。

"不过,我要补充一点。"汤川的视线再次回到恭平身上,"警察对车辆的排查,我看原因并不在尾气。"

"那原因是什么?"

"刚才你姑父说,燃烧不完全就会产生一氧化碳。那怎样会导致这种情况呢?简单来说,就是氧气过少。有人教过你不要在封闭的房间里长时间使用火炉吧?比如说,在这样狭小的车内烧炭的话,用不了多久就会产生一氧化碳。估计警方怀疑那个礁石滩上的死者就是这样中毒身亡的,所以他们现在在排查镇上的车辆。"

恭平点点头,但马上又产生了疑问:"但是,如果那个伯伯确实是这样死的,为什么会倒在礁石滩上呢?"

汤川一瞬间目光变得严肃,但嘴角马上又缓和下来。他瞟了一眼旁边的重治,微微歪着头道:"是啊,这是怎么回事呢?我也想不明白。"

重治一声不吭地看着窗外,面色阴郁,令人难以接近。恭平还是第一次看到姑父露出这样的神情。

恭平重新在副驾驶座上坐直身子,看了一眼正在开车的节子,猛地一怔。只见她和重治一样,整个人被一种挥之不去的沉重感萦绕着。

33

一个皮肤晒成小麦色的美少女手捧一篮热带水果正在微笑,她的背后是蔚蓝色的大海,还有几株椰子树。在这张洋溢着盛夏风情的海报下面,贴着一则启事:"本店今年最后营业时间为八月三十一日,感谢各位光顾。店主。"当地人都明白,说是今年,其实就是要关张了。

成实等人正坐在一家比萨店里。大家参观完勘探船后,想找个地方喝茶,但是镇上几乎没有茶馆、咖啡馆这类地方。

成实还清楚地记得这家比萨店刚开时的情景。那时,人们还没在镇上见过这样亮眼的建筑,不仅店内镶着玻璃,外面的露台上也摆满了餐桌。这家店就是以"迎着海风畅享比萨和啤酒"为卖点的,起初营业期从开放海水浴场的第一天一直延续到九月底,后来逐年缩短。

"还是理念不对。"坐在成实对面的泽村开口道,他看着门口贴的启事。"并不是说只要开了一家漂亮的店,就一定会客似云来。想要招徕客人，必须全镇团结起来努力。再怎么说，玻璃浦只有大海。政府那帮人什么都不懂，有讨好那个戴斯麦克的工夫，还不如全力扶持本地旅游事业呢。"

"恐怕他们是想扶持也无能为力吧。"说话的是那名教社会科的男教师，"我同意你说的，海洋是这里最大的旅游资源，但仅靠这一点吸引不来多少人，因为类似的地方太多了。"

"可我觉得我们的海和别处的不一样。"成实忍不住反驳。

"我也这样觉得。可是，其他海滨的居民肯定也是这样想的。而对于城市的人来说，美丽的海景还不是哪里都一样？在他们看来，最重要的是地名。之所以人们都去冲绳，是因为想告诉别人自己去过冲绳。可是换作玻璃浦呢，谁会羡慕你来过玻璃浦？它也不会给游客留下经历了美好旅行的感受。"社会科教师毫不客气地说。

成实紧紧皱起了眉。"你就这样说养育你长大的家乡吗？"

"我只是客观分析。我好久没回来了，这次回来真是大吃一惊。咱们这儿简直算不上旅游区，不管是旅馆还是餐饮业，所有的设施都又旧又破，太寒酸了。如果说去冲绳会让别人觉得自己有钱，来咱们这里估计感觉完全相反吧。在宝贵的假日就来了趟这样的地方，恐怕游客自己都会觉得没面子。"

他话音刚落，泽村大吼一声站起来，揪住了他的领子。"你怎么说话呢！"

社会科教师流露出胆怯之色，仍反驳道："我说的是实话，有什么错！"他的声音都变了调。

"好了！"成实站起来，拽住了泽村的手，"你冷静点，别闹了！别给人家餐厅找麻烦！"可能是最后一句话起了作用，泽村反应了过来，张望了一下四周。餐厅里只有他们一桌客人，女服务员带着几分不安僵立在一边。

泽村松开手，坐回椅子上。社会科教师脸色苍白，拿起水杯喝了口水。

"争论可以，但是别那么激动。"

两个人听了成实的话都微微点头。"对不起，"社会科教师率先道歉，"我的措辞确实有点过分。"

"是我不该动手。"泽村也认了错。

餐厅里的气氛又恢复了正常，女服务员也像是松了口气。

"你说的我都明白。"泽村接着说道，"其实，镇上的商店也好旅馆也好，生意都很冷清。谁也不想一直这样下去啊。大家都想过要改建或重新装修，可是没有资金，为维持日常的开销都已经竭尽全力了，成实她家也是一样……"

社会科教师眨了眨眼睛，看向成实。"是吗？我记得你家是经营旅馆的吧。刚才我太失礼了，不过绝没有要贬低谁的意思。"

"我知道。其实我家里也在商量要不要停业。"

"已经这么严重了？"教师不禁垂下了眼帘。

餐桌上紧张的气氛无影无踪，取而代之的是一种沉重感。"咱们该回去了吧？"泽村说。大家都同意了。

出了餐厅，泽村说要送成实回去，于是成实钻进了他的车子，坐在副驾驶座上。这并不是上次那辆轻型卡车，而是一辆掀背式轿车。

"今天太丢人了，不好意思。"泽村发动车子时说道。

"没想到你也有按不住火的时候。"

"那个老师今天确实说得有些过分。他其实是期待海底资源开发成功的吧,听说他父母在这里拥有不少地。你今天也看见勘探船里那些设备了,让那些机器在海底搅和,环境怎么能不被破坏?而且,再建冶炼厂的话,水质也会被污染,只是想想就会不寒而栗。"

"是啊。"成实嘴里应和着,内心却始终保持着清醒。她的想法已经有所转变:不是只去挑毛病,而是以更客观的心态寻求对双方都有利的方向。这难道不是更重要的吗?对于这样的变化,其实成实自己都感到吃惊。而带来这种变化的,毫无疑问,就是那位物理学家。如果没有遇见他,她是不会有这种想法的。"在我看来,你并不是那类人"——耳边突然响起在勘探船上汤川对她说的话。他为什么会这样说呢?

"对了,上次那件事你考虑得怎么样了?"泽村换了略显郑重的口吻问道。

"哪件事……"她心里明白他在说什么,却佯装不知。

"就是给我当助手的事。上次我不是说准备在家里设立事务所,希望你来帮我吗?你考虑了吗?"

"啊,对不起。最近事情太多,还没有时间仔细想过。再等一等给你答复,行吗?"

"没关系,反正除了你,我也没打算问别人。你如果不来,找其他人也没意义。"泽村总是这样,话里有话,又不说明白,好像怎么理解都行。他为什么就不能像汤川那样,把话说得更明确一些呢?

车驶上了陡坡，离绿岩庄越来越近。"咦，那是……"泽村低声道。

汤川和恭平正在旅馆前用棍子在地上画着什么。

听到车开过来的声音，恭平抬头看了过来。"啊，是成实！"他大声说。

汤川也转过视线，目光似乎比平时更加清冷。

泽村把车停在两人近旁，降下车窗，对汤川道："刚才不好意思了。"大概是为在船上的那一幕道歉。

"参观有收获吗？"汤川问。

"收获不少，更加坚定了我的想法，必须严格监控勘测和开发。"

"哦，这样啊。对了，这是你的车吗？"

"是的，怎么了？"

"没什么，听说之前你开的是一辆轻型卡车。"

泽村点点头。"那是店里用的车，我家是开电器行的。"

"哦。那天晚上寻找冢原先生时，用的是那辆轻型卡车吧？"

"是啊。"泽村低声答道，然后诧异地问，"有什么问题吗？"

"没有。我只是想，如果你们当时找到了冢原先生准备怎么办。"

"那还用说？肯定是把他送回旅馆啊。"

"怎么回去呢？"汤川问道，"轻型卡车只能坐两个人，副驾驶位子上已经坐着绿岩庄的老板了。"

成实在旁边听着，也一下子感到奇怪起来。他说得也是啊。

"这个……不是没办法嘛。我又不认识那个人，只能带着老板一起，而且当时也只有那辆车。"泽村有些语无伦次。

"可是旅馆有厢式小货车，刚才我就是坐着它回来的。为什么不开那辆车去找人？"汤川做出疑惑的姿态。

"现在说这些有什么用？当时没想那么多，只要找到了冢原先生，怎么都能凑合一下。实在不行的话，先让老板下车，我把冢原先生送回来，再去接老板也可以啊。"

汤川依然面带不解地点了点头。"解决的办法确实还有不少，比如让其中一人坐在后头的货台上。"

泽村抬眼盯着他。"你到底想说什么？"

"没什么。先说到这里吧，我给我这个小助手讲数学才讲到一半。"汤川走回恭平的身边。泽村一直面带不悦地盯着他的背影。

"泽村，"成实唤道，"怎么了？"

"啊？没什么，那个人说话莫名其妙的。"

"他啊，是个怪人。你别往心里去。"

"可能是。今天辛苦了，回头再商量怎么写这次参观的报告吧。"

"好的。谢谢你送我回来。"成实向泽村道谢后下了车，余光里只见汤川和恭平正对着脚下画的图形说话。目送泽村的车子开远后，她走向那两个人。"汤川先生，您要是有想说的，就请说明白。"

"你别踩到了。"

"嗯？"

"别踩到我画的教材。我正在讲圆的面积为什么是半径乘以半径再乘以圆周率。"他指着成实的脚边说。地上画有一个被分割成许多细小扇形的圆。

"我可没请你讲到这个程度。"恭平兴味索然地说。

"光知道把数字带入公式,只能算是单纯的计算题。别忘了,我们要研究的是图形问题。"

"刚才您为什么要那么说?"成实问,"您是想说泽村和案子有关吗?"

"没人那么说。我只是提了一个再简单不过的问题而已。"

"可是……"

"不必担心。他——是姓泽村吧?他和冢原先生的死无关。他不是还有不在场证明吗?冢原先生失踪的时候,他应该和你们在一起。"

"倒也是……"

汤川看了看手表,对恭平说:"我想起有件事要办,晚饭后再接着讲吧。"

"什么事啊?"

"我要趁天没黑去个地方。真希望能找到一辆出租车。"说完,汤川拿起搭在自行车车把上的外套,对成实说了一句"请帮我在六点半准备好晚饭",就向坡道下走去。

34

"川原先生?哦,你说的是川畑先生啊。让我想想,有这么个人吗?"看上去四十五岁左右的中年主妇用手扶腮细细回忆着。

"是十五六年前的事,听说那时候您已经住进这里了。"草薙道。

"是的。我家搬到这里快十七年了,是现在最老的住户。但是实在抱歉,我真的不知道这个姓川畑的人。"

"那时他应该住在三〇五室。"

"三〇五?怪不得呢,跟我们不在一层。不在一个楼层,就很少打照面,连招呼恐怕都没打过。"一开始得知对方是刑警时表现出好奇的主妇,现在已经明显想结束这场对话了。

"是吗?那打扰您了。"草薙微微一礼还没有抬头,大门就砰地关上了。

有马发动机的公司宿舍是一栋旧楼,面朝一条冷清的马路,一共四层楼，没有电梯。楼里总共有三十多户人家。

为了寻找认识川畑重治和他家属的住户，草薙和内海薰分头逐户拜访，结果却不理想。同一时期的住户几乎都搬走了。

草薙一边用圆珠笔挠着后脑勺一边下楼梯时，听到下面有人叫他。内海薰走了上来。

"喂，有什么发现吗？"他边下楼边问，并没抱太大期望。

"我得到了原先住二〇六室的人现在的住址，是一〇六室的主妇告诉我的。那家后来自建了私家住宅，大约八年前搬走了。那家人姓梶本，现住址是练马区小竹町，在西武线江古田站旁边。"

"二〇六室和三〇五室使用的应该是同一个楼梯。这个梶本是什么时候住到公司宿舍里来的？"

"不知道确切的时间，但听说他在搬走之前已经住了将近二十年。"

"时间上确实和川畑一家重合。"草薙打了个响指，"好，马上去江古田！"

内海薰看了一眼来电显示，不禁惊呼出声，接起了电话。"您好，我是内海。今天早上多谢了……什么？找到了？哦……能请那位接一下电话吗？是吗？知道了，那我过一会儿再打电话。非常感谢您的协助。谢谢！"电话挂断后，她转向草薙，双颊泛红。

"哪儿打来的？"

"一个在新宿设有事务所的志愿者团体，主要开展煮饭赈济等帮助无家可归者的活动。去有马发动机之前我到他们那里打听了一下,但主要人员不在,我就把仙波英俊的照片复印了一份留在那儿了。"

"然后呢?"草薙追问,心里预感有希望。

"刚刚一个女员工到了事务所,说是见过仙波,而且不止一次,就是在煮饭赈济的时候。"

"大概是什么时候的事?"

"最后一次见到是大约一年前。那个女员工现在出去办事了,说是一个小时以后回来。"

"您先停一下车。"草薙道。司机赶紧踩了刹车。

"怎么了?"内海薰问。

"得到了这么宝贵的线索,怎么能耽搁?你立刻去事务所,就在那儿等着那个女员工。请开一下门,要先下去一个人。"

35

已经过了傍晚五点，气温丝毫没有下降。路面反射的阳光已经不那么晃眼了，可晒了一整天的沥青路面和蒸腾的湿气还在继续散发着热量。

西口和县警本部一名姓野野垣的巡查部长一起来到了东玻璃町，这次来是为了寻找冢原当天吃午餐的餐厅。尸检报告显示，冢原的肠胃里发现了没有消化完的面条，而当晚绿岩庄的晚餐里是没有面条的，再考虑到消化状态，很可能是午餐时吃的。

虽然冢原行动的详情还没有查明，但他在去公民馆之前，确实在东玻璃町出现过。从时间上考虑，在那里吃午餐的推测也是合理的。

进一步分析成分后发现，面条里除了面粉和食盐之外，还含有紫菜、裙带菜和海带粉末。这正是玻璃浦的特产之一——海藻乌冬面。

通过事先电话咨询,得知在东玻璃町提供海藻乌冬面的餐厅一共有三家,都是小馆子。第一家去了,没有收获。西口他们正在向第二家进发。这段距离用不着开车,可步行一会儿就汗流浃背。在来之前,他们正在排查玻璃浦周边的仓库和车库,目的是确定一氧化碳的产生源。查到一半,西口接到指令去调查冢原吃午餐的餐厅,其实就是给县警本部搜查一科的人带路。

第二家餐厅位于一个小山腰的马路边。临街的店面是特产商店,再往里是餐厅。马路对面设有长凳,可以俯瞰大海。

店内没有客人,只有一个中年女人在看店。西口打过招呼后,拿出冢原的照片递给她。"这位客人来过我们这儿。"她回答得十分干脆。

野野垣顿时目光一闪,拨开西口上前,连珠炮般地开始发问:"您当时对这个人有什么感觉?他有没有打电话?他的样子像不像在等人?他的情绪看起来如何?"中年女人面露困惑,一个问题都答不上来。她解释说当时还有其他顾客,没有留心。这也在情理之中。

"那有没有发生什么给您留下印象的事呢?"野野垣用已经不抱希望的口吻问道。

"也算有吧。他吃完饭后,在店前的长凳上坐了一会儿。"

"长凳?然后呢?"

"没有,就这些。他坐着看了一会儿大海就离开了,我想应该是往车站的方向去了。"

"大概是在几点?"

"我记不太清楚了,可能是一点多吧。"

西口在一旁听着,不由得思索起来。冢原一点半从东玻璃站坐上出租车,去往玻璃浦的公民馆,那就应该是先看了海上群山别墅后,在这里吃完饭,再回到车站的。

二人道完谢之后离开了小店。野野垣使劲咂了咂嘴:"毫无收获啊!只知道他午饭吃的是海藻乌冬面。"

"接下来我们做什么?还要在周边转转吗?"

"唔,"野野垣绷着脸,"从时间上判断,被害人离开这里后直接去了车站,所以没必要再多看了。"说着,他掏出手机,打算向矶部请示。

等野野垣打电话的工夫,西口站在冢原曾经坐过的长凳边向四周张望。下面是一排排旧民居的屋顶,房屋之间一片葱翠。他自幼长在玻璃浦,却很少到这一带来。小镇几十年来变化都不大,自然环境固然得以保全,但同时经济也没有显著发展。这样到底好不好,他也说不清。

离西口所站的地方向下大约十米也有一条路,一名男子正站在那儿面对着大海。当他拿下肩上搭着的外套时,西口看到了他的侧脸,略微一愣——有些眼熟呢。

"西口,"野野垣走过来,"我现在要先回一趟搜查本部,和我们组长开个会。你呢?"

听他的口气,这个会没有本地"小喽啰"什么事。"我想在这一带再问问。"西口说,"这里我也有几个熟人。"

"也对,你是本地人嘛。那这里就交给你了。"野野垣把手机塞回衣兜,没有再看他一眼就转身走了。

目送野野垣的身影消失之后,西口沿着旁边的台阶走了下去。那名男子还站在那里,似乎陷入了深深的思索。

"你好……"西口在他身后招呼道。那人像没有听到一样,毫无反应。"不好意思!"这回西口提高了音量。

男子缓缓回过头,眉头微蹙,那神情好像是在嫌弃被打扰到了。

"呃……是汤川先生吗?"

"是我。"他看了西口一眼,像是想起什么似的眨了眨眼,"昨天我在绿岩庄见过你。你是刑警。"

"我姓西口。"

汤川点点头,指了指西口的胸口。"你还是绿岩庄成实小姐的同学,没错吧?"

"没错。她和您说起过我?"

"聊天时提起过。"

西口很在意成实是怎么说自己的,正想组织语言问一问,就听到对方说:"不过不必担心,她没说什么,只说有个同学是辖区刑警,就这些。"

"哦,这样啊。"西口微微有些失望,"我听说您有朋友在警视厅?"

"嗯,所以这回我被他抓着问来问去,头都大了。就因为我恰好和被害人住在同一家旅馆。"

"这个案子警视厅是怎么看的?您听说什么了吗?"

汤川耸了耸肩,苦笑道:"我只是个平民。"

"但您的朋友……"

"你肯定也明白,刑警是一种随心所欲的生物,毫不在乎地利用朋友和家人，对于案情却不肯透露半分。当然了，就算告诉我，我还嫌麻烦呢。"

听他说得那么流畅，西口一时无法判断是否能够全盘相信。对朋友不能泄露案情，这倒是做警察的常识。"对了，您刚才在这儿做什么？"西口换了一个问题。

"没什么，就是看看大海。"

"为什么特意到这里来看？这里离玻璃浦可不近。"

"嗯，我过来的时候，头一次打到出租车。就这样还花了二十多分钟。"

"请您回答我的问题，为什么到这里来？"西口又问了一遍，心想可不能被轻视，紧紧盯着对方。

然而汤川却似乎想要避开这个问题，他摘下眼镜，从口袋里取出一块眼镜布，擦拭起镜片来。"我听说从这里看到的景色最美。在东玻璃看到的大海是玻璃浦最美的——这是网上写的。"说着，他重新戴上眼镜。

"哪个网站？"西口从口袋里拿出记事本和圆珠笔，"请告诉我，我会上网确认。"

"网站的名称好像是'我的水晶之海'，是成实小姐创建的。"

"啊？"这个回答实在出乎意料，西口一时都忘记了记录。

"我可以称呼你西口吧？"汤川直视着他，"她一直是这个样子吗？为了守护玻璃浦的大海，可以牺牲一切？"他的眼睛透过镜片射出锐利的光芒。

"她刚搬到镇上的时候并没有到这种程度。"西口回答，"她积极地参与环保活动是从那年夏天开始的，不过在这之前，好像就对大海有一种很深的感情。我经常看见她站在学校附近的眺望台上看海。"

"眺望台啊。"汤川若有所思。

"怎么了？她想守护大海，有问题吗？"

"不是的，相反，我觉得很了不起。但这不是一蹴而就的事。"

"她也许妨碍了你们的工作，不过我支持她。她在做正确的事。"

汤川点头，莞尔而笑。"那挺好的。如果没有其他问题，我就失陪了。"

目送着他的背影，西口这才发现自己才是被问的那个。他清了清嗓子，把记事本和圆珠笔收了起来。

36

儿童手机的定时铃响了。恭平拿起来确认时间后,关掉铃声。时间是六点半整。他看向摊开的本子,叹起气来。语文作业只做了几道看假名填汉字的题目,其他的还基本没动。数学还有汤川帮忙,语文可就只能靠自己了。心里这么想着,手上却磨磨蹭蹭,注意力完全不能集中,不时想拿起游戏机玩一局。强忍着没有玩游戏,可还是打开了电视的开关,恰巧正在播动画片,还是从来没看过的。这部动画片其实不太好看,他还是看完了,就这样三十分钟又过去了。关上电视,依然无心学习。老实说,刚才他一直苦等着闹铃响。

恭平走出房间,下到一楼,在去宴会厅前看了一眼门厅,正好看到汤川的身影。只见他双臂抱在胸前,正站在那儿目不转睛地看着墙上的画。就是那幅大海的风景画。

"博士,"恭平唤了一声,"你又在看那幅画了。"

"我在想这幅画是什么时候挂上去的。"

"嗯……应该挂了很久了。记得两年前我来的时候，它就在那儿了。"

"应该是吧。"汤川露出笑意，看看手表，"该去吃晚饭了。"

宴会厅里，成实正在给汤川摆饭菜。如往常一样，有很多鱼贝类的菜式。

对面摆着恭平的小餐几。今天川畑家的晚饭是汉堡肉饼。

"看着总是这么让人有食欲。"汤川赞道，盘腿坐下来。

"菜色总是一成不变，实在抱歉。"

"哪里，每天都有不同的鱼。玻璃浦真是海鲜宝库啊。"

"对了！"恭平说道，"成实，我有事要问你。今天我下海玩，见到一种特别漂亮的小蓝鱼。我问姑父是什么鱼，他让我问你。"

"小蓝鱼啊，五厘米左右？"

"对对，"恭平连连点头，"就像热带鱼那么鲜艳。"

"有可能是极乐雀。"

"雀？不是鱼吗？"

成实微笑着说："全称应该是极乐雀鲷，是一种在玻璃浦很常见的鱼。在这里潜水的人看到这种鱼的时候都很激动。我第一次看到时，真以为它们是会动的宝石。"

"我也吃了一惊呢，想抓住一条，但是太难了。"

"抓是肯定抓不到的。不过呢，到了冬天，它的颜色就变黑了。"

"是吗？不过无所谓啦，反正冬天也不会到海里去。"

恭平双手合掌，说了一声"我开动了"，拿起刀叉。汉堡肉饼的表面烤得微微焦黄，用餐刀一切，里面渗出热气腾腾的肉汁，和外面深褐色的浓酱汁融为一体。

"你那份看起来也很好吃。"汤川说。

"我可以切一块给你，换你的生鱼片。"

"这交易倒是划得来，我考虑考虑。对了，"汤川一边拿起筷子，一边看向成实，"我也有个问题请教。"

"什么问题？"成实戒备地直起上身。

"挂在门厅里的那幅画，是谁画的？"

成实的胸口微微起伏，恭平觉得她深深吸了口气。她摇头道："我也不知道。怎么了？"

"哦，没什么。我就是觉得有些奇怪。之前我也和恭平提起过，那幅画画的到底是哪里的海景呢？反正不像是在这个旅馆附近看到的景色。"

成实把耳边的头发拢到后面，微微偏着头。"我也不太清楚。从很早以前就一直挂在那里了，我都没怎么注意过。"

"很早以前？在你们搬到这里之前？"

"是的。听父亲说，是祖父买来装饰房间的，就一直挂着没有动。父亲应该也不太清楚它的来历。"说完，她拿起托盘上的点火棒，把前端伸到汤川面前的小火锅炉下面。

"不用了，一会儿我自己点火。"汤川道，"点火棒就放这儿吧。"

成实一愣，随即应了一声，把点火棒放回托盘。"请您慢用。"说着她站起身，向屋外走去。

"那幅画里的海景——"汤川看着她的背影说道，"和从东玻璃的小山腰上看到的一模一样。刚才我去看了。"

成实停住了脚步。不仅如此,她整个人都在一瞬间凝固了。片刻之后,她回过头,动作僵硬得如同生锈的机器人。"哦?"她的声音有气无力,脸上的笑容也很不自然,"东玻璃,是吗?"

"你真不知道?"汤川问。

"我从来没想过这个问题。"

"就算没有想过,看一眼应该也就知道了。毕竟,你比任何人都了解玻璃浦的海。你不是还创建了个人网站吗?"

"东玻璃我去得不多。"

"是这样吗?你的博客里不是还写过,在东玻璃看到的大海是玻璃浦最美的吗?"

成实的表情变得严肃起来。"我没这么写过!"声音也变得尖锐了。

汤川苦笑道:"你别发火。"

"我没发火……"

"既然不是你写的,那就是我记错了。我向你道歉。"

"不用。您还有其他事吗?"

"没有了。"汤川把啤酒倒入玻璃杯。

"失陪了。"成实说着走出了房间。她的背影显出几分虚弱。

"刚才说的是真的吗?"恭平问,"博士知道那幅画画的是哪里?"

"差不多。"汤川简短地回答,然后把酱油倒在小碟里,用筷子尖挑了一些青芥,放入酱油中。连这动作也仿佛带有科学家的风范。

"为这个居然还特意跑了一趟,看来你真的很在意。"

"在意，就意味着调动起了对知识的好奇心。让自己的好奇心处于闲置状态是一种罪恶，因为人类进步的最大动力就是好奇心。"

这个人为什么非得用这种方式说话呢？恭平如此想道，但还是点了点头。

汤川拿起托盘上的点火棒，咔嚓一声按下开关，点火棒的前端冒出了火焰。恭平家也有这种点火棒，当时是为户外烤肉买的，不过实际上只用过一次。父母工作实在太忙，根本没有时间。

汤川用点火棒点燃了小火锅炉下的固体燃料。"你知道现在点着火的这个容器是用什么做的吗？"

小火锅炉上放着一个白色器皿，不像是普通的容器。恭平盯着看了半天。"看起来像是纸做的。"

"没错，就是纸，所以叫纸火锅。你不觉得奇怪吗？为什么是纸做的却不会烧着？"

"一定是经过了特殊加工吧？"

汤川把纸火锅的一角撕下，用一次性筷子夹着，左手拿着点火棒点火。纸片没有马上烧着，而是一点点变黑成灰，直到连一次性筷子都要烧起来了，汤川这才停下。

"普通的纸会瞬间烧着，这种纸确实经过耐燃加工，但并不是完全不可燃，所以你的说法站不住脚。"

恭平放下刀叉，爬到汤川的身边。"那为什么不会烧起来？"

"你看纸火锅的里面，不仅有蔬菜和鱼，还加了高汤。汤，也就是水。水在多少度下会沸腾？五年级的学生应该知道这个常识。"

"我知道！是一百摄氏度。四年级的时候我们做过实验。"

"是把水放进烧杯，加热后测量温度得出的吗？"

"对。接近一百摄氏度时就会咕嘟咕嘟地冒泡。"

"温度计测出的数值继续上升了吗？"

恭平摇头。"没有再上升。"

"对吧？水到达一百摄氏度就变成了气体，只要它还保持液态，温度就不会再上升。同理，只要这个纸火锅里还有汤，下面再怎么加热，也不会烧起来。因为这种纸要达到三百摄氏度左右才能燃烧。"

"原来是这样啊。"恭平抱着胳膊，盯着小火锅炉的火焰。

"现在我们再做一个实验。"汤川挪开盛有啤酒的玻璃杯，拿起垫在下面的圆形纸制杯垫。"把这个放在固体燃料上会怎么样？"

恭平看看杯垫，又看看汤川，然后战战兢兢地回答："会烧着。"感觉这个问题里有陷阱。

"可能吧。"

听到这个回答，恭平感到一脚踩空似的，有些扫兴。"什么嘛，实验在哪儿呢？"

"别着急，看，这样的话会怎么样？"汤川拿起手边的茶壶，把水倒在杯垫上。杯垫变得湿漉漉的，连榻榻米都弄湿了，物理学家却不为所动。"把它放在固体燃料上，会发生什么？"

恭平仔细思索起来：答案一定不简单，或许刚才纸火锅的实验提供了一种思路。他来回品味着汤川说的话。"知道了，"

他说,"还是会燃烧,不过不会马上烧起来。"

"为什么?"

"因为纸被水沾湿了。等它完全干了以后就会烧起来。"

"是吗?"汤川面无表情,"是最终答案吗?"

恭平重重一点头:"最终答案。"

"好。"汤川把湿透的杯垫放在燃烧着的固体燃料上,燃料装在一个小小的金属筒里,这下就如同给金属筒盖上了盖子。

恭平盯着杯垫。杯垫的中心渐渐变黑,眼看就要烧起来了。可是又过了一会儿,仍然没发生变化。

汤川把杯垫拿了下来,固体燃料上的火已经灭了。"啊!"恭平发出惊呼,不解地看着汤川。

"问题的关键在于固体燃料是放在小筒里的。不管是固体燃料还是纸,想要燃烧都需要氧气。但是用杯垫盖住小筒以后,就几乎隔绝了氧气。如果杯垫没有湿,在火熄灭之前它会烧着,这样也许氧气还来得及进入。可惜杯垫湿了,就像你说的,没法马上燃烧起来。而且湿的纸在阻隔空气方面比干的纸更有效。"

汤川再次用点火棒点燃固体燃料,把湿透的杯垫放在上面,这次他几乎是马上把杯垫移开。就这么片刻工夫,火已经完全熄灭了。

"简直就像变戏法。"恭平说。

"学校是不是教过,当煎锅里的油起火时,不要往上面浇水?这种时候应该用湿布来阻隔空气。物体燃烧需要氧气,没有氧气,火就会熄灭。而当氧气不足时,就会发生不完全燃烧。"

"不完全燃烧?就是白天说的那个?"

"对,"汤川再一次点燃固体燃料,"就是会产生一氧化碳的不完全燃烧。"

恭平回想起白天坐小货车回来时的情景。当时姑父的脸色为什么那么难看?不光是姑父,姑姑的神情也很晦暗。

"怎么了?你不吃了?"汤川问,"别让这么好吃的肉饼凉掉。"

"嗯,我这就吃。"恭平手脚并用地爬回到自己的餐几前。

37

草薙坐在靠近江古田站北口的一家自助式咖啡馆里。店里极为狭小，面向马路的联排台座仅能容纳三个人。他坐在正中央的位置，边喝水边掐着时间，咖啡杯早在十几分钟之前就空了。

手表的指针指到了七点，他立刻站了起来，收拾好杯碟走出了咖啡馆。眼前的街道同样狭窄，弯弯曲曲，是一条单行道。路边有一些小店，挂着拉面店、居酒屋、小酒吧的招牌。

他走到了一条稍宽的路上，但也没有道路中心线，限速二十公里。

穿过商店街，是公寓集中的区域。两小时以前草薙已经来过这里。现在他小心翼翼地确认着方向，生怕拐错了弯。刚才过来时，就因为拐错了一个弯，走了不少冤枉路。

凭着几个路标一路步行至住宅区后，道路越发复杂起来，完全没有横平竖直的地方，全都七拐八弯。练马警局的刑警不好干啊,他不由得同情起从未谋面的同行来。

终于看到了街灯下那栋贴着白色瓷砖的房子,他松了口气。那是梶本修的家。

按通对讲电话后,他听到梶本的妻子的声音,报上自己的姓名。傍晚来的时候,他就说好了要再来。其实他知道梶本修那个时间不在家,故意这么做是为了向对方强调事情的重要性。

大门开了,一名穿短袖POLO衫的瘦削男子出来迎接。或许是因为长脸上配了一双圆眼睛,这副长相很容易让人联想到马。

"您是梶本先生吧?劳累了一天还要打扰您,十分抱歉。"草薙彬彬有礼地鞠了一躬。

梶本说着"没关系",将草薙请进房间,但看起来似乎对刑警的来访感到诧异。妻子只告诉他,刑警来查访他们住在位于王子的公司宿舍时的情况。

梶本将草薙带进约有二十叠大的客厅。房间的柜橱上摆满了杂物,地板上也全是东西。八年前刚入住时,这家人肯定想要把家里收拾得整洁漂亮。然而随着时间的流逝,一开始的那种紧张感和爱惜之心大概渐渐淡薄了吧,草薙这样想着,仍然赞美了主人的房子。

"哪里,已经很旧了。我们正准备好好修理打扫一番呢。"梶本嘴上说着,看上去却完全没那么想。

"听说您搬到这里之前,住在王子的公司宿舍。"草薙开门见山地说。

"是呀,有十八……哦,十九年了。在那儿住了很长时间,因为我结婚很早。"

他二十四岁结婚，婚后就住进了公司宿舍。

"您当时住在二〇六室吧？那时住在三〇五室的人，您还记得吗？那家人姓川畑。"

"川畑家啊，"梶本微张着嘴，轻轻点头，"记得。你还记得吧？"后一句是对坐在餐椅上的妻子说的。

"我们算是住得久的，他们家也是那儿的老住户了。"

"嗯——我记得我们搬进去时，川畑家已经在那儿住了四五年了。而且川畑先生和我相反，结婚晚。他那么资格老的人住在那儿，我还挺吃惊的，因为晚婚的人一般都不住公司宿舍。"

"据我们调查，您家和川畑家同住公司宿舍十多年，当时你们有来往吗？"

梶本抱着胳膊低吟了片刻。"每年大扫除或轮流值夜，还有公寓里有例行活动的时候，我们才有交集。算不上关系密切，因为年龄差得比较多。"说完，他用打探的目光望着草薙，"为什么现在来调查川畑先生？他出什么事了吗？"

早就料到对方会有这种疑问，草薙微微一笑。"详情我不能多说。现在我们正在调查某一时期从王子本町搬到其他府县的人员的情况，川畑一家搬离王子公司宿舍的时间正好处于这一期间。"

"哦，这么说，并不是专门调查川畑先生喽？"

"没错。光我一个人就已经查过了……"草薙屈指算了算，"二十个人左右吧。"

梶本瞪大了眼睛，上身微微向后仰。"真辛苦啊。"

"也是没有其他本事，只能跑跑腿。川畑先生这个人有没有什么事给您留下了特别印象？比如说惹出什么麻烦，或是和谁有过纠纷什么的。"

梶本用力摇了摇头。"他不是那种惹是生非的人。"

这时，梶本太太蹙着眉对丈夫说："在他们家搬走以前，他几乎都不怎么在公寓吧。"

"是吗？"

"是呀，应该是到外地工作了。"

梶本张着嘴，微微点头。"对对，川畑先生是被调到外地工作过，好像是在名古屋。"

"他离职之前一直都在名古屋的分公司吧？"

"哎呀，您既然知道就早点说呀，这样我还能早些想起来。"

"对不起，是我的疏忽。"尽量不透露已掌握的情况，是为了最大限度套出对方的话，可是这一点又不能明说。"平常住在公司宿舍的只有他妻子和女儿，川畑先生只在周末回来，大概是这样的吧？"

"大概是的。"

"不是的。"梶本随意的回答被妻子打断，"不对，不是你说的那样。"

"那是怎么样的？"草薙问道。这位太太的记忆似乎总是更准一些。

"不仅是川畑先生，连他妻子和女儿都不住公司宿舍。最后一两年一直如此。"

草薙离开梶本家时已经过了晚上八点。走在通往江古田车站的弯弯曲曲的路上，他思索着。刚才问了梶本夫妇不少问题，最大的收获不是关于川畑本人，而是梶本太太所说的川畑的妻女也不住在公司宿舍这一点。

"她们也不是完全不住，偶尔能看见川畑太太，也许是回来给房间开窗换气或是取东西。有一次遇见了，就和她聊天，她说借住在朋友家。那家夫妇因工作暂时出国，所以请她帮着照看房子。川畑家有个女儿，正好那地方离她上的私立初中比较近，所以就决定在女儿毕业之前都住在那边。具体细节上也许有出入，但是我记得大体上就是这样。"

草薙还想了解那个朋友跟川畑家是什么关系、家在哪里，但梶本太太不记得了，说没准儿当时就没有问过这些。不过她还记得川畑家的独生女上的私立初中的名字。那所女校连草薙都久闻大名。

草薙决定明天一早就去那所中学查阅毕业生名册。他听汤川说，川畑家的女儿名叫成实。找川畑成实的同学问问，也许就能知道当时她们的住址。

虽然一路都在想事情，倒也没有迷路就顺利到达了江古田车站。内海薰还没有打来电话。他想先确定她在哪儿，然后再决定下一步的行动，于是掏出手机。就像掐准时间似的，这时电话响了。看了一眼液晶屏，并不是内海薰打来的，他马上按下接听键，放到耳边。"我是草薙。"嗓子不由得有些发紧。

"我是多多良，现在说话方便吗？"耳边传来低沉的声音。

"您说。"

"刚才我见到了地域部的一个熟人。你该知道吧？就是冢原前辈退休前所在的那个部门。"

"啊，知道。"

"我听他说，今天那边县警的侦查员去了他们部门。你应该知道是为什么事吧？"

"应该是去调查冢原先生的事，比如是否和人结怨之类。"

"县警的人问了冢原前辈是否提过玻璃浦这个地名，他们想详细调查和他有关的人，问有没有什么线索。"

"那他们有什么线索吗？"

"这不是重点。有件事很奇怪：他们提都没提仙波英俊这个名字。难道县警那边没意识到仙波一案的重要性？你应该已经把我和你说的情况告诉他们了吧？"

草薙无言以对。他没想到多多良这么快就能发现这件事。他也考虑过该怎么解释，但还没有想好合适的借口。

"怎么回事？你没告诉他们？"

看来已经无法糊弄下去了，草薙把心一横，做了个深呼吸。"是的，我没说。"

"为什么？"

"我有我的考量。"

"考量？"

"是的。"他已经做好了被痛骂的准备，拿着手机的手开始冒汗，如同等着挨打一样，双腿分开牢牢站定。

然而，耳边只传来长长的吐气声。"你所谓的考量，是根据现场传过来的信息做出的判断吗？"多多良的感觉太敏锐了。

他说的"现场",指的应该是汤川。

"是的。"草薙回答,"是非常有价值的信息。"

"到什么程度?能够锁定嫌疑人吗?"

"可以这样认为。不过,距离真正达到这一步,我们这边还有很多事需要做。"

"我们这边……你是说不愿意受到县警的干扰?"

"我认为还是由我们自己来比较好。"

多多良又沉默了。草薙的腋下渗出汗来,他紧张地等待着电话那边传来愤怒的吼声。多多良还是警员的时候,可是有个"瞬时热水器"的诨名的。

"内海在做什么?"管理官只是用平静的口吻问了这样一个问题,"她和你在一起吗?"

"没有,她正在追查仙波的下落。"

"有线索了吗?"

"我们得到了目击信息。"草薙汇报了有个新宿的志愿者团体可能认识仙波的情况。

"我知道了。既然这个案子交给了你,我就尊重你的考量。不过你要保证,只要确定嫌疑人的证据齐全了,一定要告诉我,不得延误。知道吗?"

"好,我保证。"

"那你继续去做吧。"多多良挂断了电话。

草薙长长地松了口气,按手机按键的时候,他感觉衬衫被冷汗浸透了。

"您辛苦了。我正要打电话过去呢。"内海薰的声音里透着兴奋,看来有收获,草薙暗暗期待着。

"你现在在哪儿?还在新宿?"

"不,我在藏前。"

"藏前?你在那里做什么?已经问过那个新宿的女志愿者了?"

"问过了。她姓山本,她说她所在的团体每周六都会在新宿中央公园举办煮饭赈济活动。大概到去年年底为止,几乎每周都能在那儿看到仙波。他看起来比其他流浪者要有修养,所以印象深刻。"

"大概到去年年底,就是说今年以来都没有看到过他?"

"是的。山本小姐猜测他或许已经过世了。"

"过世了?为什么这么说?"

"山本小姐说最后看到仙波时,他非常瘦,显得很憔悴。山本小姐认识一名免费为流浪者看病的医生,就劝他去看看。"

"他没去吧?"

"我请山本小姐让那家诊所的人查了,好像没有姓仙波的人去看过病。当然也有可能使用了化名,明天我想带照片去给医生看看。"

"知道了。那你现在怎么在藏前?"

"我听山本小姐说,还有一个人也认识仙波。这个人一直和山本小姐一起活动,今年转到其他志愿者团体了,也是煮饭赈济志愿者。那个团体的事务所在藏前,周六会在上野公园举办煮饭赈济活动。"

"仙波不去新宿中央公园了,你想确认他是不是去了上野公园？"

"我是这么想的。山本小姐也帮我联系了那个人,但可惜那个人没在上野公园看到过仙波。"

"哦,那你还去藏前干什么?"

"那个人虽然没有见过仙波,却见过一个寻找仙波的人。"

"你说什么?什么时候?"草薙握紧了手机。

"今年三月。那个人说,有人拿着仙波的照片询问是否见过。"

草薙掏出记事本和圆珠笔,蹲下身,耸起一侧的肩膀夹住手机,将本子在膝盖上摊开。"把那个事务所的地址告诉我,我马上过去。"挂断电话后,他走到街上拦下一辆出租车,大约三十分钟后到达藏前。这是一栋褐色的小楼,位于从江户大道通往隅田川的一条小路上,事务所就在二楼。

按响门铃后,有人来开门,是一名四十岁上下的矮个男子。"警视厅的?"

"是的。"草薙扫了一眼他身后。内海薰面对一张凌乱地堆着办公电脑和文件夹的桌子坐着。看到草薙,她微微颔首致意。

男子自称姓田中,请草薙进屋。

"失礼了。"草薙说着走了进去。地板上到处摆放着纸箱。"事情弄清楚了?"他问。

"大致都清楚了。我给田中先生看了冢原先生的照片,他马上就认出正是寻找仙波的那个人。"

"他有没有说为什么来找人?"草薙问田中。

"我记得他没说。在活动中,时常有追债的来打探,我以为他是这类人呢。毕竟，这些无家可归的人里有不少都是为了逃债才落到这种境地的。"

"田中先生刚才说，"内海薰说道，"冢原先生第一次来问是在三月底，后来又来过两三次。他总是站得远远的，盯着排队等饭的人，但是五月以后就再没有看到过他了。是这样的吧？"她向田中确认。

"是的。"田中点头，"我们都感觉有点吓人。他不来了以后，大家都松了口气。呃……到底出什么事了？你们这是在查什么案子？"

草薙苦笑着摆摆手。"不是什么大事，您不必多想。"他从余光里看到内海薰已经站了起来，"今后也许还有要向您了解的事情，到时候还要麻烦您。今天十分感谢。"他一口气说完后，向门口走去。

走出小楼，沿江户大道走了一会儿，看到一家自助咖啡馆，和江古田车站旁那家是同一连锁品牌。附近没有其他店，他们只好进了这家。

两个人交换了彼此掌握的情况。草薙还提到了多多良的那通电话。

"您没有告诉他汤川老师说的那番话吗？'如果这个案子最后没有解决好，或许某个人的人生会被严重扭曲。'"

"我没说。能明白他话里那种微妙感觉的，可能只有你我吧。不过我觉得就算不说，在某种程度上管理官也能理解。大概管理官认为，只要汤川肯出马，就随他的意去办好了。不说这些，咱们下面该怎么办？我想去查一查川畑成实母女当时的实际住址。"他喝了一口早就腻了的咖啡。

"今天听了田中先生的话，我想起了一件事。"

"哦？什么事？"

"看这个情况，冢原先生确实是在到处找仙波。虽然时间和地点不一样，但二人都是在煮饭赈济的地方被目击到。他可是名干练的老刑警啊，肯定也去其他各种各样的地方找过。"内海薰细长清秀的眼睛看着草薙，"我猜也许冢原先生已经找到仙波了。田中先生不是说了嘛，五月以来就再没有见到冢原先生了。难道不是因为目的已经达到了吗？"

草薙放下咖啡杯，看着女后辈。"如果是这样，你打算怎么做？"

"刚才说过，在新宿公园看到的仙波极度衰弱，而且已经到了任何人一眼就能看出患了重病的程度。假设冢原先生在四月找到了仙波，我想当时他的身体状况已经不大乐观了。"

"甚至有可能恶化，弄不好都已经死了……"

"昨晚我查了今年东京都内发现的不明身份尸体的数据，没有发现疑似仙波的人，我准备再确认一次。问题在于，如果他没死，无家可归的重症患者——冢原先生千辛万苦找到的人处于这种状态，他会怎么做？"

草薙靠在椅背上，望着斜上方。要是自己会怎么做？"首先要带他去医院吧？检查一下，没准儿还需要住院。这样比较妥当吧？我记得有那种可以为无家可归的人看病的特殊医院。"

"你说的是那种实行免费或低额诊疗制度的医院？"

"对，我听说全东京大概有四十家那种医院。"

"我也知道。不过，就算去那种医院，也不一定能适用所谓的免费或低额诊疗制度。想按那种制度看病，必须要有居住卡。我查过仙波的户籍资料，刑满释放之后，他一直没有固定住处。诊费也许是冢原先生给他垫付的。"

"有可能。只是，他这病是去一两次医院能看好的吗？从志愿者说的情况来看，感觉他病得很重。"

"我也有同感。没准儿还需要住院。"

"没有固定住处的流浪者要住院，也是件相当棘手的事啊。"

"一般这类患者要住院的话，医院要负责接手患者的生活保障事宜。要走这个手续，需要以患者的实际住址也就是以这家医院为居住地办理居住卡。但就我查到的户籍资料来看，仙波并没有办过这个手续。"

"这说明什么？"

"也许有这么一家医院，虽然没有办理生活保障手续，但出于某种原因，看在冢原先生的分上也接收了仙波，给他看病。"内海薰说话时表情没怎么变，语气却充满自信。

38

随着侦查员们陆续汇报完毕,会议室的气氛逐渐凝重。因为实在没有什么称得上成果的信息。县警本部搜查一科科长穗积沉着脸看着手边的资料,不过那上面也没有什么有价值的东西。虽然进行了大规模的侦查,可是看目前的详细记录,收集到的情报都没有什么用处。这其中也包括昨天西口他们在东玻璃查到的冢原正次吃过海藻乌冬面的餐馆,可惜这在案件侦破中根本派不上用场。

西口坐在后排,听着会议的进程,心里却在反复咀嚼昨天和汤川的对话。

那位学者到底为什么会出现在那里呢?在东玻璃看到的大海是玻璃浦最美的——他说这是成实创建的网站上写的。昨晚西口特意在网上搜索,确实有一个叫作我的水晶之海的网站。但是仔细找了一番,并没有找到汤川说的那句话,甚至都没看到东玻璃这个地名。

那位学者在撒谎？可又是为什么呢？

会议仍在继续，现在是关于杀人方法和现场的调查汇报。

被害人一氧化碳中毒致死的现场依然没有确定，毕竟目击信息实在太少。将被害人诱至车内，使其服下安眠药后入睡，通过烧炭等方法令其中毒身亡，再将尸体丢到礁石滩后开车逃逸——如果罪犯采用这种方法，只要停车得当，很有可能根本没有目击证人。这里毕竟是个冷清的海边小镇，夜晚路上行人极少。

考虑到罪犯也有可能不是在车内作案，而是利用废弃的仓库、棚屋或者空房子，因此警方对现场周边的类似建筑也都一一搜查过。然而直到现在，也没有发现和案情有关的场所。倒是在一家已停业的快变成废墟的旅馆内，发现一个房间里有燃烧过的痕迹，可根据积满灰尘的情况来看，至少有一个月没有人进去过了。那些燃烧的痕迹，恐怕只是闯入者探险而为。

"人际关系方面呢？有什么值得注意的？"听着毫无营养的话，已经颇为不耐烦的穗积问道。

"我来汇报东京方面传过来的消息。"矶部手拿文件站起身。所谓东京方面，就是为调查冢原正次有关情况而派到东京的侦查员。他清了清喉咙，开口道："被害人冢原正次去年从警视厅退休，退休前隶属于地域指导科。我们的人向他以前的三名同事询问了他在该科的情况。首先，第一名同事说……"

矶部汇报的声音洪亮，然而内容却让穗积高兴不起来。冢原正次生前对工作极为积极，对于犯罪的预防工作比其他任何人都用心，对于再烦琐的工作也毫不懈怠。人际交往方面并非他的长项，可他乐于助人，只要是有交情的朋友同事，他都对人家尽心尽力。总而言之，他绝不是个招人怨恨的人。工作方面，他没有出过岔子，退休前的交接工作也非常顺利。他的同事都表示他离开得风平浪静。

听完矶部的汇报，穗积皱着眉头伸了个懒腰，就势把两手放在脑后。"看来这方面没什么可疑的。那边呢？是姓仙波吧？还是没有目击证词？"

"目前还没有。我考虑今天是不是该把调查范围从东玻璃再向东扩大一些……"矶部答得含糊，恐怕是在委婉地暗示不会有什么结果。

"这个仙波现在还是生死不明吗？"

"嗯……"矶部有几分不确定地回答，"警视厅那边应该在追查，如果有消息，会通知我们的。"现在警视厅没传来任何消息，说明还没有线索。

"关于被害人和玻璃浦的联系点，查得怎么样了？除了仙波，还有其他发现吗？"穗积有些烦躁地问。

"根据东京方面的消息，通过对有关人员的询问了解，没有发现被害人和玻璃浦有任何交集。只查到了被害人去玻璃浦是要参加海底资源开发说明会，不过关于这一点，还有件事——喂，野野垣！"他叫了一名部下的名字。

一名坐在前排的男子立刻站了起来。他正是昨天和西口一起去调查的那个县警的侦查员，后来说是回搜查本部，但其实似乎另有任务。

"那个说明会，入场必须要有入场券，入场券的正式名称是海底热水矿床开发计划的说明会暨讨论会入场券。被害人拿的是真的,并非伪造。想要得到入场券,需要事先向海底金属矿物资源机构邮寄书面申请,还要附上回信用的信封。但是申请不一定都能得到批准,申请者过多的情况下,以抽签方式决定参会者。这次会议听说申请人数是参会人数的两倍。我已经和海底金属矿物资源机构确认过,抽中者中的确有被害人的姓名。"

"然后呢?"穗积目光一闪,大有如果下属的调查成果仅仅是这些就要不依不饶的架势。

"召开说明会和讨论会是在六月决定的,正式开始召集参会者是七月初。读卖、朝日、每日三大报纸和海底金属矿物资源机构的网站上都发布了会议召集事宜。被害人报名参会是在七月十五日。因为该机构的事务所还保存着当选参会者申请时使用的信封,所以从邮戳上能够查出日期。问题在于他寄信的地点,经查是在调布站前的邮局。"

"调布?"穗积疑惑地蹙起眉,"调布是在东京吧?从位置上……"

"谁把东京的地图拿来!"矶部喊道。

一名年轻刑警连忙把一本驾驶地图拿来摊在穗积面前。这时西口也打开手机查看调布站的位置。调布站位于新宿以西将近十五公里处。

"被害人住在埼玉县鸠谷市。"野野垣继续说道,"信封的背面写有住址,该机构的参会者名单的住址一栏也是这样记录的,但是参会申请信的投寄地点却是调布车站前,目前原因不详。

汇报完毕。"

穗积看了地图后，面色沉郁地陷入沉思。

"会不会并没有什么特别的原因？或许他就是有事去调布，顺便寄出了信。"

"当然也不是不可能，"矶部罕见地和上司唱起了反调，"但是，我和被害人的妻子通电话时询问过，她一点都不知道被害人去调布的缘由，也没有亲戚或熟人住在那边。而且，从鸠谷市到调布市相当远。被害人没有车，应该是乘火车前往的。一路上不是没有可以投信的机会，然而为什么邮戳是调布站前呢？当然了，也有可能因为他一路上没有看到邮筒。"

穗积默然了，似乎是感到矶部的分析有其合理性。他环视全场，问道："大家对这件事有什么想法？"

数秒的沉默之后，传来一声低低的应答，元山谨慎地举起了手。

穗积示意他发言。

"被害人去调布市的原因固然不明，但会不会是他当时在那里知道了戴斯麦克的说明会？有可能是别人告诉他的。被害人非常想参会，于是立刻填写了申请，以免事后忘记。然后他从调布站坐火车回去时，顺便在站前寄了信。我觉得这样的经过还是挺自然的。"

西口听了，也觉得很合理。可能是这种情况。

穗积也有同感似的点了点头。"这确实是比较周全的猜想。如果真是这样，被害人去调布的原因就很值得关注了。"

"我联系一下东京方面吧？"矶部探身问道。

"好。被害人是在哪里了解到说明会的、为什么非要去参会,把这些查清或许对破案有所帮助。你让他们直接去见被害人的妻子,再次确认情况。"

"明白了!"仿佛觉出上司心情转好,矶部的声音铿锵有力起来。

39

　　看到那锃亮的深蓝色车身，草薙直想吹口哨。两轮驱动，油耗 15.8km/l，总排气量 3.5L，混合动力发动机。可当他看到价格，又不禁苦笑起来。要是拿得出六百万买辆车，他会先考虑搬家。

　　草薙轻轻打开驾驶座旁的车门，感受了一下那种厚重感，然后关上，就连关门声中也透出了质感。

　　"您可以坐进去感受一下。"身后传来一个声音。回头看去，一名身着浅灰色套装的短发女子笑意盈盈地站在那里。

　　"啊，不用，我不是来看车的。"草薙摆了摆手，看着女子胸前的牌子，上面写着"小关"。"您就是小关小姐吧？"

　　"是的。"她笑道，"您是警视厅的……"

　　"我是草薙。"他飞快地出示了警徽，然后收起。

　　小关玲子瞬间睁大了眼睛，然后说了声"这边请"，将他带到会客室的桌旁坐下。"您喝什么？"小关玲子问。

"啊,不用了,您不必费心。我说了好几次了,我不是顾客。"

"请您不要客气。咖啡可以吗?还是冰镇乌龙茶?"

"那就乌龙茶吧。"

"好的。"小关玲子颔首离开。

还好,对方好像并没有嫌烦。草薙吐了口气,看向桌面,上面摆着新车目录。

现在是下午一点刚过,草薙到访的是江东区一家汽车销售店,目的当然就是来见小关玲子。

今天一早,他去了川畑成实之前就读的私立初中,调出当时的毕业相册和毕业生名单。初中时的她面容稍显严肃,是那种可以预想到会越长越俊俏的类型。

川畑成实当时参加了学校的软式网球社团,和她同一年级的还有其他三名女性成员。草薙决定对照名单,逐一走访这三人的家。第一家没有人在;第二家只有父母在,本人嫁到仙台去了;第三家就是小关玲子家。她母亲在家,说女儿在江东区的一家汽车销售店工作。草薙说有急事找她,小关太太立刻给女儿打了电话。下午一点以后可以见面——这位好心的母亲说完,有几分不安地问草薙在调查什么案子。

"您不必担心,跟令爱完全无关。"草薙笑着安抚道,然后告辞离开。

小关玲子用托盘端着玻璃杯回来了。"您请用。"她把玻璃杯放到草薙面前,然后在对面坐下。

"在百忙之中前来打扰,非常抱歉。"草薙再次致歉。

"刚才母亲又打了个电话,说是有可能的话,让我一定问问是什么案子。我母亲是两小时剧场①的忠实粉丝。"

"两小时剧场？"

"她说这是头一次遇见货真价实的刑警，特别兴奋。其实，我也有点期待。"小关玲子喝了口乌龙茶，"是什么案子呢？"

"这属于保密事项，还请谅解。"

"不能说啊？真遗憾！"她嘴上说着，却还是一副乐在其中的样子。

"我想打听您初中时的事。您那时是软式网球社团的成员吧？"

"咦，那么久以前的事呀。是的，我当时加入了社团。"

"那您还记得川畑小姐吗？川畑成实。"

小关玲子一下子容光焕发，眼睛也闪现出光彩。"成实呀，当然记得了。不过我和她以前话说得不多。"

"毕业以后，你们还联系吗？"

"联系过。我是直升本校的高中部，她因家里的情况离开了东京。之后我们也时常通电话，就是这十年来才慢慢断了联系。"小关玲子想了一会儿，突然抬头看着草薙，"难道是成实跟什么案子扯上了关系？"

"没有没有，"草薙连连摆手，笑容可掬地说，"和川畑小姐本人无关。我想了解的是她住的街区。"

"街区？"

"当时川畑小姐的家是在北区王子本町，可她上初中时应当

---

①日本的一种电视剧形式，一般以中高年龄层为对象，时长两小时，多为悬疑推理剧。

是住在别的地方。您还记得吗？"

小关玲子蹙起眉毛苦苦回想。毕竟是十几年前的事了，就算忘了也在情理之中，更何况她们只是隶属同一个社团，本来也不一定知道别人住在哪里。

就在草薙快要放弃希望的时候，她突然抬起头。"对了！"

"您想起什么来了？"

"我去过几次她家，但不是在王子。"

"那是哪儿？"

"具体位置我忘了，但我记得下车的车站。"

"什么车站？"

小关玲子毫不迟疑地回答："荻洼站。"

草薙的心不受控制地一跳，但他强忍住激动，不动声色。"荻洼站……能不能再详细一点？比如出站后往哪个方向走。"

"这个嘛……"小关玲子沉吟着，"我记得出站后要走一阵。成实上学从家到车站也是骑自行车的。"

"是独栋的房子吗？"

"是，不过我记得并不是太大。"

"您这儿有地图吗？驾驶用的也行。"

"应该有，请您稍等。"小关玲子站起身来。

眼看着她的身影消失在门的另一头，草薙喝了一口乌龙茶。身体有些发热，他扯松了领带。

不一会儿，小关玲子抱着笔记本电脑回来了。"还是用这个查更方便。"她在网上查看起荻洼站周围的地图。

"怎么样？能想起点什么吗？"

小关玲子盯着画面，最后无奈地摇了摇头。"对不起，还是想不起来。我只记得走了很多复杂的路，当时跟在成实后头，压根儿没有注意看周围。"

"这样啊。"这也可以理解。目前能想起来的这些，已经是极大的收获了。

"其实，"小关玲子开口，"直接问问成实本人不就行了吗？我有她的联系方式，如果她没有搬家的话。"

"啊，这个嘛，"草薙摇摇头，"当然，我也会去问问川畑小姐本人。不过，我希望向更多的人问一问。联系方式我也有，她现在是住在玻璃浦吧？"

"是的。他父亲的老家在那儿，后来就回去接管了家里的旅馆。"这一点她记得倒很准确。

"她搬回老家很突然吗？还是很早之前就定下来了？"

"具体不清楚，但我们觉得很突然，因为之前成实是打算和我一样升入本校高中部的。她说父亲迟早得回去继承老家的旅馆，但她并不想回去，想留在这里，还说高中毕业以后可以一个人住，考东京的大学。她突然就那么回了玻璃浦，让我当时大吃了一惊。"

"初中毕业后，你们不是也有联系吗？她有没有说起搬回老家的原因？"

"也没说得太多。她几乎什么都没说，只说有种种客观情况。"用带有几分感伤的口吻说完之后，小关玲子狐疑地看着草薙，"您刚才说案件和成实本人无关，那是和她搬家这件事有关喽？"

"呃，也不是。"

"我挺好奇的,这可是十五六年前的事了,就告诉我是哪一类的案子也不行吗?越是什么都不说,我越是放不下,都该睡不着觉了。"

"对不起,这是我们的规定。"草薙一边道歉,一边起身,"占用了您的时间,非常感谢配合。"

"也不知道对你们的工作有没有帮助。"

"非常有帮助。"草薙向门口走去。走到一半他停下来,扭过头,"刚刚我说过,也准备听听川畑小姐本人怎么说,但是我希望到时候她不要有先入为主的想法,所以请您不要把今天的事告诉她。即使不是和她本人说,也有可能传到她耳朵里,所以希望您不要把这件事说出去。"

小关玲子先是现出惊诧的表情,然后脸上浮现出调皮的笑容。"跟我母亲总可以说吧?她知道我会见了一位刑警。"

"如果可以,也请您不要说。"

"咦?可等我回家,她一定会刨根问底的。"

"请您无论如何配合一下。"

"那好吧,我尽量。"小关玲子用不确定的口吻说道。她像对待正常的顾客一样,一直把草薙送到正门。

草薙走出自动门。不远处就是永代桥,他边走边思考下一步的行动。

"请等一下!"小关玲子从后面追上来,"我又想起了一件事。四月初我们去找她玩,她家附近有个公园,樱花开得美极了,大家一起去赏花来着。"

"公园,樱花……您确定吗?"

"肯定没错。初中时的赏花,我就记得这一次。"

草薙想了想,向她点头笑道:"谢谢,您说的很有参考价值。"

"这个也需要保密吗?"她在唇边竖起食指。

"是的,拜托了。"

"我知道了。祝您工作顺利。"说完,她走回了汽车展厅。

目送她回去之后,草薙也离开了。不知不觉间,步子迈得很大,因为他再也无法压抑内心的兴奋了。

荻洼,公园附近——这与三宅伸子被害现场的关键词是一致的!没错,川畑一家必定和仙波一案有某种关联。赶紧通知汤川——刚想到这儿,手机振动起来。他边走边看来电显示,是内海薰。她这会儿应该是去见了冢原夫人,确认冢原先生是否认识某家可以收留流浪者身份患者的医院。

"是我。有收获吗?"电话一接通,他就迫不及待地问。

"还很难说,不过我了解到一个很有意思的情况。"

"冢原夫人说什么了吗?"

"不是夫人,是县警的侦查员说的。"

"县警?"

"我去的时候,正好有两个侦查员在向夫人了解情况。他们是县警搜查一科的,同意我待在那儿,所以我旁听了他们的交谈。"

"那两个家伙去查什么?"

"他们在查冢原先生和调布站的交集。"

"调布站?什么时候又冒出这么个地点?"

"他们说冢原先生在调布站附近投寄过信件。"那信就是在玻璃浦举办的海底资源说明会的参加申请表。

"那夫人怎么说？"

"她沉思了很久，没想起什么来。她说也许冢原先生在警视厅工作时去过，但在家里从不谈论工作上的事，所以她也不清楚。"

草薙脑海中浮现出冢原早苗那端肃的面容。她并非不关心丈夫的工作，只是决心做一个能让丈夫安心工作、把家守护好的妻子吧。

"县警的人还问了些什么？"

"没有其他新鲜的问题了，无非是问知不知道冢原先生和玻璃浦的关系之类的。当然了，夫人的回答都是否定的。"

"那你呢？他们要你提供信息了吗？"

"就问我为什么来见冢原夫人。"

"你实话实说了？说了医院的事？"

"难道我应该那么回答他们？"

草薙咧嘴笑了。"你是怎么说的？"

"我说是来借相册的。如果冢原先生去过玻璃浦，也许会留下照片。"

"哦，那他们相信了？"

"与其说相信，不如说感到失望。他们听说警视厅也在提供协助，没想到就是这么协助的，还说上回县警的侦查员来的时候就把相册借走了。而且他们对只有一个年轻女刑警在调查这个案子好像也挺失望。"从头到尾，内海薰的口气都淡淡的，只在最后一句话里流露出一丝不满。

"算了,你别太在意。你多精明能干啊,能弄到这么宝贵的情报。"

"我没在意。您也觉得情报有价值吗?"

"当然。在调布站附近寄出了玻璃浦举办的说明会的参会申请,我估计这是在他和某个人见面后回来的途中。这个人才是和玻璃浦关系非同一般的那位。"

"英雄所见略同,所以我已经开始行动了。打这个电话是先斩后奏。"

草薙把手机换了个位置。"你在去调布的路上?"

"我刚才回了趟家,把车开出来了,现在在便利店的停车场。"看来她现在没在驾驶。"我想把调布站附近的医院一家家查过去。"

"这事就交给你了。县警那帮人迟早也会去调布调查的,不过他们手里没有医院这条线,所以跟你比起来毫无胜算。就看你的了。"

"我明白。您那边如何了?"

"我嘛,"草薙舔舔嘴唇,"也大有收获。等你的事做完了,我再告诉你,以免分散你的注意力。"

"真吊胃口。"

"你就好好期待吧。好了,回头见。"其实,要想解释清楚这一切,还需要再仔细思考一番呢。草薙果断地挂上了电话。

40

　　桌上有三张剪成三角形的纸片,是把三张纸摞好一次剪出来的,所以形状完全相同。汤川把其中两个三角形拼成平行四边形,再将剩下的一个拼上去,就变成了梯形。

　　"这样就明白了吧?三角形三个内角拼起来是一条直线,也就是一百八十度。这是一切的基础。四边形是由两个三角形拼起来的,所以内角和是一百八十度的两倍,也就是三百六十度。同理,五边形——"

　　汤川耐心地讲解着,然而恭平眼前浮现的完全是其他画面。

　　时间调回到昨天晚上。就寝前,他想去姑父他们的房间看一眼,在走廊上听到了屋里传来的低语。他完全不知道他们在说什么,只听清了一句话。

　　"那个老师察觉到了。"这是重治的声音。

　　当这句话传到耳朵里,恭平觉得腿脚发软,膝盖也颤抖起来,连站都快要站不住。于是他赶紧转身,沿着走廊往回走。

为了不让脚步声惊动到别人,他花光了所有的力气,无法再灵敏地行动。

回到自己的房间,他钻进被窝。巨大的不安如潮水般涌上来,心脏怦怦直跳。他不知道发生了什么。大人总是不对小孩讲真话。但他知道,接下来一定会有事情发生,而且绝不是好事。如果是好事,姑父不会用那样不祥的语气说话。

等恭平醒过神来,汤川已经默不作声了。物理学家以手托腮,凝视着少年,用一种观察的目光打量着他。

恭平挠了挠头,看向桌面。打开的本子上画着几个图形,最后一个好像是九边形。

"我的问题是九边形可以分成几个三角形,不过看样子你答不出来吧。"

"哦,嗯……"恭平慌忙抓起一支自动铅笔,却无从下手。

"从一个角向其他角画线。相邻的角没法画,只能画六条线,这样就构成了七个三角形。内角之和,就是一百八十乘以七,也就是一千二百六十度。"坐在恭平对面的汤川没有把本子转向自己,连算式都是倒着写的,"怎么回事?今天你的注意力太不集中了,这样下去作业可完不成。你有心事?"

"也不是……"恭平一时找不到合适的借口,支支吾吾。此时恰好儿童手机响了,他不禁松了口气。拿起来一看,显示的号码却没有印象。

"怎么了?不想接电话?"汤川问。

"大人告诉过我,不要接陌生号码打来的电话。"

"哦?这个电话号码是不是〇九〇……"汤川报出一串数字。

恭平大吃一惊。"完全正确！"他扬起手机给汤川看。

"那就没问题了，这电话是打给我的。"说着，汤川一把拿过恭平手里的电话，神色自若地接通，"喂，我是汤川……嗯，没关系。后来又了解到新情况了？"说着他站起身，走出了房间。

怎么这样！不说一声就随便用人家的手机——恭平噘着嘴站起来，走到门口，把门稍稍推开了一点。他看到汤川背对他站着，将手机贴在耳边。

"……原来如此。是荻洼……恐怕就是这样。和我想的一样，这一家有问题……嗯，好，就这样。"

恭平轻轻关上门，无声地回到原处，身子又开始像昨晚那样颤抖。

"那个老师察觉到了。"重治的声音在耳边复苏。

41

当客人住到第六天,菜单要拟出新意实在难以为继。今天的晚餐几乎和昨晚没有差别,成实布置餐桌时感到几分内疚。这时汤川走了进来。"啊,麻烦你了。"

"您辛苦了。今天您又去勘探船了吗?"

汤川点点头,在坐垫上盘腿坐下。"总算是具备了可以做实验的环境条件,也不知道什么时候能回东京。"

"您还会在这里逗留一段时间?"

"谁知道呢。要是戴斯麦克的人办事利索些,应该花不了多少时间。"

门口传来响动。是恭平进来了。他照例在汤川对面坐下,双手端着的托盘里摆着炸猪排。

"和往常一样,你那份也显得那么好吃。"

"所以我说,咱们随时都可以交换一下嘛。"

汤川哼了一声,扭脸看着成实。"我有个请求。从明天起帮我准备和他一样的饭菜,可以吗?"

"啊?可那是我们家里人自己吃的。"

"没关系。当然,我不会因此要求降低住宿费的。"

成实双手搭在膝上,垂下了头。"对不起,每天菜色都没有变化,您吃腻了吧。我们也想尽量变些花样,可……"

汤川苦笑着拿起筷子。"我不是因为吃腻了才这样说的。这里的海鲜,天天吃都不腻。我只是有些怀念家常菜的味道了。"

成实凝视着他。"您是指您夫人做的饭吗?"

汤川耸耸肩。"很遗憾,我还是单身。刚才说的家常菜的味道,就是自己做的饭菜。当然了,这里厨房做出来的,就算是家常菜,味道也不一般。是你做的吗?"

"我帮着打下手,主要是母亲做。要是忙不开,有时也会请专业的厨师。"

"是你母亲啊……"汤川夹了一口鱼肉冻,"我看还不只是一般厨艺好的水平,她是不是专门学过?"

"母亲年轻的时候在小餐馆打过工。也许是那时候学的。"

"是东京的餐馆吗?"

"嗯,听说是。"

"这个我也听说过,"恭平兴奋地说,"就是在那里和姑父相见的。"

"和你姑父?也就是说,这里的老板和老板娘是在那里认识的?"汤川确认般地看看恭平,又看看成实。

"就是!是吧?"恭平转向成实。

"应该是吧,我也不太清楚。"

"也是，都是你出生之前的事了。"恭平又加了一句，"听说还是做这里的料理呢。"

"这里的料理？"

"那家餐馆进的都是从玻璃浦打捞的海鱼，再做成料理。我听爸爸说的。"

"是这样吗？"

面对汤川的询问，成实说不出否认的话，只答了一句"好像是吧"，心里无端地忐忑起来。

"哦，应该是乡土料理店吧。对于远离家乡到大城市工作的人来说，这种餐馆太难得了。这里的老板当年也是为了一解思乡之苦，才去那家餐馆的吧，结果遇到了命中注定的那个人。"

"哪有您说得这么夸张。"

"那时候除了你父亲，大概还有很多常客出入那家餐馆吧。你听他们说过吗？"

"怎么说呢，这个嘛……"成实决定起身离开，"都是陈年旧事了，我基本没听过。"她努力挤出笑容，脸颊有些发僵，勉强说了一句"请慢用"，便逃一般地离开了宴会厅。

走过门厅时，看到墙上那幅画，她不禁停下来，想起昨晚汤川说的话。物理学家发现了这幅画画的是东玻璃的景色，而且刚才还那样提问。成实懊悔极了，也许不该告诉他节子在小餐馆待过的事。

汤川都知道了些什么？他察觉到了哪些？他和那个警视厅姓草薙的朋友都谈了些什么？

成实怀着沉重的心情回到厨房，这时前台的电话响了。她突然有种不好的预感,想起草薙打来电话的那一次。她感到喉咙发堵,干咳了一声接起电话。"您好,这里是绿岩庄。"

"喂,请问是川畑家吗?"电话里响起一个年轻的女声,说话十分礼貌。

"是的。请问您是哪位?"

对方顿了一下。"我姓小关,小关玲子。请问川畑成实小姐在吗?"

听到对方叫出自己的名字,成实马上在记忆里搜索,不到三秒钟,心头就浮现出小关玲子的脸庞。

"玲子……怎么是你?我是成实啊。"

对方惊喜地叫了起来。"果然,一开始听到声音,我就想是不是你。好久没有联系了,你好吗?"

"嗯,挺好的。"接到初中老同学的电话,成实十分兴奋。然而下一秒,不祥的阴影掠过心头——为什么不早不晚,偏偏是现在打来电话呢?

"咱们有十年没联系了吧。我一直想给你打电话,但总是没有合适的机会,工作也忙得团团转。我在汽车销售店上班。"

"哦,那真不错。"成实回应着,心里涌上一股不安——没有合适的机会,所以一直没能联系,那么今晚是有了什么样的机会,她才想起打这通电话的呢?

"成实,你现在在做什么?你还住在家里,就是说还没结婚?"

"嗯,就是帮着打理家里的事。"

"哦,这样啊。对了,你知道吗?直美已经有两个孩子了,她老公还是个特别靠不住的人。"

玲子说起了初中社团里认识的那些朋友,算是近况报告。成实听着,不是感觉不到乐趣,但总是有些分心——玲子到底是为什么打来电话的呢?她真想马上知道。

她随声应和了几句之后,对方突然问道:"你那儿现在怎么样?感觉如何?没什么不平常的事发生吗?"

"不平常的事?"

"随便什么都行,比如说周围发生的一些令人惊奇的情况。"

"没有啊,就是普普通通地过日子。"成实觉得玲子的问题很奇怪。

"哦,咱们都一样。啊,已经这么晚了,真不好意思,你不忙吧?有没有打扰你的工作?"

"没关系,刚好告一段落。"

"那就好,再联系。对了,告诉我你的手机号码吧。"

于是两个人交换了手机号码。就在成实以为通话就要结束的时候,玲子有几分犹豫地再次开腔。

"那个,是荻洼没错吧?"

"嗯?"成实一惊,"你说什么?"

"原先你家是在荻洼站附近吧?"

"是的。怎么了?"

"哦,没事。我就是突然想起来,问问看是不是自己记错了。好,再见。"

"好的,谢谢打来电话。"听到电话挂断的声音,成实放下了听筒。她的手在抖。

一定是有人问过小关玲子了——川畑成实初中时住在哪里。如果是一般人来问，玲子可能不会那么在意。询问的人恐怕并不一般，所以她才特意打来电话，初中时她就是个好奇心特别强烈的女孩。

是警察。他们想调查川畑成实住在获洼时的情况。

成实感到两腿发软，快要站不住了，于是在前台旁边蹲了下来。

42

草薙到达麻布十番站是晚上九点多。他估计这个时间客人应该不多了。KONAMO 是晚上十点打烊。

走到那栋楼下,他仰脸向外侧楼梯上看去。一对情侣模样的男女正好走下来。等他们离开后,草薙才沿楼梯走上去。

门一被推开,站在收银台后的年轻店员刚要开口,又把话咽了回去,应该是认出了草薙。

"多次打扰,抱歉。"

"别客气。"店员说着扭头向后面看去。

系着红色围裙的室井雅夫走了过来。"我手里的事马上就忙完了,等我一下好吗?"

"好的,不着急。"草薙在身边一张空着的桌边坐下。

店内还有三桌客人,看样子都是公司职员。桌上摆满了扎啤和罐装酸鸡尾酒。

草薙回忆起他和汤川的通话。今天他们通过两次电话。第一次是草薙打过去的，在傍晚。上次通话时，汤川告诉了他一个手机号码，让他有事可以拨打，应该就是那个和汤川在一起的人的手机。今天他试着打过去，铃声响了许久之后，还真是汤川接了电话。

草薙告诉汤川，川畑重治被外派到名古屋工作期间，节子与成实住在位于荻洼的一栋房子里。而上次通电话时，他已经提过仙波英俊一案发生的地点。

"实在有意思。不管是时间上还是空间上，川畑母女和仙波一案都处于同一坐标上了。"汤川的用词总是那么独特。

"我在这边完全无法了解川畑一家的现状。你有没有可能帮忙找出他们一家和仙波的关系呢？"

"现在还不好说，我试试看。仙波的妻子和川畑重治是同乡，简单来看，他俩认识的可能性比较高。但听你刚才所说，仙波案发生时，川畑重治不在东京，反而是川畑节子和仙波之间或许存在某种联系。"

"这也不是没有可能。川畑的妻子是个怎样的人？"

"如果你把她想成一个乡下大婶的形象，那就大错特错了。她很少化妆，却很有气质，看上去比实际年龄年轻得多。听说她很早就离开家了，结婚前一个人在东京讨生活。"

随着汤川的描述，草薙在脑海中描绘出川畑节子的形象。他已经隐约明白了汤川想说什么。"年轻女人在东京一个人讨生活……你是说她可能是在夜总会之类的地方工作？"

"就算不是那类地方，从事的也很有可能是经常接触客人的服务业。"

"OK！那就拜托你了。"说完，草薙挂断了电话。

就在两个小时前，汤川又给他打来电话。"听说是小餐馆。"电话一接通，汤川就迫不及待地说。

"小餐馆？"

"结婚前，节子在东京的一家小餐馆工作，在那里认识了川畑重治。那是一家专营玻璃浦风味的餐馆。重治为了品尝家乡的味道，经常去那家店。"

"家乡的味道……"草薙低声道，同时感到脑海里突然抓住了什么，不禁惊呼出声。

"你有什么发现了？"汤川问。

草薙舔了舔嘴唇。"虽然比不上你，但我也有灵光一现的时候。"

"是吗？那我还真想听听。"

草薙答应等验证清楚了就告诉他。挂上电话，草薙马上来到KONAMO，不巧赶上客流高峰，于是一直等到现在。

室井边解围裙边走过来。"久等了。"

"多次打扰，对不起。昨天我打听到一些事，想向您确认。"

"什么事？"

"我记得您说过，去世的三宅女士和仙波英俊经常提到家乡菜肴，对吧？他们说的是不是玻璃浦的风味？"

"玻璃？"室井抚了抚额头，一脸思索的神情，然后他放下手一拍大腿。"想起来了！银座有家专营玻璃风味的餐馆，他俩提到过去那儿的事。还有啊，好像他们送给我的特产是干面条一类的东西。"

"面条？是不是海藻乌冬面？"草薙问。和汤川通完电话，他特意在网上查了查玻璃风味的小吃。

"对对！就是那类东西。"室井的表情明朗起来。

那就没错了。仙波英俊也是川畑节子打工的那家餐馆的常客。不仅是仙波，被害的三宅伸子可能也认识节子。

这时草薙的手机收到了短信，拿起一看，是内海薰发来的。他打开短信，不禁瞪大了眼睛。短信写着："已找到仙波所住的医院。我现在回去。"

43

　　心里犹豫着,但脚下已经迈开步子。该怎么开口呢?成实还没想好。她窥探了一眼厨房里,节子一个人在磨菜刀。墙上的钟指在过了十点的位置。"妈妈。"她心一横,开口唤道。

　　也许由于太专心,节子没有发现成实进来了。听到女儿的呼唤,她才惊诧地抬起头。"你吓了我一跳。"

　　"爸爸呢?"

　　"啊?在洗澡吧。"

　　正如所料。当然,她是故意等到这个时候的。"妈妈,我想问你一件事。"

　　节子听了放下手里的菜刀,面无异色,表情甚至可以说是冷静。似乎她已经做好了面对女儿提问的准备。"什么事?"她低声问。

　　"刚才我接到初中同学的电话。她没有什么特别的事,但是最后问到了荻洼。"

"荻洼？"节子眉头紧皱。

"她问初中时我是不是住在荻洼。我问她问这个干什么,她没有解释。可我好像能猜到她为什么打来电话。"

"你觉得是为什么？"

看到节子几乎放弃抵抗的表情,成实感到心口一阵闷痛。她终于确信,果然一切并不是自己想得过多。绝望之感袭上她的心头。她拼命忍住声音里的哽咽,开腔道:"当然,这只是我的想象。我觉得有人找过她,问知不知道初中时川畑成实住在哪里。问她的很可能是警察,所以她感到奇怪,才特意给我打来电话。"

"为什么你会这么想？"节子笑容僵硬,"你的朋友或许只是忽然心血来潮,想给你打个电话。"

成实摇头。"不像,时机太凑巧了。"

"时机？"

"我听西口说过,被害的冢原先生以前是东京的刑警,还是专门负责杀人案的搜查一科的刑警。"

节子脸上那不自然的笑容消失了。"那又怎么了？"

"后来我又从汤川先生那儿听说了一些。有人看到冢原先生去过东玻璃的别墅区,还说那是以前冢原先生逮捕的杀人犯的家。汤川先生有朋友在警视厅搜查一科,所以我想他是从那个朋友那儿听说的。他们说的杀人犯……是不是就是那个人？"

"成实！"节子目光严厉起来,"说好不提那件事的。"

"现在可不是说这个的时候。虽然不知道具体情况怎样,但警视厅肯定已经开始行动了,他们在调查我们。妈妈,告诉我实话吧。你肯定知道的,对不对?冢原先生是为了什么而来?那天晚上到底发生了什么?爸爸当时怎么了?"

节子露出痛苦的神色,咬着嘴唇低下头。

成实目不转睛地看着她,再次请求:"告诉我!"

片刻之后,节子下定决心般地抬起头,但还没来得及开口就睁大了眼睛,视线投向成实背后。

成实战战兢兢地转过身,只见重治一身运动服打扮,脖子上搭着一条毛巾,右手拄着拐杖,正站在她身后。

"你们说话声音那么大,在外面都要听见了。"他语气悠闲,拄着拐杖走进来,从冰箱里拿出一瓶乌龙茶饮料,打开倒入一旁的杯子里,津津有味地喝起来。看这样子,难道爸爸没有听到说话的内容?成实不禁暗想。

节子低着头默不作声。成实也不知道该说什么。

重治喝光了乌龙茶,长长地叹了口气。"也许没法再瞒下去了。"

成实看着父亲的脸。"瞒不下去什么?"

"老公……"

"别说了。"重治制止了节子,然后向成实温和地笑了笑,"有些事必须告诉你了,非常重要的事。"

44

一走进约好的家庭餐厅,草薙就看到内海薰坐在最里面的位子上。他手一挥,制止了要上前带路的服务员,径直往里面走去。

正摆弄着手机的内海薰发现他来了,连忙收起手机,张望了一下四周,这才突然意识到似的说:"不好意思,不知怎么坐到禁烟区了。我们换个地方吧。"

"不用,这里就可以。今晚你优先。走访了这么长时间,累了吧?"

女服务员走了过来。

草薙没看菜单,直接点了饮料自助。内海薰面前已经有一杯咖啡了。

草薙到饮料吧自取了一杯咖啡,然后再次在她对面坐下。"说一下情况吧。人是怎么找到的?"

"完全是常规方式。我把调布车站周边的医院逐个跑了一遍。不过，还有个筛选条件，就是要有住院设施，所以要跑的地方也不算太多。在去的第五家医院，前台的女员工看了冢原先生的照片之后，说他来过好几次。"

"干得好！是哪家医院？"

内海薰拿出医院的简介，医院名称为"柴本综合医院"。"这是一家中等规模的综合医院，特色就在于临终关怀病房。"

"临终关怀病房？"

内海薰指着简介。"就是专门进行缓解护理的病房楼，主要是缓解患者的疼痛。进入这个病房楼的基本都是癌症晚期患者。"

草薙正要喝咖啡，闻言又把杯子放回桌上。"你是说仙波得了癌症？"

"我今天没见到院长和主治医生，还不清楚详情，但是从护士口中了解到，仙波已经入住临终关怀病房了，这说明不是癌症晚期也是差不多的状态。不过没告诉我具体是哪种癌症。"

"见到仙波本人了吗？"

内海薰摇头。"晚上六点以后，除家属以外不得探视。不过，听说冢原先生是和仙波家属同等待遇的，六点以后也可以探视。据前台的女员工说，仙波的住院费用等都是由冢原先生支付的。"

"冢原前辈和这家医院是什么关系？"

"不知道。护士们好几次看见院长和冢原先生说话，好像是很熟。"

草薙喝了一口味道寡淡的咖啡，低吟起来。"或许你没猜错，冢原先生说不定在这家医院有些人脉。问题在于，冢原先生为什么这样照顾仙波。花大力气寻找一个居无定所的人，得知他生病后甚至还帮他出医药费、住院费——如果没有非同一般的理由，不可能这样做吧？"

"我也这样想。"内海薰正色道。她下巴微收，表情未见疑惑。

草薙抱起双臂，身子靠在椅背上，直视内海薰。"看来你已经有想法了。你的表情告诉我，你可能已经猜到了一点冢原先生这么做的原因。"

"草薙前辈，您怎么想？"

草薙哼了一声。"在我面前摆架子，再等十年吧。你要是有什么想法赶紧说。"

"我可没摆什么架子。如多多良管理官所说，冢原先生一直牵挂着仙波案。虽然逮捕了仙波，给这个案子画上了句号，但其实，某个极其重要的真相也被掩盖了——我猜冢原先生一直有这样的感觉。"

草薙将抱着的胳膊搭在了桌上，抬眼看着这个后辈。"重要的真相是指什么？既然都说到这里了，你就别说一半留一半。"

内海薰面带犹豫，耸了耸鼻子，摇头道："毫无根据的想象可不能随便说。"

草薙苦笑，用手指蹭了蹭鼻子下面。"身为警视厅的一员，确实不应该随便说话。可要是我给你加上这样的线索呢？"他看了一眼四周，压低声音，"我查到了川畑重治的妻子和女儿以前住在哪里。具体住址还不知道，但已经了解到距离住处最近的车站，是荻洼站。"

内海薰的凤眼一下子瞪大了，瞳孔都亮了起来。

"川畑一家和十六年前的案子有牵扯——这就是那个重要的真相吧？下一个问题就是：他们是怎么牵扯的呢？"草薙的嘴角微微上翘，"接下来，还是不要急着下定论为好。"

45

恭平挖着眼前泥土形成的山。他用双手拼命地挖，然而泥土越堆越高，变化的速度还越来越快。泥土都快高过他的身体了，然后开始变形，变成了人的形状。恭平开始跑，他知道那个泥人在后面追他，可是脚怎么也迈不动。他只好在原地蹲下，而泥人又从底下窥视他。不知为何，他就是知道泥人长得很恐怖，于是紧紧闭上眼。泥人的脸朝他的脸挤过来，他突然感到喘不上气，但仍然紧闭双眼。决不能睁开——

恭平实在忍不住，吐出了一口气。压过来的泥土在脸上变成了另一种感觉，好像更柔软。他颤颤巍巍地睁开眼，发现自己躺在褥子上，脑袋早就从枕头上滑下来，脸埋在被子里。太好了，原来只是一个梦。他慢慢坐起，睡衣已经被汗水湿透。他还有些迷糊，伸手从矮桌上拿起手机，看了一眼时间。他大吃一惊，已经快中午十一点了。到这儿来以后，他还是第一次起这么晚。

他换好衣服，走出房间。他感觉很饿，就乘电梯下到一层，向宴会厅走去。突然他停住脚步。已经这么晚了，汤川肯定早就吃完早饭了。于是他穿过门厅，向姑父他们的房间走去。这时，他听到有人说话。他一惊，想起了前天晚上的事。"那个老师察觉到了"——重治的声音仿佛还在耳边。

他蹑手蹑脚地走近门口，把耳朵贴近拉门。忽然一个非常熟悉的男声传来："怎么会这样？"恭平愕然。这个人现在怎么会出现在这里？

"给你添了麻烦，实在对不住。"这是重治的声音。

"哎呀，没必要跟我道歉。"

没错了，恭平一把推开了拉门。

重治和节子并肩坐着，两人都露出吃惊的神情。坐在他们对面的人也回过头来。正是恭平的父亲敬一。他一身T恤牛仔裤的出门打扮，身边还放着一只旅行包。

"是恭平呀。你什么时候来的？"

"就刚才。爸爸，你怎么会在这儿？"

"你说我怎么会在这儿？我来接你啊。"

"你大阪的事儿都办完啦？妈妈呢？"

"没完呢，你妈妈还在那儿。我来接你去大阪。"

"我也去大阪？"恭平有些茫然。

"对啊，现在我们已经不那么忙了，应该不至于把你单独留在酒店。而且你也该好好做做功课了，还是有爸爸妈妈监督着比较好。"

恭平盯着爸爸，觉得情形有些异样。爸爸特意来接他，却又没有个像样的理由,这到底怎么回事?但是他没有问出口,因为他不敢听那个答案。"咱们马上就出发去大阪吗?"

"呃,这个嘛……"敬一瞥了重治和节子一眼,视线回到恭平身上,"不是马上,咱们恐怕要待到晚上。不,也许是明天一早走。"

"明天?"

"我还有不少事要做,已经另外订了一家酒店,你跟我搬到那边住。"

"为什么?住在这儿不行吗?"

"对不起啊,恭平,"节子笑着说,"这里有些不方便。"重治也向他道歉。

"哦,好吧。"恭平点了点头,关上了拉门。他沿着走廊走到门厅。看到墙上的钟,他停了下来,心头浮起一个疑问。

在这个时间赶到玻璃浦,需要几点从大阪出发?一定是乘坐非常早的那班新干线吧。为什么爸爸要这么急着赶来呢?

46

内海薰的车是一辆暗红色的帕杰罗。上司要求过,办案时尽量避免驾驶私家车,不过她并不在乎。草薙自己都是如此,所以也不打算告诫她,今天他还坐在她的副驾驶座上呢。

下了调布立交桥,行驶十分钟左右就到达了那家医院。医院由一栋乳白色的四方形建筑和一栋灰色的细长楼组成。内海薰告诉草薙,灰色的那栋就是临终关怀病房楼。

将车子停在停车场后,二人从正门走入医院。空调开得很足,室内非常凉爽。候诊室里摆满长椅,坐着十几个人,不知道是否都是病人。

内海薰走向服务台。她事先电话联系过,确认今天院长没有外出,但不知道会不会见他们。

服务台的女员工拨通电话后说了两句,把话筒递给内海薰。内海薰回头看了看草薙,接过电话。她向对方说着什么,表情谦恭。挂上电话,她又和服务台的女员工说了几句,然后走回草薙身边，面色轻松。

"院长说可以见我们。他的办公室在二楼。"

"你们好像在电话里聊了一会儿。"

"他说今天很忙，问如果不是太急的事能否改日再见。"

"你怎么说的？"

"我说想来问问有关冢原正次先生的事，他问冢原先生出了什么事。看来院长和冢原先生果然有私交。"

"院长不知道冢原先生已经被杀了？"

"好像是的。我说冢原先生去世了，他极为震惊，说也有事想问问我们。"

"既然不知道，吃惊是肯定的。那咱们马上过去吧。"

上了二楼穿过走廊，挂着事务处门牌的房间旁边就是院长办公室。草薙上前敲门，里面传来一个男声："请进。"

推开门，只见一名身穿白大褂、戴着眼镜、六十左右的男子站在屋里。他身材高大，理得短短的头发里夹杂着银丝，镜片后面的眼睛看上去微微斜视。

草薙出示警徽后，递上名片自我介绍了一番。院长也拿出名片，上面印着"柴本综合医院院长柴本郡夫"。

办公室里摆着简单的会客家具。草薙和内海被让到沙发上坐下。

"冢原先生过世了啊，真没想到。是什么时候的事？"柴本来回看着对面的两个人。

"五天前发现了他的遗体，在一个叫玻璃浦的地方。"

"玻璃浦？怎么在那种地方……"

"估计咱们这里的报纸没有报道。发现的时候,他倒在礁石滩上。现在还不确定是否是他杀。"这么说是不希望引起对方不必要的戒备心理。

"是这样啊。这么一来,我就有点难办了。"

"难办?您是指什么?"

"啊,没什么,是我自己的一点事。对了,您想了解什么情况?"

草薙挺直上身,直视柴本的眼睛。"仙波英俊是在这里住院吧?而且帮他联系住院事宜的就是冢原先生。我们是这样猜想的,不知是否属实?"

柴本面露疑惑之色,但并没有不安。他马上轻轻点头。"没错,是这样。"

"是什么时候的事?"

"应该是……四月底。"

草薙点头。五月以后,在上野公园的煮饭赈济活动中就看不到仙波的身影了。从时间上看,信息对上了。

"虽然有些失礼,但我想问一下,您和冢原先生的关系是……"

柴本想了一会儿,缓缓地开口道:"大约二十年前,我们这里闹了一场医疗事故的乱子。当时内部有人检举,说有医生误诊造成患者死亡,整个医院都参与了隐瞒此事。一般来说,发生医疗事故是很难举证的。可当时却反过来了,拿出来的全是对医院不利的材料。我们拼命想自证清白,但是那些可以做证的资料不知怎么都遗失了,狼狈极了。那时院长是我父亲。为了应付连日的调查,他一天天地憔悴下去。"

最后出来挽救危局的是冢原正次。他进行了细致的调查,终于找到了那个内部检举者,原来是参与手术的一名资深护士。据本人交代,她一直对自己的待遇不满,因此想在辞职前整医院一把。

"动机幼稚得可笑,可当时医院为此差点被逼到绝境。如果没有查出真相,即使作为医疗失误免于起诉,医院也免不了声誉扫地。"柴本平静地说。

"当冢原先生带来一个居无定所的流浪汉时,为了报答他的恩情,您也不可能拒绝。"

柴本一瞬间露出无奈的神情,但马上就微笑起来。"如果不是事关冢原先生,我也很难说服事务处的人。"

"冢原先生是怎么向您解释仙波的情况的?"

"他并没有细说,只说是一个老朋友。"

"所有费用都是冢原先生垫付的吗?"

"是的。那个人似乎身无分文。"

"刚刚您说难办,是指这个吗?"

"呃,是的。"

"患者的病情如何?我听说他已经住进临终关怀病房了。"

柴本眉头紧皱,嘴唇也紧紧地抿了起来。"按说我们是严禁泄露患者的病情的,但现在这种情况也只能特殊对待了。如您所说,患者现在住在临终关怀病房楼,所患疾病是脑肿瘤。"

"原来是脑……"草薙感到意外,听到癌症晚期,他想到的都是胰腺癌或胃癌。

"是恶性的吧？"内海薰确认道。

柴本表情严峻地微微点头。"冢原先生带他来的时候，病情已经相当严重了，走路都很费劲，需要拄拐杖，而且营养不良，身体极度虚弱。听冢原先生说，他一直都靠其他流浪者照顾着。如果再晚一星期找到，或许人就要不行了。"情形听起来非常不乐观。

"有没有康复的可能？"

柴本耸了耸肩。"如果有这个可能，他就不会入住那种病房。现在他也没法做手术，确切地说，是做手术也没有意义。"

草薙叹了口气，身体向前探出。"目前，他能正常交流吗？"

"这要看情况。你们是想见一见本人？"

这正是此行的目的，于是草薙立刻答"是"。

"请稍等。"柴本起身，走到后面的桌边打电话。讲了短短几句后，他手拿听筒，转身看向草薙二人。"护士说患者今天情况良好，现在可以会面。"

"那就麻烦您安排一下。"草薙说。

柴本点点头，再次拿起听筒说了几句，然后挂断。"临终关怀病房楼三层有一个谈话室，请你们在那里等候。"

草薙和内海薰同时站了起来。走出院长办公室，二人走下楼梯，向临终关怀病房楼走去。这栋楼看起来更新一些。他们穿过自动门，一走进楼里，就感觉被一种深深的寂静包围了。楼里没有候诊室，也看不到服务台，只有一些树木形状的金属雕塑，旁边的说明牌写着这象征着轮回转世。

乘电梯上了三楼，按照墙上的布局图走过走廊，一名身着淡粉色护士服的护士站在标有"谈话室"的房间门口。她身材小巧,显得很年轻,但应该也有三十出头了。

"两位是从院长办公室过来的吧?"护士问道。她胸前的名牌上印着"安西"两个字。

草薙作势要出示警徽。护士安西摆了摆手表示不用,唇边带着笑意。"请在房间里稍等片刻,我这就带病人过来。"

"好的。"

护士离开了。二人走进谈话室。房间里有两张小桌,周围各摆了几把折叠椅,屋里没有其他人。

草薙找了近旁的一把椅子坐下,环顾室内。室内毫无装饰,极为单调。墙上只挂着一只圆形的钟,传来秒针的嘀嗒声。"太静了,感觉在这里时间流逝的速度都和别处不一样。"

"可能是有意设计成这样。"内海薰说。

"有意?为什么?"

"因为……"她略微犹豫,接着道,"住在这里的人剩下的时间都不多了,所以……"

"哦……"草薙恍然大悟,身子靠向椅背,一时不知该说些什么。

在静默中,远处传来一阵声响,像是什么东西的摩擦声。很快,草薙听出那是滚轮在地板上转动的声音。

声音停止,房门开了。护士安西推着一辆轮椅进来了。轮椅上坐着一个骨瘦如柴的老人,布满皱纹的皮肤绷在骨骼上,头盖骨的轮廓几乎都清晰可见。他的脖颈细瘦得如同拔掉羽毛的鸡,肥大的睡衣袖子里伸出的手也仿佛枯枝一般。

草薙和内海薰立刻站了起来。护士把轮椅推到二人面前，锁住了轮子。

老人面对他们，几乎一动不动，只有深陷眼窝里的黑色瞳孔晃了一下。草薙弯下腰，直视着他的眼睛。"您是仙波英俊先生吗？"

老人下颌微动。"是的。"他答道。他的声音嘶哑，却没有想象中那么微弱。

草薙将警徽递到老人面前。"我是警视厅搜查一科的。您认识冢原正次先生吧？"

老人眨了几下眼，然后点头答"是"。

草薙看着他的脸，说道："冢原先生已经过世了。"

老人深陷眼窝里的眼睛一下子睁大了，黑眼珠直勾勾地瞪着空中，面色依然焦黄，但是眼眶变红了。他张开嘴，急切地问："是什么时候？在哪儿？"

"就在前几天，在一个叫玻璃浦的地方。"

"玻璃……"仙波的眼眶有些痉挛，脸上的皱纹也跟着微微颤动。片刻之后，他发出呻吟般的低喊，然而姿势几乎没有变化，仍然面朝着前方。

"虽然现在还无法确定，但是冢原先生很有可能是被人杀害的。对此，您有什么可以提供的线索吗？"

仙波的眼睛转向草薙，却目光恍惚，没有焦点。显然，冢原的死对他的震动很大。

"仙波先生，您知道冢原先生为什么要去玻璃浦吗？说起玻璃浦，听说您太太的娘家就在那里。这之间有什么关系吗？"

仙波嘴唇翕动，如同在自言自语，但又似乎在踌躇该不该说话。

草薙又问了一遍，仙波轻轻扭头，然后稍稍举起左手，好像做了一个手势。护士安西把耳朵贴近他的嘴，点了点头，然后对草薙他们说"请稍等"，就走出了房间。

之后，仙波一直闭着眼睛，似乎在拒绝对方提出新的问题。草薙也沉默下来。

护士回来了，手里拿着一张纸片。她和仙波说了几句话之后，将纸片递给草薙。

这是一则新闻剪报，日期是七月三日，内容是关于海底热水矿床开发计划的说明会暨讨论会召集参会者的事宜。

"玻璃浦的，海，"仙波突然开口道，"对我来说，是宝物。所以，我想知道，它将来会变成什么样，就跟冢原先生，说了。"他吃力地说着，"他就说，那我去一趟，亲耳听一听。就这样，冢原先生，就去了，玻璃浦。"

"只是这样？冢原先生去玻璃浦，难道就没有其他原因吗？"

仙波用力摇着头。"没有了，没有，其他的，原因。"他再次轻轻转过头，举起右手。于是护士安西打开了轮椅的锁。

"请等等，还有一些话……"

"抱歉，病人已经累了。"护士安西推着轮椅向外走去。

草薙和内海薰面面相觑，不约而同地叹了口气。

出了病房楼，正朝停车场走时，手机响了，是一个公共电话的号码。草薙接起电话。

"我是汤川。"对方说。

"什么事?锁定凶手了?"草薙问道。

"在某种意义上,可以这么说。"

"某种意义上?"

"就在刚才,旅馆通知我尽快搬走,说是川畑夫妇打算出趟远门。"

"什么?难道……"

"是的,看来他们准备向警方自首了。"

47

西口如同动物园里的熊,来回徘徊着,不时停下来看看手表,距刚才只过了两分钟。他搔了搔头,从裤兜里掏出手帕擦擦额头上的汗。领带早已拉松,上衣则放在绿岩庄的门厅。

现在是下午一点半刚过,天空万里无云,明晃晃的大太阳正晒着头顶,阳光无情地直射下来。这种时候,他真想赶紧钻进有空调的房间,可那样一来就不得不和川畑一家待在一起了。他实在不知道在那么尴尬的气氛里该摆出一副怎样的面孔。

不一会儿,外面传来汽车发动机的声音。好几辆警车排着队沿着坡道驶来,其中一辆是旅行车。所有的车都亮着红灯,却没有鸣笛,可能是觉得没必要吧。只有第一辆警车开进了旅馆院内,其他的都停在路边。

第一辆车停住后,矶部和两名部下下了车。西口朝他们敬了个礼。

"嫌疑人呢?"矶部问。

"在房间里。"

"他说是自己杀的人?"

"呃……只说是'致其死亡'。"

矶部不满地撇了撇嘴。"那共犯呢?"

"说是他的妻子帮忙处理了尸体。"

"女儿呢?"

"她……好像不知情。"

矶部又撇了撇嘴,哼了一声,一脸"你还真信"的表情。"走吧。"他招呼着部下,向旅馆正门走去。西口也跟了上去。

大约一个小时前,西口接到了成实打来的电话。当时他正在东玻璃更往东的一个小车站旁,独自吃着鸡蛋盖浇饭。从早上开始,他就忙于四处走访,寻找仙波和冢原的目击证人,但半天的奔波除了辘辘饥肠以外什么都没得到。很明显,这趟任务唯一的目的,就是不让走访的范围出现一丁点疏漏。这种徒劳的跑腿工作,当然只能交给像他这样的本地小喽啰。

一看到是成实的电话,他的心不由得雀跃起来,只和她说说话也是开心的。然而,电话里传来的声音低沉得令他感到意外。成实说想请他到家里来,有事商量。听起来不会是轻松愉快的话题,大概发生了什么严重的事情。他答应立刻就去,然后挂断了电话。

就在刚才,他赶到了绿岩庄。成实和川畑夫妇在等他,所有人都面色沉重。

面对西口的询问,川畑重治下定决心般地开了口。他说准备自首,因为正是他致使冢原正次身亡的,为了掩盖这一点,他把死者的遗体丢弃在了海边的礁石滩。

西口完全蒙了,慌忙取出记事本和笔准备做记录,可手抖得连字都写不利索,光是记录今天的日期都费了他一番工夫。

川畑重治镇定自若,话也说得条理清晰、明明白白,就连错愕不已的西口都听明白了。西口立刻给上司元山打电话,报告了这一情况,然后受命在这里等候增援。

看见矶部等人,川畑一家站起身。重治率先躬下腰:"给你们添了麻烦,非常对不起。"

"啊,你坐着就好,太太和女儿也都坐下吧。"矶部脱鞋进入门厅,几个部下也跟着进来。

西口有些茫然,决定就站在屋檐下不进去。等他回过神来的时候,元山和桥上已经走过来站在了他身边。

"详情等到了局里再细问。现在请把大致的情况说一遍吧。"矶部俯视着坐在藤制长椅上的川畑一家。野野垣在他身旁准备做记录。

重治仰起脸。"都是我的错,是我偷懒的报应。"

"你说的偷懒是什么意思?"矶部问。

"我明知旅馆的锅炉和房屋都老化了,却没管,才引发了这场事故,这就是一切错误的源头。"

"事故?你说这是一场事故?"

"是的,是事故。要是我当时立刻报警就好了,结果现在……实在对不起!"重治深深鞠躬。

矶部板着的脸上露出愣怔的神色,挠了挠头。"你先解释一下,当时到底发生了什么?"

"是。先前我说过,那晚我和侄子一起,两个人在后院里放烟花……"

川畑重治以低沉的声音讲述起了事情的经过:

在放烟花之前,冢原来到厨房,问是否有烈一些的酒。重治问为什么需要这样的酒,冢原说因为出门在外总是入睡困难。于是他就给了冢原一粒以前医生给开的安眠药。冢原高兴地拿着药回房间了。之后,重治给恭平打了电话,问要不要放烟花。

八点半左右,重治为了向冢原确认早餐时间,回了一趟旅馆。打电话过去,冢原没有接。于是重治又回到后院和侄子继续放烟花,一直玩到快九点。之后重治又打了一次电话,还是没人接,于是去大浴室看了一下,然后上四楼去了虹之间。房门并没有锁,也不见冢原的人影。不久节子由泽村送了回来,二人说了几句客人不见了的事。泽村让重治坐在开来的轻型卡车副驾驶座上,带重治开车在周围找了一圈,还是没有找到冢原。

到此为止,都和之前的供述一模一样。然而,那天事情还远没有结束。

泽村走后,节子又在旅馆内细细地找了一遍,发现四楼的某间客房里隐约透出灯光,是海原之间。拉开房门,里面的空气带有轻微的焦煳味。走进去一看,眼前的情景令节子惊呆了——冢原倒在了地上。节子慌慌张张地喊来重治。重治一看是这种情形,马上朝地下室跑去。不知什么时候,锅炉已经熄灭了。

地下室的锅炉有根管道直通烟囱,烟就是通过这根管道排到室外的。管道穿过房间的墙壁，有些客房的墙就挨着排烟管道，四层的海原之间就是其中之一，房间里的壁橱后面就是排烟管道。通常这毫无问题，然而海原之间并非如此。由于建筑的老化和几年前地震的影响，墙壁上出现了一些细微的裂缝，应该已经损害到了里面管道的密闭性，所以在这个房间有时会闻到煤气味。也因如此，他们都一直避免使用这个房间。

身穿浴衣倒在地上的冢原已经没了气息，脸色却异常红润。身为发动机厂家的前职员，重治立刻就明白了这是一氧化碳中毒所致。不知为何，锅炉发生了不完全燃烧，排出的气体进入了海原之间，极其偶然地导致了冢原中毒身亡。

至于冢原为什么会出现在海原之间，就只能依靠推测了。也许是冢原看到重治在后院放烟花，想看看才进了那间屋子。为了方便打扫卫生，绿岩庄的空客房一般都不上锁。冢原又恰好服用了安眠药，看着看着室外的烟花就睡着了，未能发觉房间里有煤气泄漏。

重治说，本该立即通知警方的，他却下不了决心。他不忍心看着父亲手里传下来的旅馆声誉扫地。

鬼使神差——川畑重治用了这个词来形容当时的自己，他向节子提出把尸体挪到别处去。一氧化碳中毒导致的死亡，并不容易一眼看出来。如果尸体上有其他明显伤痕，就有很大可能被误判为死因。

"把遗体扔下礁石滩是我的主意。我妻子一直犹豫，说还是报警为好，是我非要她帮忙的。"重治两手紧握，放在膝上。旁边的节子想要开口，却被矶部用手制止了。

"你先不要说，我后面再听你慢慢讲，现在我要先听你的丈夫说。请继续。"他催促道。

重治清了清嗓子，接着说道："我和妻子一起搬起尸体。我行动不方便，我们费了好大的劲才把尸体抬到小货车上。我们开车到了海边，看周围没人，就把尸体扔了下去。在此之前，我们还给他穿上了和式棉袍，制造出门散步的假象，后来还特地把旅馆的木屐也扔了下去。然后我们返回旅馆。不久，我女儿和另一个房客汤川先生就回来了。"说完，他再一次缓缓地躬身致歉。

矶部点了点头，拍了拍脖颈，扭头看向部下。"要点都记下来了？"

"记下来了。"野野垣答道。

重治仰起脸。"您听了我刚才说的，可能已经明白了。一切都是我的错。我妻子只是照我说的去做，请您看在——"他的声音戛然而止——矶部挥手制止了他。

"不用多说别的，"矶部低声冷淡地说，"情况我大体上已经了解了，等到了局里再个别问话。虽然你说川畑小姐与此事无关，但也一起过去一趟吧。"

成实无声地点点头。

"从现在开始，这家旅馆无关人员一律禁止入内！"矶部大声宣布，"钥匙我们来保管。对了，还有个你们亲戚的孩子。"

"今天早上，孩子的父亲来接他了。"

"孩子的父亲？"矶部不快地沉下脸，"已经接走回家了？"

"没有，还在镇上。"

"那还好。请把他们的联系方式告诉我,我们还需要问那个孩子一些事。还有,那个姓汤川的客人呢?"

"汤川先生也换了旅馆。我们告诉他有急事要出远门。"

"你知道他搬到了哪家旅馆吧?也请告诉我。"

矶部命手下将川畑一家带回警察局,他还要留下安排保护现场、分配任务、联系鉴定科。

西口只能目送着川畑一家三口分别乘坐警车离开。他很想上前安慰一下成实,告诉她这不会构成重罪。可是她被一群警员包围着,连靠近她都做不到。

48

父亲敬一放在桌上的手机再一次响起。恭平从练习本上抬起头。敬一咂了下嘴,看了一眼屏幕,接通了电话。这已经是一小时里的第四通电话了。这次恐怕还是由里打来的。

"什么?我不是跟你说过了嘛,我也不知道……所以现在待在酒店里啊。办了入住手续,就在这儿待命……是在待命!刚才我都说过了吧?看情况,警方……"说到这儿,敬一环顾周围,压低了声音,"警方肯定会来找恭平……你就算过来又能怎么样?事情恐怕会变得更麻烦……再说,现在也没法取消新店开张的计划……"他说着起身离开了桌子。

恭平正用吸管一口口地啜饮着橙汁。他们现在在酒店的休息区。这是一个开放区域,旁边是游泳池。这会儿,游泳池里只有一个套着游泳圈、五岁左右的小孩和一个像是孩子母亲的女人。

敬一走到了休息区的一角继续讲电话。看来他是把大阪的事都扔给了由里，自己跑到这里的。新店开张的准备工作有多么繁重，就算是恭平也想象得出。恭平仿佛能看到母亲焦躁不安的模样。她大概会恼火偏偏在这样忙碌的时候，大姑子家闹出这桩匪夷所思的事来吧。

对于自己不期而至的原因，敬一一开始支吾了一番。一离开绿岩庄，还不等在这家度假酒店办好入住手续，他就如实地告诉恭平了。房客冢原的死是锅炉故障引起的事故。为了掩盖实情，重治和节子把遗体丢弃在了礁石滩上。

如果事发后马上报警就没事了，但后面的举动惹来了麻烦，很可能还得坐牢。敬一的脸色很难看。

恭平回想起案件发生后川畑夫妇的反应，确实很不对劲。如果如敬一所说，那一切就明白了。

正喝着果汁，恭平突然感到有人走过来，抬起头一看，原来是汤川。"啊，博士！"

"你们也住这家酒店？"

"我和爸爸刚才到的。你也住这里吗？"

"一开始戴斯麦克给我订的就是这里，结果阴差阳错地又搬回来了。"

恭平仰起头看着汤川。"你早就知道了？"

物理学家扶了扶眼镜。"知道什么？"

"就是……姑父他们造成事故的事。"

"事故吗？"汤川低声说道，侧着头思考，"算是有些推测吧。不说这些了，你们准备在这里待到什么时候？"

"还不知道。爸爸说，最早也许今天晚上晚些时候就可以出发了。"

"这样啊。"汤川点头,"也好,或许你也不该再留在这里了。"

恭平觉得他的说法很奇怪,就问为什么。

"原因你自己不是最清楚吗?"

恭平不禁瑟缩,抬眼看着汤川。

汤川似乎注意到敬一回来了,没再说什么,大步走开了。

"刚才那个人是谁?"敬一问。

恭平随便支吾了一声,目送着汤川离去的背影。

49

不管对方怎样变着花样问,成实都只是重复同样的回答。那一晚,她和朋友们在居酒屋,那时就听说冢原不见了,回家以后她就进了自己的房间,一直到第二天早上才出来。有关锅炉出现故障的事,她完全不知道。

"那么,你昨天晚上才得知实情?"姓野野垣的刑警问。

"是的,我都说过好几次了。"

野野垣双手抱在胸前沉吟。"我总觉得……挺难理解的。你们不是生活在一个屋檐下吗?一般这种情况,都应该觉得气氛不对,有所察觉才是。"

"您说得也有道理,可我确实……"成实低着头。这是玻璃警察局的一个房间,她面对刑警坐着。这里并非审讯室,更像是用来开会的。重治和节子恐怕这会儿都在狭小的审讯室里,被更严厉地审问着吧。她只要想一想那情景,都会痛苦不堪。

耳边又响起昨天深夜重治向她坦白一切时的话。"我有话要和你说，非常重要的事。"然后，他接着道，"明天我准备自首。"

那一瞬间，她惊愕得心脏似乎都停止了跳动。虽然她已经开始怀疑父母和案件有关联，但真当着她的面坦白一切时，她依然深受震动。

"到底是怎么回事？"成实忍受着内心的窒息感问道。

重治以一种放弃后的平静表情回答了她。"是事故，冢原先生的死是一场事故，只不过肇事者是我。如果当时能当机立断地报警就好了，那时我却只想着蒙混过关，遗弃尸体，意图掩盖。我真是干了件天大的蠢事。"之后重治所说的基本就是刚才警察到绿岩庄后他的供述。在把西口叫来以前，他告诉她的就是这些。

"警方迟早会发现真相。就算能保持现状，我也良心难安。就是想到会连累你妈妈被捕，我太难受了。不过只要我和警察说她是被我逼着才帮忙的，我想他们也会酌情处理。"

成实心里有如惊涛骇浪在翻滚，脑子里也一片混乱。为了掩盖事故致死的真相而遗弃尸体，这是多么可怕的一幕。对她来说，这一切简直就是一场噩梦。

另一方面，在绝望的同时，她的内心深处也感到了一丝安慰——仅仅是事故？冢原之死的背后没有那些复杂的内情，只是设备老化的缘故？如果真是如此，情况虽然糟糕，但也不算真正的绝望。

当然，她也无法抑制地暗自揣测：爸爸说的都是真的吗？当真只是事故？还是说这也只是在掩盖真相？然而成实无法把自己的怀疑宣之于口。最后，她接受了父亲的说法。可以说，她在潜意识里希望那就是事实。

节子一直默不作声。成实觉得这不仅是因为一开始重治说的那句"别说了",或许节子有自己的想法,只是决心完全服从丈夫的主张。

听了重治的坦白,成实没有多问什么,只问了诸如"旅馆怎么办""恭平怎么安排"等细枝末节。当然,这些事重治都已经仔细考虑过了。他凄然一笑,发生了这样的事故,旅馆怎么也不可能再经营下去了吧。

成实几乎一夜未眠。想到明天父母就会被当成罪犯带走,她就希望天永远都不要亮。同时,她心底也萦绕着另一种不安——一切真的能够就此结束吗?她还惦记着小关玲子的那通电话。警视厅如今是否还在调查他们一家?

"练过什么没有?"

听到野野垣的声音,成实一下子回过神。"您说练什么?"

"我问你练过什么体育项目没有?"

"啊?嗯……我初中时练过软式网球。"

"网球啊。"野野垣打量着成实,"你不是还在做水肺潜水的教练吗?在女性里你算是比较有力量的吧?"

"这个我也说不好。"

野野垣用指尖慢慢敲着桌面。"我总感觉,仅凭他们两个人不太可能办到。你父亲腿脚不便,你母亲又矮小力弱。要把尸体从四楼抬下来,搬进车里,还要扔到礁石滩上。他们做得到吗?你觉得能吗?"

"既然他们本人是这么说的,那就应该做得到吧……"

"是吗？"野野垣看上去并不赞同她的话，"他们俩做不到。不管是谁看，这都很明显。"

成实不知该说什么。

野野垣将胳膊肘撑在桌子上，直直地盯着成实。"当然了，对父母来说，保护自己的孩子是天经地义的。哪怕自己被捕，只要能让孩子免于牢狱之灾，也心甘情愿。"

"您这是什么意思？"

"没听懂？不会吧？你不会是想看着年迈的父母锒铛入狱，自己却在外面优哉游哉吧？"

成实这下终于明白了，瞬间绷起了脸。"您是说，我也……参与了？"

野野垣撇着嘴。"想蒙骗警察可没那么容易。只要让他们俩重演当时的情景，就知道那些话是不是站得住脚，是不是在包庇某人也就暴露了。那他们包庇的究竟是谁？不用想也知道吧。"

成实摇着头，脸都涨红了。"我什么都没做，真的。如果我参与了，会实话实说，不会把罪责全推给父母的，绝对不会！"

野野垣不屑地用手掏耳朵，一副"表演得再逼真也休想骗过我"的架势。这时，敲门声传来，门被推开一道缝。门外的人轻声叫野野垣出去。野野垣站了起来，弄出巨大的声响，随即冷着脸走出房间，砰的一声甩上门。

成实撑着额头。她知道会被反复盘问，但没有想到连自己也被警方怀疑上了。眼下父母那边，肯定也在被审问女儿有没有帮忙。但是，警察的话也并非全无道理。就他们两个人，要处理尸体确实很困难。

门开了，野野垣走了回来。他的表情与先前略有不同，眉头依然皱着，眼神却有些飘忽。坐下后，他像刚才一样用手指敲打着桌面，但节奏比刚才快得多。片刻之后，他停了下来，看着成实。"你刚才说是九点左右进居酒屋的吧？"

"嗯？"成实也看向对方。

"冢原先生死亡的时候，你在居酒屋？你说进店时是九点左右，没错吧？"野野垣显得有几分焦躁。

"我想是的。"成实疑惑地回答，她不明白为什么又转回头说到这一点。

"之后，那个泽村送你母亲回家。他回到居酒屋大约是几点？"

"泽村回来的时间，我想应该是在十点之前。因为当时我觉得就来回一趟而言时间有点长，他就告诉我，他帮着找失踪的客人去了……怎么，有什么不对吗？"

野野垣略显犹豫，低声道："算了，反正你马上就会知道的。"

"是我父母有什么事吗？"

"那倒不是。今天我们的人去泽村元也那里核实相关证词，结果他说是他协助处理尸体的。"

"啊……"成实错愕地一下子挺直了背脊。

"接下来应该会对他正式提审。他的说法比你父母的供述更说得通，很有说服力。看来这案子总算有眉目了。"野野垣似乎已经无心对成实讯问下去了。

50

也许感到这才是破案的关键，矶部提出要亲自提审泽村。本来理应由搜查一科的部下同席，没想到矶部点名让西口来做记录。西口心里狐疑着，向审讯室走去。

等坐在泽村对面没多久，西口就明白了矶部的用意。开始讯问前，矶部这样说道："坐在这里的西口是本地人，他对你家开的电器行、绿岩庄都很熟悉。他还是绿岩庄川畑成实的高中同学，应该也认识她的父母。所以呢，对于那些人能干出什么、不太可能干出什么，他都能判断个八九不离十。请你在了解这一事实的前提下，毫无隐瞒地说一说发生的所有事。"总之就是把丑话说在前头，表明这里有本地通，别妄想耍花招蒙混过关。不过西口认为，这场审讯并不需要这种震慑。泽村从被带进这个房间时起，脸上的神色就说明了一切。

"我不准备隐瞒任何事。都是绿岩庄的伯父自首以后自己顶下了所有的事，事情才变成这样。其实如果他要我一起投案，我也不是下不了决心。"泽村那斩钉截铁的语气里还隐藏着一丝自豪。

"哦?那你说说吧,要尽量详细。"

泽村像是在整理思绪,做了个深呼吸。"我想你们已经知道了。那晚,我和川畑成实还有其他朋友去了居酒屋。在店外,我们碰到了成实的母亲,于是我建议用停在站前的轻型卡车把她送回家。"

"那时候你还不知道绿岩庄发生了什么,对吧?"

"当然。在那之前,我一直和参加环保活动的朋友在一起。"

"知道了,接着说。"

"到了绿岩庄之后,我们看到伯父在门厅里,失魂落魄的。伯母问出了什么事,伯父说:'我闯大祸了,客人因为我的疏忽死了。'"

西口不禁停下敲键盘的手,看向泽村,但被矶部瞪了一眼。他连忙继续低下头打字。

"也就是说,"矶部道,"你到的时候,已经发现事故发生了?"

"是的。四楼的那间客房……好像叫海原之间吧,伯父发现人倒在地上,立刻就意识到是锅炉故障引起了事故。"

"那川畑重治怎么说?"

"他说——只能报警了。"

矶部"哦"了一声。"可实际上他并没有这么做。为什么?"

泽村神情痛苦地叹了口气。"是我拦着他的。"

"拦着?为什么要拦着?"

"嗯……"泽村咬着嘴唇，片刻后继续说道，"如果这样的事故公之于众，玻璃浦的形象就会一落千丈。大家都会以为这里的设施都是老化的、破旧不堪的，再也吸引不来游客了。"

"对了，你似乎反对海底资源开发，主张本地以旅游为主要产业，而绿岩庄的事故一旦公开，对你们来说很不利。"

"我只是想保护玻璃浦。"

"哼，好吧。川畑重治听了你的建议，马上就改变想法了？"

"开始他不知道该怎么办，但我对他说，这不仅关系到绿岩庄，一旦公开，还会连累玻璃浦的所有人。他问那怎么办，我才说可以把遗体转移到别的地方去。"

"这是你说的喽。是你提出把遗体另做处理的，对吧？"矶部再次确认，同时也在提醒对方这一问题的重要性。

"是我说的。提议把尸体扔下礁石滩的也是我。"泽村几乎自暴自弃似的说。

"川畑夫妇马上就顺水推舟地同意了？"

"并不是马上，他们愁得不得了。还是我说，再这样犹豫来犹豫去，就来不及伪装成事故的样子了，他们才下定决心。"泽村说，几乎是他一个人搬运的尸体。他把尸体放在轻型卡车的后面，和重治一起开车去了那片礁石滩。把尸体扔下去时，腿脚不便的重治几乎帮不上什么忙。把重治送回绿岩庄后，泽村先回了趟家，把车子停在家里，然后才又返回居酒屋。他装作若无其事的样子和成实他们一起饮酒，但已经完全记不得当时的聊天内容。

"这就是那个晚上发生的一切。这算遗弃尸体罪吧？我不想否认罪行。所以,"泽村顿了一顿,"请放成实回家吧。她一无所知,完全和罪行无关。"

听到他激动的话语,西口这才有些明白过来,这个男人为什么这么痛快就供认了一切。恐怕他从了解情况的刑警那儿得知成实已被怀疑,想着反正真相迟早要暴露,不如主动坦白,还能向成实卖个人情。

因为没有一个男人接近她后会不喜欢她——西口一边打字,一边瞟着泽村。

51

和这些东西比起来,还是姑姑做的菜好吃多了,恭平嚼着煎扇贝想。餐具豪华,摆盘也极其讲究,可惜味道却同附近的家庭餐厅没多大差别。就这种水准,恭平怀疑是否有必要跑到海边的度假酒店来品尝。

恭平和父亲敬一正在酒店的餐厅里。看样子今天是要在这里留宿了。他正在想明天是不是就该动身去大阪了,却听见父亲说:"这还不一定呢。姑姑和姑父进了那个地方,或许需要爸爸帮忙办一些手续。你再忍耐一下。"

恭平一声不吭,只点了点头。他不觉得留在这里是一种忍耐,他才不愿意在一切都没有明了的时候就这样离开呢。

晚饭接近结束时,敬一的手机响起来。他一看显示屏,脸色阴沉下来。他接通电话,用手挡着嘴,低声说了几句后,面色不快地挂断了电话。

"怎么了?"恭平问道。

敬一皱着鼻子，撇了撇嘴。"警方来人说想问你几个问题，就在茶憩室，希望你吃完饭过去，行吗？"

"没什么不可以的。"恭平吃完餐盘里剩下的煎扇贝，又吃了番茄沙拉。今天他吃得不算多，但不知为什么早早就饱了。

在茶憩室里等他的是刑警野野垣和西口。两个人看上去有些面熟，但都没有交谈过。

双方在桌子两侧对坐下来。敬一坐在恭平旁边。野野垣问他们是否要点饮料，敬一说不需要，恭平也摇了摇头。

"现在情形如何了？"敬一先开了口，"提审还没结束吗？"

野野垣煞有介事地挺着胸。"哪能这么简单就结束，毕竟是命案。而且，在川畑夫妇的供述里，似乎还存在与事实相悖的地方。你作为弟弟，可能就要辛苦点了。我们必须花时间仔细问清楚。"

"与事实相悖？怎么相悖了？"

"抱歉，这是机密。不过，可以告诉你，牵扯进这案子的不光他们夫妇两个人。"

"还有共犯？不会是成实吧……"

"不，和她无关。"姓西口的年轻刑警突然插嘴道，被野野垣瞪了一眼之后，他马上低下头准备记录。

野野垣脸上堆起讥讽的笑容。"我可以向令郎提几个问题吗？毕竟我们过来不是为专门回答你的问题的。"

"呃……好。"敬一转向恭平，脸上的表情似乎在问"没事吧"。恭平用目光回应"没关系"。

"你还记得和姑父一起放烟花的事吧？虽然已经过去六天

了。"野野垣问道。从正面看，他的脸好似一只狐狸。

"记得。"恭平回答。

"是你提出想放烟花的吗？"

"不是，我本来在房间里看电视。姑父打来电话，问我要不要放烟花。"

"那是几点？"

"八点左右吧。"

刑警问的都是意料中的问题，主要是确认重治那天晚上的行踪：放烟花途中回到旅馆里是几点，几点又回来继续放烟花，最后玩到几点等。恭平玩的时候并没有特意看表，所以也只能回答一个大概。被问到在玩的时候是否感到哪里不对劲，他回答说就跟平常放烟花没两样。对他的回答，刑警显得倒还满意。

等恭平说到放完烟花，他到重治的房间去吃西瓜看电视，最后不知不觉睡着了，野野垣向坐在旁边的西口使了个眼色。提问似乎要结束了。

"谢谢你们的配合。也许有需要时还会来打扰，到时候还请多多关照。"野野垣站起来，干巴巴地说完，轻轻一点头后转身朝门口走去。西口连忙跟上去。

敬一叹了口气，对恭平说："咱们也走吧。"然后也站起身。

"爸爸，那事……就是事故吧？"

敬一恼火地扬起了眉毛。"那还用说！不是事故能是什么？"

"我也不知道。"

"刚才警察不是也说了嘛，因为有人死了，就算是单纯的事故也必须彻底查清楚。你不用担心,姑父他们也许会受到惩罚,不过应该不会太严重。"

恭平低下头。或许敬一把这当成了点头,说了声"走吧",迈步向外走去。恭平跟在后面,想起了汤川的话——"或许你也不该再留在这里了。原因你自己不是最清楚吗?"

52

"这次运气不错,遇到个能正常交流的孩子。你不知道,现在有些小鬼连话都说不利落。"一出来,野野垣就说道,"看来除了隐瞒泽村协助处理尸体之外,川畑的供述都是真的。就剩那个姓汤川的房客了吧。幸好他也住同一家酒店,就是听说他手机丢了,有点麻烦。"

"那我去前台问问他的房间号。"

"去吧。"

听到对方毫不客气的回答,西口快步向前台走去。这些天来,他已经被搜查一科的人使唤惯了。

汤川的房间号是查到了,从前台往他的房间打电话,却久久没有人接。年轻的酒店服务员对他说:"汤川先生留过话,要是有外线电话找他,就帮他转到十层的酒吧。"

"哦,是吗?"那你不早说!西口咽下抱怨,回到野野垣身边。

"这个学者就是为那什么……海底资源研究才来的吧。没事就待在度假酒店的酒吧里,也够奢侈的。"向电梯间走的路上,野野垣撇着嘴道。

西口心想,人家私人时间想干什么是人家的自由。当然,他不会把这话说出口。

酒吧宽敞得惊人,但只有稀稀拉拉几个顾客。面朝大海的一侧全是落地窗,遗憾的是现在一片昏暗,几乎什么也看不到。西口估计,这个地方只有在烟火大会的时候才会热闹起来。

汤川独自坐在窗边的位子上。他把眼镜摘下放在桌上,眼镜边还有一瓶红酒和一只酒杯。不知是否在听音乐,他的耳朵里塞着耳机。

野野垣和西口走到他身边,他缓缓抬起头,先看向西口,摘掉一边的耳机。"这位也是你们警方的人?"他的目光又投向野野垣。

野野垣自我介绍之后,招呼都没打,一屁股坐在旁边的椅子上。"现在占用一下你的时间可以吗?"

"我要是说不行呢?"看着野野垣恼怒的样子,汤川嘴角微弯,"玩笑而已。你就站着吗?"

西口在野野垣旁边坐了下来。

"你们两位也点些什么吧,就我一个人喝感觉不大好意思。"汤川把另一侧的耳机摘下,对野野垣说。

"我们就不必了。请别客气。"

"那我就不客气了。"汤川一手拿着斟满酒的玻璃杯,悠然地啜饮着。

野野垣干咳了一声，开门见山道："川畑夫妇已经被逮捕了。"

汤川放下酒杯。"是吗？"

"不感到惊讶吗？"

"之前的房费都不用付了，请搬到别的旅馆——今天早上，当听到绿岩庄的老板这样对我说时，我想肯定发生了很严重的事。听说后来旅馆又来了大批警车，我就猜到可能不妙。还真是这样啊。罪名是什么？"

"目前来看，是工作过失致死罪和遗弃尸体罪。"

汤川拿起桌上的眼镜，用餐巾纸慢慢地擦着。"目前来看是什么意思？还有可能变化？"

"还不知道，所以需要调查。我们也是为了这个才来问一些情况的。"

"那我该说些什么好呢？"汤川戴上了眼镜。

"如实说就可以了。也许同样的话重复多次很烦，但还是请你从到绿岩庄第一天去居酒屋的时候讲起。"

学者轻哼了一声。"确实有点烦，不过没办法。"他重新讲述了一遍和以前的证词完全相同的内容。他请川畑节子带自己去了居酒屋，还一起喝了会儿酒。之后成实他们来了，后来泽村也来了。绿岩庄的客人去向不明是听泽村说的。等他回到旅馆，那个客人还是不见踪影。

这些和泽村关于遗弃尸体的供述并无矛盾。西口暗暗松了一口气：如果汤川的话属实，成实就是清白的。

"泽村走进居酒屋时是什么样？"野野垣问。

"什么什么样？"

"就是说……"野野垣想问他是否有惊慌之色，然而如果明说，就变成有意诱导了，"什么都行，说说你当时的感觉。"

汤川耸耸肩。"什么感觉也没有。毕竟我是第一次见到他。"

"那你回到旅馆以后，还有第二天，有没有感到川畑夫妇有什么异样？"

"我没有注意。"汤川依然回答得不冷不热，"我和老板夫妇接触不多，照顾我用餐的主要是成实小姐。她和案子没什么关系吧？"

那是自然——西口差点脱口而出。

野野垣没有回答，而是站起身。"今天十分感谢。打扰你休息了，抱歉。"

"这就可以了？"

"是的，可以了。"

野野垣转身向门口走去，西口也跟着站起来。

汤川突然发问道："已经做过实验了吗？"

野野垣停下来，转过头。"实验？"

"刚才不是说是工作过失致死罪吗？我想你指的是绿岩庄发生了某类事故，恐怕就是一氧化碳中毒。你们推测的是这个原因吧？一般司法鉴定部门不是需要做事故重演的实验吗？"

"一氧化碳中毒？什么意思？"野野垣装糊涂。

"不对吗？那工作过失致死是指什么？"

野野垣瞪圆双眼，连鼻孔都放大了。他胸口剧烈起伏，深呼了一口气，硬邦邦地说了一句"多谢合作"，随即大踏步地向外走去。

西口向汤川颔首,转身要追上野野垣。

汤川又道:"事故再现不太容易实现吧?"

西口一顿。"为什么?"

汤川没有立刻回答,故意吊人胃口似的往玻璃杯里斟入红酒,然后用手指捏住杯脚,轻轻地晃动起来。心急的西口正要再次开口问,他慢悠悠地道:"就像你们有刑警的直觉一样,我们也有物理学家的直觉。"他把杯子送到了嘴边。

西口没听懂,迷惑不已,但看对方又不像是在嘲讽自己。他不知道该说些什么,只好默然地离开。

野野垣在门外用手机刚打完电话。他板着脸挂断,按了电梯的按键。"真是个讨人嫌的家伙。难道学者都是这样的?"

"感觉这一位特别古怪。"

"算了,别理他,应该也不会再打交道了。好在有桩事终于解决了。"

"有新的消息了?"

野野垣点头。"警视厅的人找到了仙波。他在调布的医院里疗养,据说被害人经常去探望他。所以他不可能是凶手。"

电梯的门开了,两人走了进去。

川畑夫妇一开始的供述里有不少疑点,然而随着泽村的投案,矛盾之处一一化解。剩下的唯一一个不解之谜,就是冢原来玻璃浦的原因。不过,听野野垣一说,似乎也有了解开的迹象。问题可以说得到了解决,但是西口还在纠结刚才汤川的话。

在对川畑重治等人进行审问的同时,从今天白天开始,鉴定科在绿岩庄开始再现实验。根据搜查本部得到的汇报，已发现海原之间墙壁上确有裂缝，锅炉排出的烟有一部分也确实能通过这些裂缝钻入房间。后面就剩下确认当锅炉发生不完全燃烧时，房间一氧化碳的浓度了。

然而，从实验开始已经过去好几个小时了，还没有等来事故再现成功的汇报。现场负责人的回答是——原因不明。

53

拉开铝合金的窗户,一阵带着海潮气息的暖风吹了进来。路灯的光照着堤坝和马路,而不远处的大海却沉浸在黑暗中,一点都看不见。

拿出手机,看了看时间,马上就快晚上九点了。

楼梯传来轻快的脚步声,然后门被一把推开。永山若菜两手提着便利店塑料袋和保冷箱走进来。

"久等了,那里没有什么像样的东西,我就买了些三明治和饭团之类的,还有速食酱汤,下酒的小吃也买了点。"若菜把袋子里的东西拿出来,摆满了榻榻米。

"不好意思,给你添麻烦了。"成实说。

若菜一个劲儿地摆手,她的脸和手臂晒得黝黑。"有难处的时候就得互相帮助嘛。而且你能想起来找我,我还高兴呢。这里地方小,但是你想待多久都可以。"

"谢谢。"

"怎么样？你要想喝酱汤的话，我下楼去拿开水冲。"若菜拿起杯装的速食酱汤。

"现在不用。有饮料吗？"

"当然有！"若菜打开保冷箱，"有啤酒，还有酒精碳酸饮料，好多呢。你要喝什么？"

"有茶吗？"

"茶啊，没问题！"若菜拿出一瓶绿茶饮料。

成实一边喝着冰凉的茶水，一边继续望着窗外。回顾这一整天，她依然有种不现实的感觉，如同做了一场噩梦。

离开玻璃警察局时已经晚上八点多了。按说有了泽村的供述，她的嫌疑已经被洗清，可她仍旧被迫交代那些不知重复了多少次的话。在毫无意义的拖延中，时间流逝。走出警察局时，她累得快要站不起来了，但是她现在想回家躺着都不行——绿岩庄已经被警方查封。就这样，走的时候刑警还勒令她尽快把落脚处通知他们。而理所当然地，关于她父母的情况，对方一个字也不肯透露。

百般无奈下，成实联系了在海上运动品商店打工的永山若菜。她在东京上大学，暑假在这里打工，并住在店里，同时她还是水肺潜水的教练，两年前指导她考取这一资格的就是成实。

成实在电话里把包括父母被捕的一切情况都告诉了若菜，而她只说了一句"我马上就到"，三十分钟后便开着商店的旅行车来警察局接成实了。在车里，她没有好奇地探问种种细节，而是不停地关心成实的身体状况。成实感到投靠这个朋友是再正确不过的选择。

成实回过神来，发现若菜也拿了一瓶绿茶饮料。"咦，你今天不喝酒吗？"若菜可是个无酒不欢的人。

"嗯……这个……"

"你不用管我，那样我待着也不舒服呀。"

"那我就不客气了。"若菜把绿茶饮料放回保冷箱，另拿出一罐啤酒，"我喝喽。"说完，她拉开拉环，趁着冒出的泡沫没洒，仰脖喝了一大口。"口感真棒！"她小声自语。

成实忽然想起汤川对她说的话。他说她并不是喜欢大海胜过繁华都市的那类人。如果对方是若菜，他也会这么说吗？

不过，今后的自己何去何从呢？虽然重治也说绿岩庄可以处理掉，但是她怀疑是否有人会买下出过人命的老旅馆。就算是拆除，也需要一笔钱。而且在此之前，成实还得解决自己的住处问题。若菜说想住多久都行，可是她也不能这样一直住着，而且若菜迟早要回东京。

"若菜，你能把车借我用用吗？"

"车啊，没问题！不过你要去哪儿？我可以开车送你去。"

"那哪行，你喝啤酒了。别担心，我只是回一趟家里。"

"回绿岩庄……"

"我想取些换洗衣服和化妆品，还有现金。刑警说我只要和在那儿值班的警察说一声就可以。"

"也是，我这里也没有可以借给你用的。"若菜放下啤酒罐，站了起来。

若菜的房间在商店二楼。她们走下楼梯，穿过没有开灯的店内，出了门。车子就停在商店门口。成实接过车钥匙，钻进车里。虽然和绿岩庄的那辆车型不同,但她是开惯了这种旅行车的。"小心一点!"若菜的声音从车外传来。

车子驶过空荡荡的滨海马路,经过车站,开上了坡道。绿岩庄就在眼前,大门前放了几个施工现场使用的那种红色闪灯,折叠椅上坐着一个穿制服的年轻警察。看到成实的车,他马上站了起来。

成实停下车,和他说了一下自己的情况。警察打开大门,和里面的人交代了几句,就放她进去了。

门厅里站着一个胖墩墩的中年警察。电视开着,节目里的搞笑艺人正聒噪地讲着什么。"我得跟着你。如果上头知道我让人随便动了东西,我就该挨骂了。"他大大咧咧地说。

成实点头,往里面走去。警察关上电视,跟在她身后。

成实走进自己的房间,从壁橱里拿出一个大旅行袋,随手放入一些替换的衣服。拿内衣的时候,她不愿意让警察看见,就用身体微微挡着。

"说起来,这事现在成了一桩大案了。你以后打算怎么办?"中年警察用毫不避讳的口气问。见成实只侧了侧头却不作声,他接着说:"也是啊,现在问你,你可能也不知道该怎么办。很多年前,二十年前吧,我还在站前的派出所,那时玻璃浦很繁华,这家旅馆生意也非常红火。可惜啊,现在经济不景气,没钱的人根本不出来旅游,有钱的人都去海外或更时髦的地方,日子确实不好过。建筑老化,也不是想修就修那么简单。我打心里同情你们,你们真不走运。不过呢,遗弃尸体这事太不合适了。要是没有这回事……"

这个警察真是喋喋不休啊。成实听到一半也就不理会他，径直做自己的事了。虽然她没有反应，那警察依然说个不停。

收拾完行李，成实走出房间。一回到门厅，警察就迫不及待地打开电视，坐在了对面的藤椅上，明显是不准备送她出门。正要开门出去时，外面传来说话声，像是发生了争执。

"我说过了，这是规定，无关人员一律禁止入内。"

"要我说多少次？我是有关人员，直到今天早上我还住这儿。"

"这……你不能算是有关人员。"

"那你倒是说说看，怎么样才算有关？"

成实出来一看，不禁一惊。和年轻警察斗嘴的是汤川。她喊了他一声。

"你来得正好，也帮我说说话。我说想进去看看，跟这位警官怎么也说不明白，偏不放行。"

"怎么也说不明白的是你不是我。总之就是不行，你还是赶快走吧。"说完，警察扭头进了旅馆。

汤川两手叉腰，叹了口气："这算什么！"

"您为什么要进去？"

"鉴定科应该已经做过再现实验，我想进去看看实验的痕迹。据我推测，实验进行得不会太顺利。"

成实盯着学者的脸，眨了眨眼睛。"不会太顺利？您为什么这样说？"

汤川用手指扶了扶眼镜，答非所问："太糟了，早知道这样，我就没必要大老远走过来。"说完就要转身离开。

"等等，我是开车来的。"成实向旅行车跑去。

等汤川坐上副驾驶座后，成实发动了汽车。从这里到汤川现在入住的那家度假酒店只要几分钟。两个人在车里都不作声，成实仍然惦记着刚才的疑问，但她知道就算再问恐怕也不会得到答案。

酒店很快出现在眼前，在车子开入院内前，汤川开口了："停在这里就可以。"

"为什么？我可以开到大门口的。"

"恭平也住在这家酒店。要是碰上了，彼此都会尴尬。"

"哦……"成实踩下刹车，将车停在马路边，"不好意思，让您这样费心。"

"我还有几个问题想问你。"汤川说，"要是不想回答，你也可以不说。"

成实和他对视着，心乱如麻。"您说吧，什么事？"

"这个案子，你也认为是单纯的事故吗？"

成实一惊，表情僵住了。"如果不是单纯的事故，那会是什么？"

"现在可是我在问你。那我这么问好了，是你父母跟你说这是事故？"

"不是父母，只是父亲。他对我说的。"

"你就信了？"

"不能相信吗？您究竟要说什么？"

"我觉得奇怪。难道你没有一点怀疑？应该有很多难以理解的地方吧。就这样，你还深信不疑，那只有两个原因。要么，你特别信任你父亲；要么，就是你希望自己相信。或是两个要素都有。"

汤川说的每一个字都在成实心里激起了小小的波澜，但又绝非直戳痛处。她不知道他是否有意如此。"我父亲的话里是有一些不自然的地方。我觉得那是因为有些地方他本人可能都记不清楚了，一些细小的矛盾之处也不是什么大问题。毕竟，自己的父母要去自首了，这对我才是头等大事。我没有多余的心思去想那些细枝末节。"成实有些激动。她也是为了说给自己听：爸爸没有撒谎！

"你说得也许有道理。对了，你对不幸过世的被害人冢原先生有什么了解？"

"几乎一无所知，只听说他以前是东京的刑警。"

"我之前说过有个朋友在警视厅搜查一科，请他帮忙，有可能联系上冢原先生的家属。如果你想替父母表达歉意，我可以帮你安排。你看怎么样？"

成实感到后背掠过一阵寒意。是啊，还需要向人谢罪呢。"现在警方的审讯刚刚开始，等一切都查清楚了，我再考虑这个问题吧。"她勉强回答道。

"明白了，那我就这么和朋友说了。多谢你特意送我回来。"汤川推开车门，但是没有马上下去，而是转过头，"你打算今后怎么办？还要留在这里吗？"

成实感到困惑，不明白他为什么这样问。"我现在还没法考虑这些。我连明天会怎么样都不知道……"

"你不是说要守护大海吗？"

"当然了,这是我的理想。"

"你准备守护到什么时候?"

"什么?"成实回看汤川,"什么叫到什么时候?"

"你打算终生都不离开这里,守护大海一直到死吗?难道你就不结婚?如果你有了恋人,他要去离这里很远的地方,你怎么办?"

"怎么这样问?"

汤川的目光透过镜片,凝视着成实的眼睛。"我有种感觉,你好像在等什么人,你要守在玻璃浦的大海边,直到那个人回来。"

成实能感到血色迅速从脸上褪去。她知道该说点什么,但一个字都说不出来。

汤川从口袋里取出一张纸条。"欢迎来到水晶之海。大海是玻璃浦之宝,请容我自称这宝物的守护者。请来确认这大海的颜色。永远等待着您!——这是你网站首页上的文字。我感到了对某人的呼唤,是我想多了吗?"

成实摇着头。"您想多了。这些字并没有那么深的含义。"她的话里带着些许颤音。

"是吗?那就算我想多了吧。最后,我还有一个请求。"

"您又有什么事?"

"不是什么大不了的。"汤川从口袋里拿出一台数码相机,"我也快离开此地了。走之前,我想拍一张照片留念。"

"您要拍我?还是不要了。"

"别担心,我不会发到网上。"汤川说着,已经按下了快门。

闪光灯一下子把车内照得雪亮。拍完后,他确认了一下液晶画面。"嗯,拍得不错。"说着,他把相机的屏幕朝向成实。照片捕捉到她因猝不及防而惊讶地瞪大双眼的一刹那。

汤川说了声"晚安",下了车。他没有回头,径直向酒店走去。成实凝视了一会儿他的背影,随后发动了汽车。

54

草薙回到住处时已经过了午夜十二点。室内闷热难当,他把外套一把抛到了床上,打开空调,然后一边摘掉领带,一边从冰箱里取出一罐啤酒,站着就咕咚咕咚地喝起来。凉爽的感觉从喉咙传到全身,他这才吐出一口气,坐到沙发上。

他解开衬衫的纽扣,把床上的外套拽过来,从内兜里掏出手机,从手机的电话簿中找到一个号码。玻璃浦度假酒店——这是汤川今晚住的酒店。白天汤川打来电话,告知他川畑夫妇有可能去自首,他便特意问了那里的电话号码。

在那不久之后,川畑夫妇就真的自首了。草薙得知这个消息时已是当天傍晚时分,是多多良给他打来的电话。

"嫌疑人声称是事故。说是锅炉发生不完全燃烧,排出的烟进入室内,造成被害人死亡。他们为了掩盖真相,就遗弃了尸体。但是整个事件还有不少疑点。"多多良的声音充满戒备,"对方一有消息就知会我们,我希望我们也能给他们提供一点信息。

你那边现在怎么样了?"

草薙马上告诉管理官,他们已找到仙波的居所并见到了本人,告知了冢原的死,但是没有从对方那里得到更多的信息。

"我知道了。那就把你说的这些通知玻璃警局吧。"

"是!"草薙答道,心里却感到几分愧疚。关于川畑一家和仙波一案可能有牵连的事,他故意没向多多良提起。这一可能对案子今后走向的影响还不明朗,所以他瞬间做出了暂时保密的决定。

随后,草薙拨通了玻璃警察局的电话,向元山组长通报了找到仙波的情况,并答应把具体内容用传真发过去。元山马上称谢,在话音里却听不出喜出望外之感。这并非只是草薙的臆想,随后元山是这样说的:"给你们添麻烦了,不过好在案子已经有望了结。现在川畑夫妇的共犯已经找到,是他家女儿的朋友,就是这个朋友帮他们处理了尸体。口供内容没有矛盾之处,我估计就快差不多了。"他的口吻十分轻快。

草薙却仍疑虑重重。通过此前一连串的调查,他觉得这实在不像是一起简单的事故。和内海薰说明后,她也有同感。他们该怎么办呢?

"我觉得还是应该回溯到一切的原点上。"内海薰提出自己的想法。

"我同意。"草薙说。然后他们出发去银座,目的是找到大约三十年前川畑重治和节子相遇的那家玻璃风味的餐馆。

他们的目的达成了,虽然走得脚板生疼、汗透衣衫,但今天的收获也许能够揭开一切真相。不过,他们并没有获得成就感，除了身体上的疲劳，心也是沉甸甸的。

草薙吐出一口气，开始拨手机，是打给玻璃浦度假酒店的。等了半天电话才接通，对方是酒店的服务员。草薙请他接通客人汤川房间的电话，又等了将近一分钟，电话里才传来汤川的声音。

"我是草薙，你已经睡了？"

"没有，我在等你的电话。我猜你怎么都会来个电话的。"

"你那里如何了？我感觉，随着共犯出场，演出快要闭幕了。"

"没错。照现在的情况，警方恐怕不会再往前多走一步了。哦不，应该说他们也没法往前走了，因为他们什么都没看到。"

"那你看到什么了？"

"我不过是推理而已，正确与否还需要你们来验证。你不就是为此打来电话的吗？"

草薙撇撇嘴，打开了记事本。"我们找到了川畑节子工作过的那家小餐馆。餐馆搬过家，但是还在，店主也找到了。"

"当时的事你都打听到了？"

"那当然。"草薙说。

那家小餐馆就在银座八丁目的小巷深处。木格子门的旁边，极为低调地挂着一个小小的招牌"春日"，仿佛并不想惊动那些没有注意到它的过路人。这家店也许主要依靠老主顾来维持吧。

"是啊。我们的顾客有七八成都是常客，老顾客带来的朋友经常又成为回头客，就这样我们才这么多年一直做下来。真是感激他们啊。"店主鹈饲继男说。他一头雪白的头发修剪得一丝不乱。七十岁的人，脸上有不少皱纹，可是身上没有一点赘肉，体形保持得极好。他说现在还亲自负责进货呢。

此时已经过了打烊的十一点。草薙和内海薰坐在角落的桌边，边喝乌龙茶边等待。最后走的一拨客人也像是常客，和柜台里的鹈饲熟络地聊着天。

店里总共三张餐桌，再加上柜台吧座，最多可以容纳三十个客人。除了鹈饲，还有两名厨师和一名女服务员。

鹈饲也是玻璃浦人。为了当厨师，十几岁就来到东京，在好几家名店帮厨学艺后，三十四岁时开了这家专营玻璃浦风味的春日。最开始打拼的时候没有雇人，只有他和妻子两人忙里忙外。

"原先店址在七丁目，索尼街您知道吧？那时候的店面特别小，里头顶多容纳十个人。多亏回头客越来越多，我们这才下决心搬到这里。"

那是大约二十年前。

"也就是说，柄崎节子女士是在原先的店工作的？"

鹈饲连连点头。他们一进门就提出想询问有关节子的情况，鹈饲想知道他们是为了什么案件而来。他们只说是为了查另外某个人的人际关系，鹈饲也没有继续追问。

"小节来的时候，我们开店刚两三年。那时候已经人手不够了，就想雇个人帮忙。正好有位熟客说认识一个喜欢做菜的女招待，正要辞职，可以带过来看看怎么样。他带来的就是小节。我一看就挺满意，我家那口子更是喜欢她，所以我们当场就说希望她来这里帮忙。她本人也恰好不想再干女招待了，就一口答应下来。她可真是帮了大忙，学东西快，人又灵巧，一般的菜让她做我们都放心。"

柄崎节子在店里只干了三年，因为她后来结婚了。结婚对象竟也是常来的客人。

鹈饲对川畑重治也印象深刻。"听说他家里是在玻璃浦开旅馆的。他是个精干的公司白领，因为想念家乡的味道，常来我们这个小馆子。婚后他们还来过好几次，后来很快就怀了孩子，看起来很幸福。不知道现在他们怎么样了，后来连着有十多年每年都给我们寄贺年卡呢。"

"除了川畑先生，应该还有一些柄崎节子比较熟的客人吧？"草薙用随意的口吻问道。

"有啊。她年轻，而且毕竟当过女招待，人漂亮，也会待客。那时候应该有不少客人就是冲着她来的。"鹈饲眯起了眼睛。

"这个人当时来过吗？"草薙拿出仙波刚被逮捕时的照片，"那时候应该更年轻一些。"

"哟！"鹈饲双眼圆睁，"当然记得。仙波先生嘛！就是我刚才提起的那位。"

"刚才提起的那位？"

"就是介绍小节来的那位老顾客呀。他太太老家在玻璃，所以他也常来。"

草薙和内海薰交换了一个眼神。

"节子女士来您的店工作前，和仙波先生是女招待和熟客的关系？"

"是的。仙波先生原先也是雇员，特别能干，后来好像还自己开了家公司。他当工薪族的时候,在欢场里应酬挺多的。他把小节介绍到这里以后,还带过几个其他的女招待到这儿来吃饭呢。那时候我们都是夜里一点多才打烊。"

草薙当即又把三宅伸子的照片给鹈饲看。鹈饲盯着照片想了半天,恍然道:"哦,这不是理惠吗?"

"是的。"草薙说。他想起 KONAMO 的室井提到过三宅伸子的艺名是理惠子。

"是,是理惠。原先她可是很漂亮的,真是岁月不饶人呀。"说完他不禁又有些疑惑,"不对,不是吧?都三十年了,现在应该更显老才对啊。"

"这张照片是大概十五年前拍的。"

"哦,这样啊,怪不得。理惠和小节曾经是同一家店的。嗯,想起旧时光,好亲切啊。"

真是一大收获。节子和三宅伸子曾经同为女招待,节子结婚后,有可能二人间也还有某种联系。

"不过仙波先生和理惠从某个时候起就突然不来了。到底出什么事了,你们知道吗?"

"我们也不知道,所以现在才四处调查呢。"

"是仙波先生犯了什么事吗?"

"也不是……"草薙含糊地说。鹈饲似乎还不知道三宅伸子被杀一案,草薙觉得没必要特意告诉他,就敷衍过去了。"对了,仙波和三宅伸子之间是否存在男女关系呢?"

"我想没有。"鹈饲回答得十分干脆,"其实,仙波先生好像挺喜欢小节的。刚才我说过,他是因为太太娘家是在玻璃才频繁光顾我们小店的,可是一次也没带太太来过。难道不是因为不想让太太见到小节吗?当然,这也许只是我自己瞎猜。"

听鹈饲说还存着当年的照片,草薙请他拿出来看看。整理得整整齐齐的相册第一页上,就贴着那张照片。背靠着小小的柜台,两名女子站在一名男子两边。那男子就是三十多年前的鹈饲,不论身材还是发型,和现在都没什么差别。

"右边的就是小节。"鹈饲说。

那是一名长着一双长长凤眼的年轻女子,鼻梁又高又直,不说话的时候也许给人些许严肃的印象,但是圆圆的脸庞和笑容又淡化了这一切。她穿了一件红叶花纹的和服,外系围裙。

"真漂亮!"草薙不禁脱口而出。

鹈饲一下子笑了。"对吧,现在你能明白我说的当时不少客人都是冲着小节来的吧?这件红叶和服还是我家那口子送给小节的,后来都成她的标志了。"

照片上站在鹈饲左边的也是个美女,瓜子脸,只不过比节子年长得多。鹈饲说这是他妻子。"她比我大三岁,特别能干。要是没有她,就没有今天的春日。不,一开始能不能有这家店都难说。"他这个能干的妻子已经在去年年底因胰腺癌过世了。

草薙一口气讲完,汤川沉默不语。草薙唤了他一声:"你是怎么想的?"

汤川发出一声叹息。"还真是这样。"

"这样指什么?"

"你应该也发现了。冢原先生为什么对仙波一案一直耿耿于怀？川畑一家是如何牵扯上这个案子的？听了刚才那些话，你不会没有自己的判断，是不是？"

"嗯，有个大致的推测吧。"

对话陷入微妙的沉默。草薙似乎能看到汤川那无奈的微笑。

"你作为警视厅的一员，或许只能选择这样模棱两可的说法。那我来替你说好了。仙波一案是冤案，他不是真正的罪犯，是为了保护某个人才入狱的。这些就是你大致的推测吧？"

草薙皱着眉。在这个人面前，打马虎眼不管用。汤川比任何人都了解，在这个世界上存在这样一种"献身"——为了所爱的人，不惜主动成为替罪羊。

"可是能支持这种观点的根据还不足。"

"未必。冢原先生在仙波认罪后感到难以接受，一直独自追查。按说既然是亲手抓捕的，一般谁还会再去多事地深究？但冢原先生就是无法说服自己。为什么？越是亲手抓捕的人，越是难以释然。在真相没有揭开之前，仙波就被判有罪，冢原先生无法放弃。所以在仙波刑满释放后，他找到仙波，甚至还送他住院，就是为了问出真相。我想他这么做是为了赎罪。哪怕这种结果仙波本人心甘情愿接受，他也决心要为自己制造的冤案负责。"

草薙握着电话，久久无言，找不到可以反驳的话。汤川所言也正是他的猜测。

"草薙，"汤川说，"我有个请求。"

55

一醒来,耳边就传来敬一的声音,他像是正在和谁通电话。恭平揉了揉眼睛,看到父亲宽阔的后背,他正面朝窗户而立。窗帘拉开了一道缝,强烈的阳光射进来。看来今天也是只有天气比较好而已。

"我不是说了,不要跟对方说得过于详细……哦,这样啊。我觉得这就可以……嗯,这我知道。估计还需要来这边几次……不是,我是说最好还要考虑到法庭审判……那关于律师,就先这样吧……好的,再见。"说完,敬一啪地合上了手机。

"早安。"恭平朝父亲的背影说道。

敬一马上回过头,面带笑容。"你醒啦?"

"刚才是妈妈打来的电话?"

"对。过了中午,咱们就动身出发,说不定能赶上和妈妈一起吃晚饭呢。"

"咱们不用待在这里了?警察不是说还会来问话吗?"

敬一露出淡淡的笑容，摇头道："没关系，刚才我给警方打电话确认过了。他们说应该没有问题问你了，如果还有事，打电话沟通就行，我留下联系方式就可以了。"

恭平从床上下来。"姑父他们还是会进监狱，是吗？不能想想办法吗？"

笑容瞬间从敬一的脸上消失了。"嗯……"他拖着长长的鼻音，用手挠着头，"我们做我们能做的，我打算尽量请个好律师。但是进监狱可能无法避免，尤其是你姑父。"

"他们犯的罪这么重吗？"

父亲的脸色更难看了。"昨天我也告诉过你吧？如果发生事故之后马上报警，事情就不会变得这么难以收拾。本想隐瞒，结果罪加一等，任何事都是这样。谁都会犯错，问题在于犯错之后怎么处理。他们办的这叫什么事啊，想想以后我都头疼。"敬一的话里除了有对姐姐姐夫轻率行为的道德谴责，更多的是想到自己因此而陷入麻烦所感到的焦躁。这使恭平的情绪更加低落。

"可是，如果是故意造成事故，罪就更大了吧？"

听了儿子的话，敬一上身微微后仰。"那是。如果是故意，就不叫事故了，而是蓄意杀人。别说监狱，弄不好还会判死刑呢。跟这么重的罪做比较没有意义。"说完，他看了一眼手表。"都这么晚了。虽然不太饿，我们还是先去吃点早饭吧。"

恭平也看了看闹钟，快要到上午九点了。

吃早餐的餐厅就是和刑警见面的那个一楼的茶憩室。巨大的桌子上放满了各色食物，敬一让恭平随意选取。

"能吃多少拿多少，不够可以再去拿。"敬一说。恭平心想，我可不是小孩子,怎么会多拿到吃不完的地步呢?而且,他看了一圈,好像没有特别好吃的东西。

恭平嚼着培根,喝了一口果汁,向四周张望着。室内人不多,没有看到汤川的身影。

饭后该回房间了。出了茶憩室,他喊了一声走在前面的敬一:"爸爸,我想去海边看看,可以吗?"

"可以,但是别跑太远了。"

"好的。"恭平转身回到休息区,穿过泳池边。从那里可以通往海滩,就是所谓的私属海滩,也是这家酒店的卖点之一。然而现在那里几乎没有人。

确认汤川不在那里之后,恭平返回酒店,直接走到前台,找到身穿制服的女服务员,问她汤川住在哪个房间。

"你找他有事吗?"

"我有事要和他说。"

"请等一下。"女服务员开始拨打电话,但好像没人接,她没有说话就放下了听筒。"现在客人好像不在房间。"然后她在面前的电脑上操作了一会儿,脸上露出恍然大悟的神情。"汤川先生出去了,晚上才能回来。"

"晚上啊……"恭平很失望,等到那时他就不在这儿了。

"如果你有留言,可以写信啊。放在我们这里,等汤川先生一回来,我们就转交给他。"

恭平无力地摇摇头。"不用了,那就太晚了。"说完,他转身离开了前台。

56

"……因此，泽村的口供是合理的，实施罪行后回到居酒屋的时间与在场证人的证词也一致。从绿岩庄到弃尸现场，再返回绿岩庄的路线也经过了验证，没有发现不妥之处。至于这段时间里没有目击者，考虑到时间段和现场周边状况，这种情况反而是合理的。报告结束。"野野垣用几乎是做作的口吻结束了发言，坐回到座位上。

侦查会议照例在玻璃警察局的会议室召开。大人物还是那几位，可他们的表情却和几天前完全不同，最明显的要数局长富田和刑事科长冈本等人。大概是因结案指日可待，被迫和县警本部的同仁共事的日子终于有望结束而大松一口气吧。

然而县警本部搜查一科各位的表情则复杂得多。对他们来说，案件顺利侦破固然可喜，但是遗弃尸体事件没有顺理成章地发展为杀人案，只以过失致死告终，难免感到不够理想。但在尸体发现不到一周的时间里就能快速破案，大伙也还是喜闻乐见的，因此会议室里的气氛完全可以用"亲切友好"来形容。

川畑夫妇一开始的口供里有诸多疑点，但随着泽村的招供，这些疑点都已一一解开。如今川畑重治和节子也都承认了泽村的话才是事实。二人都表示，当初是怕给女儿的朋友带来麻烦，才对警方撒了谎，既然泽村本人都已招认，他们也就没有理由再隐瞒实情了。

同时，能够印证口供的科学上的物证也在不断增加。比如，对泽村家中的轻型卡车进行搜查后，在货台发现了几根毛发，目前已送去进行DNA鉴定，至少从形状、特征等来看，可以认定是冢原正次的。

重治称交给冢原过安眠药，在他家起居室的抽屉里发现了同样的药物，成分和冢原血液中验出的完全相同，也取得了给重治开药的医生的证词。医生说那是重治在五年前患有轻微失眠去就诊时，他给开出的处方。

然而，令人不解的问题依然存在，其中最为关键的就是事故原因。

鉴定科的现场负责人起立开始汇报。他说，鉴定科今天从早上又开始新一轮的再现实验。

"……地下室的锅炉本身没有大问题，但出于某种原因，当进气口被堵住时，会发生不完全燃烧。由于嫌疑人记不清，原因很难断定。我们认为周边放置的纸箱也许有问题，如果原先立着放的纸箱不留神倒下来了，就可能堵住进气口。还有，当发生不完全燃烧时，海原之间的一氧化碳浓度也是个问题。在昨天的实验中，一氧化碳浓度最大也才100ppm，平均

50~60ppm。锅炉本身有燃烧状态监测功能，当不完全燃烧状态达到三十分钟时就会自动熄火。在这种条件下，实验结果与尸检报告中死者一氧化碳血红蛋白浓度不符。"

"那是怎么回事？这不就说不通了吗？"搜查一科科长穗积不满地锁紧了眉头。

"或许有其他因素的影响。"

"其他因素指什么？"

"比如说当天的天气状况。如果刮大风，使得烟囱内空气逆向流动，一氧化碳浓度就有可能大幅度上升，室内甚至可以达到1000ppm以上。"

"这样啊。"虽然不知道听懂了多少，穗积到底还是点了点头，"你是说，根本上还是本人过失造成的，但最终导致死亡，是种种偶然因素叠加的结果？"

"正是这样。我们打算继续实验。"

"明白了，就这样吧。"穗积轻轻抬了抬手。从表情来看，他的心情似乎变好了。

从旁观者的角度看，西口认为案子似乎已近尾声。如果导致事故发生的条件偶然到了连警方鉴定科都难以再现的程度，那么川畑重治故意作案的可能性就极低了，罪名最多也就是工作过失致死和遗弃尸体。

然而西口的心里依然隐隐不安，不用说，全是因为昨天汤川的那些话。那位物理学家已经预见到了再现实验难以成功，他是否有办法可以再现事故呢？

元山起立，开始发言，内容是警视厅提供的有关仙波英俊的近况。穗积和身边坐着的矶部已经开始说笑,其他领导也都不再专心听了。不仅是他们,所有侦查员都对仙波的情况完全失去了兴趣。

等案子了结,再过一段时间,就去安慰成实,西口想。自己身为警察,还是能帮上她一些的。在审判期间,他也可以一直陪着她。他想象着那一天,感到心中的不安散去了一些。

57

JR 铁路品川站高轮口——

列车到站后约五分钟,汤川朝自动检票机走来。他身着衬衫,披着浅色外套,腋下夹着公文包。草薙招了招手,汤川优雅大方地点头致意。草薙在检票机外侧等着他出来。

"你晒黑了。"看到对方微黑的皮肤,草薙说。

"室外作业比我想象中的还多。"

"挺辛苦的吧?"草薙轻描淡写地问。对于汤川去玻璃浦的原因,除了海底资源研究以外他一无所知,也觉得没有知道的必要。

往外走的汤川突然停下脚步,打量起停着出租车的车站广场来。

"怎么了?"草薙问。

"没什么。我只离开一周而已,但是对车站的印象已经完全不一样了。还是东京大啊,车站也大。"

"你爱上乡村生活了?"

"怎么可能。是真切地感受到,我过不了乡下的日子。我还是看着来来往往的人潮心里才觉得踏实,而且城市里总有那么多出租车。对了,车在哪儿?"

话音刚落,一辆暗红色的帕杰罗从右侧开了过来,停在路边。两个人立即跑过去,坐进车里。草薙坐在副驾驶座,汤川在后座。

"好久不见。"内海薫边发动车子边和后座的汤川寒暄。

"我听草薙说了,这次任务你也做了不少工作。虽然不是正式的案件侦查,但也很辛苦。"

"老师您才辛苦呢,被拖进这么一桩奇怪的案子。"

汤川沉默片刻,像是在斟酌用词,然后开口道:"被拖进……就这一次来说,可能情况有些不一样。如果我嫌麻烦,无论如何都能避开。就算你们请我协助调查,我也完全可以拒绝。"

"就是啊,我们也觉得奇怪,你这次竟然这么配合。是有什么原因吗?"

"这一点,我已经告诉过你了。"

"就是因为或许某个人的人生会被严重扭曲,是吧?你现在能告诉我这个人是谁了吗?"

背后传来汤川的叹息声。"也许将来我会告诉你。其实就算说了,意义也不大。川畑夫妇自首让事态更复杂了,可能我原先考虑得还是过于乐观。"

"你能不能有话直说,别再故弄玄虚了?"

"对不起。"汤川的道歉来得少有地痛快,"我说过迟早会向你们说明一切,但不是现在。"

"那我们现在要去的地方又意味着什么?"内海薰问道,"您不是该把您的推理都告诉我们吗?"

汤川沉思片刻,说:"待会儿我要做的不是揭开谜底,只是验证。或许一切会就此真相大白,但希望你们别以为一切就都得到了解决。更有可能的是,我们只能得到一个距离解决还非常遥远的结果。"

"这么说,那个人的人生被扭曲也难以避免了?"对于草薙的这个问题,汤川只是回答自己也不知道。

接下来,三个人不约而同地沉默了。内海薰驾驶着帕杰罗从调布立交桥驶出了高速公路。不久,柴本综合医院的大楼出现在眼前。

一走进临终关怀病房楼,汤川就不由得停住了。他望着寂静无声的大厅,低声说:"好安静啊。"

"按内海的说法,"草薙道,"这是为了不让患者感觉到时间的流逝而特意布置的。"

"哎呀,您别再说了,那只是我的猜想。"

"你的观察非常敏锐。"汤川低头看了看她,点点头。

三人乘电梯到了三楼。同昨天一样,身着浅粉色护士服的安西正站在谈话室的门前等待他们。

"连日打扰,十分抱歉。"草薙向她致歉。她微笑着致意,然后默不作声地穿过走廊而去。

今天一大早,他们就提前致电院方,说有个人想见仙波。

柴本院长犹豫片刻后还是答应了。

昨晚在电话里汤川提出想见仙波一面时，草薙并没追问理由。草薙知道汤川不会随便说出自己的想法，打算在这件事上索性就全都随他。案子的关键恐怕还在玻璃浦，然而草薙他们对于玻璃浦一无所知。

不一会儿，走廊上传来轮椅滑动的声音。草薙的身子一下子定住了。

坐在轮椅上的仙波穿着一件米色的睡衣，面容如同木乃伊般枯槁。他正对前方，凹陷眼窝里的眼睛闪动着强烈的戒备心，也许正提防着他们又来问关于冢原的事吧。

草薙用余光瞥了一眼汤川。他感兴趣的是，在一个行将就木的人面前，这位物理学家是怎样的表情。

汤川只是目不转睛地仔细打量着这个老人，从他端正的侧脸看不出任何其他情感。或许对他来说，一个癌症晚期患者，肉体被病魔折磨到这种程度也是在可想象范围之内。"我是不是该自我介绍一下？"汤川说。

草薙忽然意识到这句话是对他说的，于是看向仙波。"昨天非常感谢。还有一个人想见见您，我就把他带来了。这是我的朋友汤川，他不是警察，是一位学者，物理学家。"

汤川递出了名片，仙波的手却一动不动。护士替仙波接过名片，拿到他的面前。仙波眼睛微微一动，干裂的嘴唇里发出"物理"两个嘶哑的音。他可能在疑惑一个物理学家来看他做什么。

"实际上，直到今天早上，我都一直待在玻璃浦。"汤川开门见山地说。他音量不大，在静谧的室内却听得格外清晰。

仙波的表情出现了一丝变化，眼皮微微颤动。很明显，他对汤川的话感兴趣。

"我在玻璃浦做海底热水矿床探测方面的研究，还出席了前几天的说明会。您应该知道海底热水矿床的事吧，听说冢原先生替您参加了说明会。"

仙波下巴微收。

"玻璃浦的大海啊，"汤川接着说，"非常美丽，有一种令人窒息的美。我还看到了海底的玻璃，真可以说是奇迹。仙波先生，它和当年您看到的大海相比毫不逊色。您的大海至今还被人牢牢守护着。"

仙波身体微晃，脸颊发僵，嘴唇也在颤抖。有一瞬间，草薙看到他显得几乎有些畏怯。但很快，草薙就发现他露出了笑意。汤川的话令他感到喜悦。

"海底热水矿床的开发将会如何发展，现在还不知道。不过，就算真要实施，也是几十年以后了。等到那时，环保技术也会更加进步。毕竟，科学家也不愿意破坏环境。请您放心，我们会尽最大的努力，我保证。"

仙波的脑袋前后晃动，像是在点头。柴本院长说他的意识常常处于混沌状态。然而现在他的大脑是正常的，他听懂了汤川的话并感到满足。

"仙波先生，有个东西想给您看一下。"汤川从公文包里拿出一张 A4 大的纸。

草薙在旁边看着。那是一张海景画，是用数码相机拍下来再打印出来的。画中天空蔚蓝，远处飘浮的云朵都映在海面上，海岸线缓缓蜿蜒,小小的白色浪花冲上礁石。

汤川把画放在仙波眼前。一瞬间,仙波身上发生了明显的变化,就好像沉淀在体内深处的某种东西突然上涌,刺激了全身的精气。他的皮肤竟然略微泛起红晕,原本呆滞的眼睛也有些充血。"啊……"他的喉咙里发出声音,像是在极力忍耐着什么。

"这幅画挂在一家叫绿岩庄的旅馆里。仙波先生,您还记得吗?它描绘的景色,就是东玻璃的海景。听说您和您去世的太太曾经住在东玻璃,从您家看到的玻璃浦大概就是这样的吧。不仅如此,"汤川把那幅画移得离仙波更近,"这幅画不就是您或者您太太画的吗?您太太过世后,您离开了东玻璃,但一直珍藏着这幅画,它是您的宝贝。正因如此,您才把它托付给您最看重的人。我的话没错吧?"

仙波瞪大眼睛,全身僵直,粗重的呼吸使他浑身微微发抖。

守在一旁的护士安西有些担忧地探头看着,正准备开口说话时,仙波轻轻抬了抬左手制止了她。他奋力深呼吸,像是要诉说什么。看来他决心要亲自回答这个问题。"不是……这样……"他的声音支离破碎,"我没见过……这幅画,我……不认识。"

"真的吗?请您仔细看看。"汤川又把画向他面前递了递。

"不认识!"仙波右手一拂,画从汤川的手里掉落到地板上。

房间里一片沉默,令人感到压抑。汤川弯腰拾起了画。"我明白了。再请您看一张照片。"他从公文包里又拿出一张纸。

草薙再次看过去。这次是一张年轻女子的照片,她应该是坐在车子的驾驶座上。也许是没有料到被突然拍照,女子的脸上现出惊讶的表情。这张脸很漂亮,鼻梁高挺,晒得健康的肤色化解了五官有可能带给人的严肃印象。

"刚才我说过,您的大海依然被牢牢守护着。守护着大海的,就是这个女子。我今天还要回一趟玻璃浦,您有没有什么话要我带给她?"

仙波脸上的神情又像哭又像笑,无数皱纹凝固成奇怪的曲线,嘴唇不停地抖动。

汤川继续说:"跟她说些什么吧。跟这个守护着您的大海的女子,说些什么。"

仙波的身子再次痉挛。他喉头动了动,就像在努力吞咽什么似的。突然间,他抑制住了身体的震颤,甚至坐直了腰板,挺起了胸,凹陷的眼睛死死盯着汤川。仙波两天来第一次显示出一种强劲的精气神来。"我不认识这个人,但请帮我向她转达……感谢……"

汤川眨了下眼,唇边露出一丝笑容。他垂下眼帘,然后又看向仙波。"我一定会转达的。这两张照片就留在这儿了。"他把先前那张海景画和这张女子的照片交给护士,对草薙说了句"咱们走吧",就站了起来。

"已经可以了?"

"嗯。"汤川点头。

草薙给内海薰递了个眼色,也站了起来。他低头向仙波和护士安西表示感谢。

三人走出谈话室,向电梯走去。谁都没有作声,只能听见脚步声回响在寂静的走廊里。

等电梯时,传来谈话室的开门声,仙波坐在轮椅上由护士安西推了出来。经过时,安西向他们轻轻致意,仙波则深深垂着头,一动不动,两手紧紧捏着什么。虽然离得不近,仍可以清楚地看到,他拿着的是那两张照片。

"三宅伸子被害的前一天和仙波见过面,是吧?"从病房楼出来,回到停车场时,汤川终于开口了。

"是的,在一家他们曾经常去的店,叫加尔文。"

"当时他们聊了些什么?"

草薙耸了耸肩。"谁知道呢?也许是回忆他们当年得意的时候吧。听店长说,当时仙波还哭了。"

"哭了?"汤川会意般地点了点头,"原来如此。"

"喂,到底怎么回事?快说,别卖关子行不行?"

汤川只是看了一眼手表,敲了一下帕杰罗的车门。"还是先上车吧。在这个地方说个没完,我怕中暑。而且,就像刚才对仙波说的,我还得回一趟玻璃浦。"

草薙向内海薰使了个眼色。内海薰从包里掏出车钥匙。

三个人的座位还同来的时候一样。路已经很熟悉了,内海薰毫不犹豫地操纵着方向盘。

"你认为三宅伸子为什么会到荻洼去?"坐在后座的汤川问道。

草薙转过头来。"这是冢原先生逮捕仙波以后一直孜孜以求而未解开的谜团。当时冢原先生没有找到原因,但现在已经有了一个可能。三宅伸子是去找川畑节子的,没错吧?"

"恐怕没错,但问题是她为什么要去找川畑节子?"

"也许和仙波聊天的时候想起了节子,觉得很怀念……"说到这儿,草薙摇了摇头,"不对。"

"恐怕是不对。"汤川接道,"光是查到川畑节子的住所就不是件容易的事,因为她没住在自己家里。三宅有可能是靠着当女招待时的熟人查到的,但也一定费了不少功夫。这么花心思,说明她有非这么做不可的理由。"

"莫非是为了钱?"内海薰插嘴道,"当时三宅伸子很缺钱。我觉得她去川畑节子那儿是为了要钱。"

草薙啪地弹了一个响指,指了一下正在开车的年轻女刑警。"没错!她是在和仙波聊天的时候,想到跟节子要钱的,是不是?"他回头问汤川。

"看来只能是这样了,但这又产生了一个新的疑问——三宅伸子凭什么认为只要见到节子就能要到钱?如果她俩关系好到这个份儿上,她早就去了。"

"就是啊。据我了解到的情况,没听说节子和三宅伸子当年关系有多密切。"草薙双臂交抱在胸前。

"关系并不密切却可以要到钱——不,是一定能要到钱。在什么情况下会这样?"汤川再次发问。

这次回答的又是年轻的女刑警。"有对方把柄的时候。"

"把柄……这样啊。"草薙若有所思地点点头,"就是索要封口费喽。"

"没错。我猜三宅伸子在和仙波聊天时发现了川畑节子的某个秘密,而且是只有节子本人和仙波才知晓的秘密。于是,她就想到利用这个把柄要钱。这样一来,在见过仙波的次日她特意跑到荻洼这件事就可以理解了。"

"然而三宅伸子并没有如愿。节子为了保住秘密而采取的方法是杀死对方。这个秘密如此重大，它到底是什么？汤川，你已经知道了吧？差不多了，都说出来吧。"

汤川把头靠在座椅的靠头垫上，视线投向斜上方的车顶。"刚才我给仙波看的那张照片上的女子，名叫川畑成实。"

"川畑？那她是……"

"对，川畑节子的女儿。"

"您刚才说的守护着大海的人，就是这个女子？"内海薰问。

"是的。"汤川答道，"对于守护大海，她非常执着，但总有一种挥之不去的悲怆感，在我看来几乎到了不自然甚至令人痛心的地步。她又不是在玻璃浦长大的，为什么会做到这种程度？而且，这个曾经想过即使独居也要留在东京的女孩，又为什么愿意搬到乡下？这些谜团靠一个假说就能迎刃而解——她认为这是自己的使命。她相信，这是对某人的赎罪，也是报恩。"

"汤川，难道你认为……"

"我一开始也以为仙波是为川畑节子顶罪。但是案发时，他们俩应该有十多年没有见面了。对方是曾经爱过的人，难道就能为之顶替杀人罪吗？一定是另有凌驾于男女感情之上的东西。于是，我突然有了一个全新的猜想——仙波想保护的会不会不是节子，而是节子的孩子呢？"

"你是说，川畑成实其实是仙波的亲生女儿？"

汤川凝视着正前方，深深地吐出一口气。"这才是仙波和节子一心要保守的秘密。为了保住这个秘密，他们的女儿犯下了杀人罪。"

58

在护士安西的帮助下,仙波躺到了床上,右手仍紧紧捏着照片。最近他的手指常常一点力气都使不上,今天却不一样。

"有需要就叫我。"说完,护士离开了房间。

她什么都没问,他感到很庆幸。

仙波听到有人在咳嗽,可能是吉冈先生。他也患了脑肿瘤。这个四人间里,一直到上周还住着三个人,到了前天,旁边的床就空了,可能已经过世了吧。

随着大脑迟钝的痛感,仙波感到眼前的视野也在变窄。周围逐渐被黑暗笼罩,马上就要什么都看不见了。在狭窄的视野中,他看到了刚才得到的那张照片。

这是一张面带惊讶的女子的面庞。那女子像是坐在汽车的驾驶座上,小麦色的皮肤闪着动人的光泽。

而且——

和年轻时的节子长得一模一样,仙波想。近来,他常常分不清梦境和现实，记忆也时有混乱。然而，有些记忆他特意保存在心底，没有受到丝毫损伤，比如节子。他一闭上眼，就能马上回到那个年代。

那个时候，仙波才三十出头，在贸易公司供职，经营电器产品，每天穿着笔挺的西装，提着公文包在全国各地出差。他的营销业绩是最拔尖的，为了商务上的应酬，经常在银座流连，回到公司可以得到最高金额的报销。每个星期，他都要带客户出入高级夜总会。

他和节子就是在这样的地方结识的。她容貌秀丽，却给人以质朴的印象，很少主动讲话，更多的时候只是默默地把威士忌兑好斟上。唯一不同的是，当仙波谈起各地的风味菜肴时，平常总是兴致不高的她听得眼睛都亮了起来，活像看连环画剧的孩子。

两人单独聊天时，他问她是不是喜欢烹饪。她爽快地回答说特别喜欢，还说其实想辞掉女招待，去餐馆工作，而且不想当服务员，想做厨师。不过想干这行，还需要学手艺、积累经验才行。

听了节子的诉说，仙波想起一家经营玻璃风味的餐馆，叫春日。由于妻子的家乡就是玻璃，他一时兴起去过一次，味道非常地道，从此就成了那儿的常客。那是一家由小个子老板和他漂亮的妻子二人打理的小餐馆，最近正想找人去店里帮忙。

他把这事一说，节子表示非常想去看看，于是夜总会打烊后，他就带她去了春日。

结果，春日的老板和老板娘一眼就看中了节子。第二个月，节子就站在了餐馆的柜台里。过了三个月,熟客们都亲切地喊她"小节"。半年之后,她俨然成为餐馆里不可或缺的人,老板娘送的红叶花纹和服成了她的标志。在仙波眼里,她比当女招待时还要光彩照人。

当时的春日每天都开到深夜。仙波送走款待的客户后,总要再到那里一趟。看一看节子的笑脸,用玻璃浦的小菜下酒,这是他每个在银座度过的夜晚的闭幕式。

春日的饭菜总是那么可口。然而,仙波发现这并不是自己热衷出入那里的唯一理由。不管多累多忙,都雷打不动地要去转一圈,是因为在那里可以见到节子。不知从何时起,他已经被她深深吸引。对于他的感情,节子似乎也不是没有察觉。在偶尔四目相视时,他能感到心灵碰触的那种微妙反应。

但是他没有企图真的跟她如何。自己是有妇之夫,他告诉自己,这样能见面就该知足了。他偶尔还会把熟识的女招待带到春日来,这既是迷惑周围人的一种手段,又是为了压抑自己内心的情感。这其中就有三宅伸子,也就是理惠子。

为节子而来的客人不止仙波一个,其中不乏光明正大的追求者,但节子总是能巧妙地敷衍过去。可是也有敷衍不了的人,那就是川畑重治。

仙波在餐馆里遇到过他几次,两人也就是点头之交,几乎没有交谈过。不过他似乎比仙波来得还要频繁。

那可真是个不错的人啊——店主夫妇异口同声地说。为人真诚、温和,还是单身,要是嫁给这样的人,一定会幸福的。节子似乎也不无动心。仙波在一旁强颜欢笑地听着,心里的焦躁一天甚于一天。

一天晚上,节子突然主动邀仙波打烊后再去其他地方喝一杯。这种情况还是第一次,他吃了一惊。当然,他没有理由拒绝,于是他们去了一家开到凌晨的红酒酒吧。

那夜,节子异常兴奋。她提议开一瓶香槟,喝光之后马上又点了一瓶红酒。很快,酒瓶就空了。他有些担心地问是不是出了什么事,她只回答今晚特别想喝酒。

他把喝得大醉的节子送回家。刚把她放到床上,她的一双胳膊就勾住了他的脖颈。她的眼睛里泪光晶莹,仙波一下子失掉了抵抗的气力。他紧紧抱住她,嘴唇向着她的唇贴了上去。黎明时分,他走出了房间。节子还闭着眼躺在床上,但恐怕她是醒着的。

这样的关系只有那一次。那天之后,在春日见面时,节子的态度仍旧和以前一模一样。他甚至怀疑那晚的一切是否只是一场梦。

不久,他就听说节子接受了那个姓川畑的男人的求婚。他这才明白了那个晚上的意义。节子是在用自己的方式,为之前的一切画上句号。

很快,节子辞掉了春日的工作。听说她顺利地成了婚,他饮下一杯酒,默默地祝愿她幸福,同时也决心忘掉那个夜晚。

然而,当偶然听说在举行婚礼的时候节子已然怀孕的消息,他的心一下子乱了。他查看日历,一次次确认着日期。

那会不会是自己的孩子?他一天比一天怀疑。听说节子生了个女儿时,他几乎控制不了自己,想马上赶到医院。

医生曾诊断仙波的妻子悦子身体孱弱，无法生育。仙波婚前就知道这一点，所以从来不去考虑孩子的事。然而，现在这世上也许已经有了一个继承自己血脉的孩子。一想到这里，他就坐立不安。

最后他实在忍不住，给节子打了电话。他想知道实情。

许久未见的节子肌肤比以前还要光润美丽，神情已经完全是一个母亲的样子了，连说话也变得温柔了许多。她说她出来的这会儿工夫，孩子请别人帮忙照看着。有可能亲眼看到孩子的隐秘期待，就这样破灭了。

寒暄了几句彼此的近况后，仙波开门见山地提出了疑问——孩子的亲生父亲真的是川畑先生吗？节子全然不为所动，平静地回答"是"，因为过于平静，反而显得不自然。看着她的眼神，仙波更加确信她在说谎。

但他没再追问下去，只提出了一个要求——想要一张孩子的照片。节子不肯答应，说拿着别人家孩子的照片算什么。然而仙波不罢休，还保证只要给他一张照片，今后再也不提起这件事。

最后还是节子让了步。他们改天再次见面时，仙波终于得到了照片。照片上，婴儿被抱在怀里，眼睛大大的，皮肤像瓷器一样白皙细腻。只是看到照片，他就差点哭出来。

"谢谢。"他喃喃道。节子的眼圈也红了，但她拼命忍着没有哭。

"我决不会告诉其他人，到死都会守住这个秘密。"他向节子保证，"请你一定要让这孩子幸福。"

节子轻轻笑着答道:"你不说我也会这样做的。"

"是啊,那当然了。"仙波也笑了。

这张照片成了仙波的宝贝,但也是一件秘不示人的宝贝,不能给任何人看到。他把它装在一个盒子里,放入抽屉的最深处。

他决定再不见节子了。虽然常有想见到女儿的愿望,但他把这愿望深深地封存在心底。所幸事业刚刚起步,他几乎把全部精力都投入到了工作中,可以把杂念从头脑中暂时驱逐出去。

之后的十几年,他像一叶小舟,在社会的风浪中颠簸。事业成功、自认为是人生赢家的日子只有很短暂的一段时间,一转眼,剩下的只有罹患不治之症的妻子和东玻璃的小别墅。

然而,在东玻璃陪着悦子度过的时光并非没有意义。几乎失去了一切,他反而能冷静地回顾过去。首先涌上心头的,是对妻子的感激之情。可以说,若是没有她一直默默地陪在身边,从不抱怨,也不会有今日的他。为了节子的事,他不知道多少次在心里向悦子说对不起。

悦子的时间不多了。他常伴她身侧,尽自己的可能实现她的愿望。她所求不多,常说只要能看着故乡的大海就感到很幸福了。一天,她说想把大海画下来,仙波就给她买来了画具。她把画架放在阳台,每天都画上一点。看到妻子完成的画作,仙波很吃惊。他根本不知道妻子有如此高的绘画天分。悦子对他说:"你别总盯着看,我都不好意思了。"

悦子离世后,他又回到了东京。他没有打算东山再起,只要能维持生计就足够了。通过朋友介绍,他找到一份在电器行的工作。

　　这个时候，他意外地遇到了一个熟人——理惠子，也就是三宅伸子。这是他旧时熟识的一个女招待，公司倒闭之后就再没见过。对方邀他去喝一杯，他没有多想便答应了，也许是因为想起了属于自己的黄金岁月吧。他俩简单地吃了点东西后，就一同去了以前常去的酒吧加尔文。三宅伸子是个很擅长套话的女人，几杯酒下肚，仙波就把自己的遭遇大致告诉了她。其实从衣着打扮来看，她应该早就看出他已不复往日的光鲜。听完之后，她的猜测得到确认，脸上不禁流露出失望的神色。大概她原本是想从他手里借钱。

　　而让他后悔终生的失误就发生在这之后。他拿出钱夹想去买烟时，掉出一张夹在里面的照片，就是那张节子给他的婴儿照。三宅伸子帮他拾起照片，问这是谁的孩子。他支吾说是朋友的，但是连他自己都知道表现得有多么不自然。三宅伸子突然说："抱着孩子的人穿的红叶和服好眼熟呀。"仙波一愣，不再出声。

　　三宅伸子明显已经看出来了，追问到底是怎么回事，还说一定不告诉任何人。他怕她想歪了，再到处宣扬，只得告诉了她。三宅伸子一脸同情地听着，宛如感同身受，看来她真的不会告诉别人。

　　听完他的故事，三宅伸子说"等我一下"，然后就离开了，回来时把一张纸片放在他的面前，上面写着一个住址和电话。她说这是节子的联系方式，是刚才给春日打电话问到的。她似乎是假冒了另一个和节子关系很好的女招待。

"你可以去见见她。"她建议,"见一面也没什么大不了吧?"

仙波摇着头。"没有必要,一切放在心里就行了。"说着,眼泪滚了出来,他也许是醉了。

三宅伸子打听节子的联系方式,其实另有目的。等他明白这一点,已经是两天后的早上。他从早间新闻里偶然得知了三宅伸子被杀的消息,再听到案发地点,他浑身的血都凉了。那不是离节子住的地方不远吗?

再三犹豫后,他还是拨了节子的电话号码,心里生怕电话打不通。他抑制不住地想象着她用刀捅死三宅伸子的画面。

电话接通了。"我是川畑。"电话那一端传来节子平静的声音,他这才放下心来。听到是他,节子显得很惊讶,却似乎没有感到为难。她说丈夫现在一个人在外地工作。

仙波告诉了她前天晚上的事,解释说是担心节子母女和案件扯上关系才打来电话。节子一下子紧张起来,她昨夜回家很晚,还没来得及仔细看看女儿。女儿是在家,不过还没有起床。

她急着去看女儿,仙波就暂时挂上了电话。时间变得漫长得可怕。由于极度不安,他甚至有些反胃,浑身都起了一层鸡皮疙瘩。

终于,节子的电话来了,带来了令人绝望的事实。她哭着说,女儿刺死了三宅伸子,那把带血的菜刀就放在桌上。

仙波没有时间多问怎么会这样,在等节子打电话的这段时间,他已经想到了最糟的事态,并且下定了决心。只能这么做了。

他让节子把菜刀带来,剩下的他来想办法。节子像是不太明白,但是他没有时间解释了,说好时间地点后,就匆匆挂断了电话。

仙波扫视了一圈房间,几乎没有什么是丢了会可惜的东西。只有一件,就是悦子画的那幅画。他用一块包袱布把画包起来,走出了家门。

在碰面的地方,他接过节子带来的菜刀。节子似乎已经明白了他要做的事,满面仓皇犹豫。仙波对她说,保护女儿对一个母亲来说是理所当然的。他把画交给她,请她帮忙保管到能再见面的那一天。

离开之前,节子示意他看对面的咖啡馆。在窗边的位置上,一个纤细的长发少女低头坐着。他一下愣住了,那少女酷似他那年轻便患病离去的妹妹。

现在再也没有遗憾了。他向节子道谢。

仙波从枕头下取出一个袋子,里面有几张照片。他摸出其中一张,是那天节子给他的婴儿照。他拿着照片和姓汤川的学者给他的那张对照着看。女子的脸上还能看出当年那个婴儿的轮廓。她现在成长为一个怎样的人了呢?她说话的声音是怎样的?真想在死前见她一面啊!可这注定不可能实现,也不该实现,否则,之前所做的一切都会失去意义。

他的记忆再次回到十六年前,当时他住在江户区的一栋老公寓里。

他知道警察很快就会找到这里。只要他们查出死者是三宅伸子,应该就能查到死者在被杀的前一天在加尔文与他见过面。

果然,刑警上门了,是个面容精悍的男子。仙波说什么也不让刑警进屋，目的就是要引起对方的怀疑。刑警只得离开，但估计并未远离，他肯定藏身在附近监视着。于是仙波走出了公寓，带着的皮包里面装着节子给他的菜刀。

他四处张望，向附近的水渠走去。这些都是演给跟在后面的刑警看的。表演果然奏效了，那个刑警冲了过来。仙波拼命地逃。用不着担心真的能逃脱，刑警的体力可是非同一般。他很快就被制服在地。

被逮捕、被起诉、被判有罪，无论哪个阶段，他的口供都没有受到怀疑。只有一个人表示过质疑，就是那个抓他归案的刑警冢原。

冢原问，为什么没有把包扔掉？逃跑过程中，是有机会扔到水渠里的。虽说整理河道时也许会被发现，但至少能赢得一些时间。而他呢，由于包里被搜出菜刀，作为现行犯被逮捕。仙波坚称自己没有想到，当时只顾着逃跑，都忘了包里还放着凶器。冢原一脸怀疑，而仙波坚持自己的供述。

狱中生活可不轻松，然而一想起自己换来的是那个少女的平静生活，他就又涌出力量，生活也有了意义。

出狱后，他找到当年的狱友，那个人给他介绍了一份废品回收的工作。薪水少得出奇不说，每天还得睡在狭小脏污的棚子里，不过，他觉得能够活下去就已足够幸运。

然而，就是这样卑微的幸运也没能长久。那个给他介绍工作的人卷了公司的钱跑掉了。公司倒闭，仙波丢了工作，连住的地方都没了。失去一切的他开始了流浪生涯。他知道那些流浪者都藏身在哪里，便向他们求助，他们也都好心地教他怎样求生。

但是，人生的考验还在继续。不知从什么时候开始，他的身体有些不听使唤了，头也疼得厉害，常常睡不好觉，有时甚至连话都说不出来，最后连每周一次的煮饭赈济活动也去不了了。他清楚这是得了什么重病，同伴好心地照料他，可是他完全没有好转的迹象，去医院看病当然是不可能的。

这时，一个意想不到的人出现在面前。

是冢原。这个人似乎一直在寻找他。当冢原知道了仙波的身体状况之后，不知是用什么办法，居然安排他住进了医院。

他入住的不是普通的医院，而是专门照顾癌症晚期患者的临终关怀病房。从院长那里，他得知自己罹患了无法治愈的脑肿瘤。可他并不为此悲伤，不如说感到解脱。人生能在条件这样好的地方落幕，已经知足了。这都多亏了冢原。

可也正因为这样，每次冢原恳求他说出事件的真相时，他都惭愧得无以复加。据冢原说，因为一直放不下这个案子，才不停地寻找他。为什么这个人能做到这种程度？大概对于冢原这样的人来说，是非如此不可的吧。

"我明白了。你是为了保护某个人吧？一个对你来说极其重要的人。可是，你情愿就这样下去吗？不让那个人知道你现在的情况？难道你不想见到那个人吗？"冢原每次来探视，都会坐在他床边这样问。仙波感到越来越难以对冢原说谎了。同时，面对冢原绝对为他保密的许诺，他的心也动摇了。

终于，他对冢原坦白了一切。如今他发声都格外困难，讲述完所有的故事花费了很长时间。冢原没有插嘴打断，只是默默地听着，最后说："谢谢你能告诉我，我会遵守诺言的。"

而冢原也确实没有把真相告诉任何人。不仅如此，冢原还利用自己的专业优势替他查到了节子母女现在在哪里、在做什么。听说她们住在川畑的老家玻璃浦，他感到内心又火热了起来。

冢原还在互联网上查到了一些有意思的信息。一个叫泽村元也的人在玻璃浦开展环保运动，他在文章中提到了一个名叫川畑成实的女子。他们都反对在玻璃浦进行海底资源开发。冢原还得到消息，有关的说明会将在八月召开，现在正在募集参会人员。于是，冢原劝他一起去趟玻璃浦。

"不用真的相见，就远远地看一眼。为了保护她，你做了这么多，难道不想亲眼看看她吗？不用担心，我陪你去，给你推轮椅。"

他对冢原的提议动心了。如果真的能看她一看，就再没有什么遗憾了。但最终他还是没有答应。像自己这样的重病患者一出现，肯定很显眼，说不定会暴露身份。万万不能给节子和成实惹来麻烦。

然而，冢原没有得到仙波的同意就报了名。一天，冢原来到病房，拿来一封信给他看，里面是说明会的入场券。冢原说申请了两个名额，但是抽签只抽中了一个。"你去吧，我在会场外面等你。"冢原说。

仙波摇头。他很感激冢原，但是想法依然没有改变。再说，从身体情况看也不可能成行。他的病情急剧恶化，无法长途旅行。

"看来是没办法了。"冢原说。那天是冢原最后一次提起这个话题,也是最后一次来探望他。

可是冢原并没有放弃,一个人去了玻璃浦,大概是想见一见节子和成实吧。不,冢原一定见到了她们。

后来发生了什么?光是想象一下,他都不寒而栗,而事实一定就是那样。

深深的悔恨啃噬着仙波的心。为什么当初他没能阻止冢原呢?看到入场券的时候,要是他一把夺过来撕掉就好了。

仙波凝视着那张婴儿照。"对不起。"他低声道,"因为我,你们又一次犯下大罪了吧。但是我什么都不会说,到死也不说。原谅这么愚蠢的我吧。"

59

前面就是品川车站了。路上车辆很多，交通有些不畅。

"停车吧，到这里就行。"汤川准备下车。内海薰将车停靠在路边，汤川马上打开车门。"谢谢，多亏有你送我。"

"等一下，我送你到检票口吧。"草薙说着解开了安全带。

"不用了，离车站还有一段距离。"

"没事，别客气。你先回去吧。"草薙最后一句是对内海薰说的，然后也下了车。

车流不断，两个人沿着路向车站走去。八月马上就要过去了，可是阳光还如同盛夏一样酷烈，没走几步汗就冒了出来，和空气中的尘埃混在了一起。

"真相还在黑暗中。"汤川突然开口道，"虽说可以提出种种假说，但是距离真正的推理还很远。说到底，这些都还仅仅是我们的想象。就算杀死三宅伸子的真凶是成实这个说法成立，也只是因为这样可以解释很多疑问罢了。可是具体的证据一个也没找到,而且还有不少情况没有弄清。毕竟,成实的生父是仙波这个前提本身是否属实也还不好说。如果是真的,川畑重治是否知情?还有,他是否也知道成实杀过人?如果知道,又是什么时候知道的?到处都是谜团。想弄清这些,除非让他们本人坦白。但我可以断言,这不可能。"

"那么冢原先生被杀一案呢?"

"被杀?应该说死因可疑吧。那个案子也一样。既然三宅伸子一案已经结案,冢原被杀的理由就不复存在了。"

"但是,川畑一家极有可能和冢原先生有交集。冢原先生逮捕过仙波,而仙波和节子有关系。"

"是啊。不过,那只是三十多年前小餐馆的顾客和店员之间的关系,又能有多大的意义呢?"

"这可不是用一个'偶然'就能完全解释的。"

"真的吗?这种程度的'偶然',在这个世上也有很多吧。不管怎么说,"汤川深深叹了口气,"只要仙波不吐露实情,案子恐怕就没法真相大白,而仙波是绝不会说的。他不惜顶替罪名,服完刑期,也要一直守护着爱的人。难道他会让自己做的这一切都白费?他肯定打算带着这个秘密走完这一生,他也知道日子不多了。草薙,这次恐怕你们没有胜算。"

对于这段冷淡的话,草薙根本无从反驳。汤川说得有道理。

品川车站到了。"好了,再见。"汤川说完,向检票口走去。

"汤川,你甘心吗?"草薙对着汤川的背影问,"这样的结局你甘心吗?这会不会影响某个人的人生?改变不了这一点你也不在乎吗?"

汤川回头。"我当然在乎，"他的声音很大，"所以我才要回玻璃浦。"

"汤川……"

"再见。"说完，汤川把手里的外套往肩上一搭，继续朝前走去。

60

一个姓矶部的警部坐在节子对面,在他一旁做记录的是个年轻刑警,但并不是成实那个姓西口的同学。

"空调可以吗?会不会太凉?"矶部问。他面无表情,但是厚厚的眼皮夹着的小眼睛里带有一丝关心。节子暗想,可能是身份立场的缘故,让这个人总是冷脸惯了,后来就自然形成了这样的表情。以前春日也有这样的顾客,并不是当真不高兴,不过是不好意思露出柔和的表情罢了。

"现在正合适。"她回答。

矶部微微点头,视线又回到卷宗上。

其实审讯室的环境并不差,空调开得很足,刑警也不吸烟,空气不算浑浊。一提起审讯室,总是容易让人联想到隔着逆向可视的镜子,隔壁房间里有人在监视,现实中其实并没有这种事。

"接下来,我想了解一些更详细的事实。"矶部问的是旅馆的运营状况、是否讨论过锅炉检修、检修费用的预算等。没有说谎的必要,节子都如实回答了。她感到似乎一切都还顺利,看来警方准备以工作过失致死和遗弃尸体罪结案。只要十六年前的那件事能永远掩盖住,自己和丈夫因这些罪名被逮捕不算什么。

"果然是惨淡经营啊。"听了节子的回答,矶部挠了挠头,低声嘟囔了一句,"不过,哪儿的旅馆估计都是这样。"

节子默不作声地点了点头。要是早点决定关张就好了,不过现在再说这个也晚了。

"死者为什么偏偏订了你们旅馆呢?你有没有问过?给他上菜的是你吧?"

节子偏着头想了想。"上菜的时候,我只是给客人介绍一下菜品。"

"这样啊。"矶部抿着嘴,摇了摇头,看上去有些在意,但又似乎并没有过多怀疑。

矶部和做记录的刑警说了句什么,两个人走出了房间。节子向装了铁栅栏的窗外望去,天空隐隐发红,暮色快要降临了。

那一天的早霞是火红的——十六年前的景色重新浮现在眼前。

那是个星期日。前一天,她和老朋友约好见面,回来得非常晚,还喝了些酒。回家的途中,她看到附近停着不少警车,以为出了交通事故。到家时已经快到零点了。

在外地工作的重治自然不在家。她到上初中的女儿成实的房间看了一眼,灯已经关了,女儿蜷在床上。她放下心来,轻轻地关上了房门。

第二天一大早,她接到一个意外的电话,是仙波英俊打来的。错愕之余,尴尬与怀念之情交织在一起。她有些失措,却并无不快。然而很快,她就发现此时根本不是该沉浸在这种甜蜜情绪里的时候。仙波是因为有天大的事情才这么一大早便打来电话的。听他说完,节子惊呆了。那个理惠子,就是三宅伸子,被杀了,现场就在节子住处附近。仙波接下来说的,更是让她眼前一黑,原来三宅伸子已经探听到了成实的身世。

放下电话,她跑到成实的房间。女儿还在床上,像胎儿在母亲体内一样,全身缩成一团。她没有睡,脸上布满泪痕。节子一下子明白了,成实这是哭了一夜。

桌上有一把菜刀,是节子平时常用的。现在那把刀上布满了黑红色的污迹,不仅是刀刃,连把手上都沾满了。

节子呆住了,久久站立着。她恍惚地看向窗外。早霞把远处的云都染成了可怖的红色,仿佛预示着她们母女今后的命运。

她逼问成实:"到底发生了什么事?这把刀是怎么回事?你老实告诉我!"

然而刚刚用刀伤人的初中女孩思维混乱,根本没办法冷静地说话。节子能听懂的是,一个陌生女人突然上门,对成实提到了她的身世。女人前脚刚走,成实后脚就从厨房拿了把菜刀,追上去刺中了女人。

她还有很多不明白的地方,然而对着处于恐慌状态的女儿,估计再问也无济于事。现在该怎么办才好?找重治肯定不行,现在可以依靠的只有仙波了。

电话打过去说了情况,仙波立刻给出了指示:把菜刀带过来。他说他有办法。

他是想保护我们吧,她想。也许他是想顶替成实去自首?那可不行,不能让他这么做。可是为了成实的未来和人生,她的确只想着无论如何也要让女儿从绝境里脱身。如果她能代替就好了,可讽刺的是,偏偏她是有不在场证据的,而且动机上也说不通。成实身世的秘密决不能说出去。

万般纠结中,她带着菜刀出了家门。出门时,她叫上了成实。她不想让仙波这样牺牲,内心却又期待着他的好意。她实在想不出其他拯救成实的办法了。她也许会接受仙波的提议,如果这样,至少要让仙波看一眼已长大的成实。毕竟,他是成实的亲生父亲啊。

在约定的地方,她见到了仙波。他显得异常憔悴,一看就是吃了很多苦。然而他们没有多余的时间倾诉往昔。

仙波已经下定决心顶罪了。他详细地询问了杀人经过,节子把好不容易从成实那里问出来的情况一一告诉了他,然后惶然地问:"这样真的可以吗?"

"对一个保护女儿的母亲来说,这是理所当然的,你不应该犹豫。"仙波安抚着她。

两天后,她看到了仙波被捕的新闻,说是在处理凶器时被跟踪的侦查员发现而被抓获。她没料到仙波没有去自首,可能仙波认为这样显得更真实。仙波不惜加重罪行也要保护女儿的心意,令节子的心都要碎了。

或许是因为被捕之前做好了万全的准备,从电视、报纸的报道来看，仙波的供述似乎没有被怀疑。不必说，警方也根本没注意到节子她们。

她把一切对成实和盘托出。女儿似乎受到了极大的震动，连着四天都没有去上学。不过随着媒体对案件报道的逐渐减少，女儿看上去又恢复了平静。她想女儿应该已经能够冷静地正视自己所做的事情，以及是谁拯救了自己。

将整件事对重治保密，是母女间达成的默契。后来她们几乎不再谈论这件事。然而，两个人都不可能忘记。这件事在她们心中留下了难以磨灭的伤痕，每当生活中遇到一些事，就会重新唤起迟钝的痛感。重治提议移居玻璃浦，之前一直持消极态度的女儿立刻表示赞同。节子很理解女儿的心情。

在玻璃浦的新生活平静而又幸福。当她看到成实以一种觉醒般的姿态投身环保运动，不免感到心痛，然而如果女儿因此能够得到心灵的救赎，那也很好。就连成实把仙波亡妻的那幅画挂在绿岩庄的门厅里，她也没有阻止。

就这样，他们一家在玻璃浦度过了十五年的时光。她不曾忘记仙波，但是记忆已经渐渐笼罩上一层薄雾。

突如其来地吹散这层薄雾的，是冢原正次。那个傍晚，节子在给冢原摆饭菜的时候，忽然听到他说了一句"现在在住院"。她没有听清句子的主语。"您说哪位？"她问。冢原舔了舔嘴唇，浮现出有些僵硬的笑容："我说的是仙波。他住院了。"

节子知道自己的表情已经僵住了。她说不出话，嘴唇颤动着。于是冢原瞬间压低了声音，说自己原先是警视厅的刑警，负责获洼的杀人案。

节子的心狂跳不止，她甚至能听到自己脉搏的声音。

"你别怕，我不是来翻旧案的。"冢原说，"不过我有一个请求，我就是为此特意来的。"

节子问是什么事。她用尽全力才能说出话来，表情很不自然。

冢原紧盯着节子的眼睛，说希望成实能去探望一次仙波。"他的日子不多了，也许一个月都不到。我想让他在闭眼前，能再见一面……那个他不惜性命也要保护的人，这是我……为十六年前自己犯下的错误所能做的唯一补偿。求你了。"冢原深深低下头。

节子内心的惶恐渐渐消失。她明白过来，这个人不是来揭发成实的，只是出于对仙波的同情。

然而，节子不能轻易表态，她拼命稳住情绪，假装听不懂对方在说什么。"仙波是谁？我们应该不认识……"

"这样啊，那太遗憾了。"冢原只是面带伤感，没有多做纠缠。

摆好饭菜走出房间时，她忽然看见重治站在走廊里。她一惊，问他来做什么。重治回答没什么，只是经过。他说话时面无表情。

节子怀疑重治听到了他们的谈话，却无法确认，只能看着重治拄着拐杖离去的背影。

那天晚上，节子带汤川去了居酒屋，陪着喝了两杯后就离开了。她担心回去后遇到冢原，怕他又会对她说些什么，于是在居酒屋前徘徊了一会儿。成实和泽村等人来了，泽村提出送她回家，她也就只好回去了。

367

后面发生的事，就如她对警方的供述一样。回到绿岩庄，重治茫然地坐在门厅，说客人因锅炉事故死了，要报警，她也同意。可是泽村提出了异议。为了玻璃浦的名誉，还是伪装成其他事故更为妥当。他们争论了一会儿，最后两个人还是听从了泽村的建议。

她希望冢原的死和自己一家无关，这是她的真实想法。就算是事故，她也希望在警方侦查阶段避开冢原和自己家的关联。

然而，果真是事故吗？她不是没有疑心过。

就算是听到了她和冢原的谈话，重治应该也听不懂他们说的是什么才对。可如果对于十六年前的事，重治也有所察觉呢？

当年出事的时候，重治在名古屋，但是也有可能听说过三宅伸子被杀和仙波被捕的消息，毕竟他认识这两个人。如果得知案发地点就在节子和成实的住处附近，他会怎么想？而且，恐怕他已经发现了成实不是他亲生的——

当然，她并不确定，可她就是知道，丈夫了解真相，却仍然把成实当成亲生女儿来疼爱。

一向聪明的重治不会想不到案件和节子她们的关系，但他从来没有提起过，这反倒使节子更加确信了自己的猜想。再加上重治突然提出全家搬到玻璃浦，想来也和当时的案子不无关系。大概他是想带妻女尽早离开这多事之地吧。

这一切都只是节子的猜测。但若事实就是如此，丈夫听到冢原的话会怎么想？恐怕他会认为冢原是企图打开那早已封闭的过去之门的不祥使者吧。那么他会不会认为，让冢原活着就意味着自己家庭的毁灭呢？

节子无从知道真相,也从未向重治求证那是否真的只是一场事故。既然重治什么都没说,她也决定保持沉默。也许就这样沉默一辈子。

节子比任何人都明白,对于他们来说,只有这一条路可走。

61

敬一又在打电话了,电话那端还是由里。恭平似乎可以看到母亲那焦躁不安的面孔,这让他心情低落。

"可我也没办法啊。他自己说还要在这里待一天……不知道,说是作业怎么了……我也不明白。那你来跟他说好了……嗯,我让他接电话。"

恭平不情愿地接过电话,也气父亲居然跟母亲解释不清楚。

"喂。"

"怎么回事?"听筒里传来由里尖锐的声音,"你不是已经把所有情况都告诉警察了吗?那你们就该立刻动身到这儿来。为什么还不出发?"她嗓门高,语速飞快,恭平不得不把话筒从耳边稍稍移开。

"我还有作业呢。"恭平小声说。

"作业?这算什么理由?在这里也可以做嘛。"

"那可不行。我在这儿做作业一直是有人辅导的。"

"谁辅导你?"由里问。

恭平很烦她什么都要问。"在姑父旅馆里认识的一个人,是个大学老师。"

"大学老师?他怎么会辅导你的作业?"

"什么怎么会……我就是说起了自己的作业,他说教我。现在他也跟我们住在同一家酒店,今天他出去了,到晚上才能回来。"

"哦——"由里表示怀疑,"难道非他不可?爸爸也在啊,妈妈也能帮你。咱们不一直是这样吗?"

"那可不行!那个老师告诉我,只有靠自己做出来,才能真正学到知识。"

由里不作声了。大概她也知道儿子说的是对的,所以想不出反驳的话来。"好,我知道了。让你爸爸接电话。"

恭平把电话递给敬一,推开玻璃门走到阳台上。下方就是游泳池,他扫视着周围,没有发现汤川的身影。现在是下午刚过三点。

在前台听说汤川要到晚上才回来时,他几乎都要放弃了。但是等回到房间以后,他边收拾东西边思考。还是想再见最后一面,他还有话要对汤川说。于是,他求父亲再住一晚。

他没有说明确的理由,可父亲居然痛快地答应了,也许是感觉到他提出的要求背后有着更深层的原因。

敬一打完了电话,由里终于还是被说服了。"不过,明天下午我们必须要走了。"

恭平答应着。

既然都和母亲说了那样的借口,现在总不可能去玩。恭平决定就在房间写作业,而且他也实在没有玩耍的心情。这会儿不论做什么,似乎都没有兴致。

"我现在去趟警局,看看能不能问问你姑姑他们的情况。唉,也不知道人家会不会告诉我。"敬一说着出了门。

晚上过了六点,敬一才回来,却一无所获。"我软磨硬泡了半天,可人家什么都不说,我只好在那儿白白晃荡了一下午。"

这个下午,恭平也一样没有任何收获。由于心事重重,他根本没法专心做作业。

随后他们俩到一楼的餐厅吃晚餐。恭平点了炸大虾,这是他最爱的菜式之一。大号盘子里有三只大虾。

嗖——嗖——砰!外面传来熟悉的声音。恭平向海边望去。

"是在放烟花吧?"敬一说,"好像有人在海边放发射型烟花。"

不对,那可不是发射型烟花,是火箭型烟花——恭平刚想这么说,脑海里突然浮现出那天晚上的一幕。一瞬间,他感到喉头下方像是有一个大大的硬块,沉重得如同铅块,压在心上。

"怎么了?是不是不舒服?"敬一问。

恭平摇头。"没有,我吃饱了。"

"这就饱了……"

就在这时,恭平看到汤川在外面走过。他一下子跳下椅子,跑了出去。"博士!"他喊道。

汤川停住脚步,回过头。他看到恭平,脸上先是露出为难之色，随后表情柔和下来。"是你啊。你怎么还在这儿？"

"博士，我，我不知道该怎么办。我没法对爸爸妈妈说，或许也不应该告诉你。"

汤川把食指竖在唇边，像是为了阻止恭平不顾一切要说出的话，然后又用食指指了指恭平。"你是指放烟花的那个夜晚吧？"

恭平点头。果然什么都瞒不过这个人。

"如果你要说的是这事，那还是明天再说吧。今晚你该好好睡一觉。"汤川不等恭平回答，直接一转身，走开了。

62

　　成实在网上查了半天,却没有找到案件的后续报道,只有昨晚的一则,标题是"玻璃浦坠落死者实为中毒致死,疑旅馆店主瞒报"。大概社会上根本没把这个案子当成什么大事吧,然而对于成实等当事人来说,就是天大的事。现在父母情况如何?哪怕是一星半点的消息,她都想知道,却毫无办法。她也给西口打过电话,对方只是说:"抱歉,我也不是很清楚。不过我想他们二位身体精神都很好。"估计西口也不敢随便透露什么。西口还说等案件告一段落后要约她见面。成实说会考虑,但现在她真的没有这个心情。

　　成实有一搭无一搭地翻看着招聘广告。这时,有人上楼来了。"成实,下面有人找你。"若菜推开门。

　　"有人找我?"成实捂着胸口,"警察?"

　　"不,是想潜水的人。他还说最好请川畑成实指导,说是以前说好的。"

成实刚想这是什么时候的事,脑海中忽然冒出一个人的影子。"是个高个男人?"

"对啊。"

"我知道了。"成实站了起来。

走下楼一看,果然是汤川等在那里,还拿着一张店里卖的贴纸。"您好。"成实打了声招呼。

汤川转过身,笑着道:"那天谢谢你了。"

"不必客气……您怎么知道我在这里?"

汤川把手里的商品放了回去。"我刚才去过玻璃警局,说想确认一下住宿费,提出想见见旅馆的负责人,他们就告诉我你在这里。"

"警局……"成实本想问问那里的情况,想想还是作罢了。他不可能知道重治和节子的现状。

"今天我就要离开这里了。"汤川说。

"今天?您的研究已经结束了?"

"后续工作交给戴斯麦克就可以了,而且大学也快开学了。我想在走之前看看你引以为豪的玻璃浦的大海。我记得你说过要带我去看的。"

"我是说过……"

"那个……"身后有人说话,是若菜走了过来,"如果您同意,我也可以带您潜水。成实最近事情比较多,我想她有些疲惫,如果突然去潜水,可能对身体不太好。"

汤川面带忧色地点点头,又看向成实。"要是这样,我就不强求了,其实我是想借潜水的机会和你聊一聊。"

成实看着汤川,感到镜片后他的目光比任何时候都更严肃,但同时又感到了他态度中前所未有的温和。看来他是有话要说。"用水肺的话,准备工作非常繁琐。但如果您愿意浮潜,我可以带您去。"她接着说,"浮潜也足以欣赏大海的美景了。"

"浮潜啊,当然不错,不如说还更合适呢。"汤川拿起货架上的一副护目镜,"上回我说有潜水证,是瞎说的。"他神色自若。

一个小时以后,成实和汤川两个人已经在海里了。当初就是在这里,成实迷上了浮潜。这里无论离海水浴场还是热门潜水点都颇有距离,可以说是很冷门的潜水海域。从岸边游到稍远的海面,海水一变深,周围的景致也立刻变得不同。这是一个海底的颜色渐次变化、还栖息着各种生物的世界。

成实觉得,正是这片海拯救了自己。如果没有它,自己现在会是什么样子呢?想一想就不寒而栗。

十五年前刚搬到这个小镇的时候,她看不到生活的目标,甚至怀疑自己这种人是否应该活下去。杀过人,还让别人顶罪,这样的自己大概没有追求幸福的权利吧。而且,那种触感——菜刀刺入一个女人躯体的那种触感,依然残留在手上。这种感觉恐怕终其一生也不会消失。自己怎么会做出那样的事?她怎么也想不明白。只能说,清醒过来之前,她的身体早已行动了。但她还记得在那之前的想法。她想,一切都要毁了,家里平静的生活马上就要陷入混乱。她的脑海里回响起那个女人——三宅伸子的话。

得知节子不在家时,那个女人显得很遗憾,同时肆无忌惮地盯着她的脸,涂了口红的嘴唇微微撇着。"还真挺像的,那就没错了。"

她问那个女人在说什么。后来她对此后悔了无数次。

三宅伸子耸了耸鼻子,露出不怀好意的笑容。"你是叫成实吧?别人有没有说过你长得不像爸爸呀?"看到成实不由自主地瞪大了眼睛,三宅伸子似乎对这样的反应很满意,咻咻地笑着。"好像还真被我猜对了。别怕,知道真相的只有我一个人。"

成实感到血液全都涌上了头顶。"你这是什么意思?不要胡说!"她的声音尖锐起来。

"我没胡说,这可是很重要的事。不过真的很像,你这张嘴长得跟那个人一模一样。"三宅伸子毫无顾忌地来回打量着成实的脸。

"你别再说了,我会告诉爸爸的!"

那个女人听了,张开嘴,故意做出震惊的样子。"请啊,你去说吧。我正要告诉你爸爸真相呢。然后你猜会怎么样?你和你妈妈会被赶出家门吧?好啦,你给节子带个话,就说我还会来的。哟,你这眼神是什么意思?瞪谁呢?也就现在,你还能这么理直气壮的。"

那喋喋不休的猩红嘴唇一直残留在成实的眼前,等消失时,三宅伸子已经走出了大门。

成实脑中一片混乱,心里也不知道该怎么办。然而她的身体先于精神,敏捷地采取了行动。她到厨房拿起菜刀,追上了那个女人。

就像是着了魔似的,可是在她意识的底层一直有一个声音:果然是这样。难道自己不是父亲的亲生女儿?很久以前她的心里就有这样的疑问。

这个怀疑的起因是在一个夜晚。那天重治参加老同学聚会,很罕见地大醉而归。他连路都走不直,想到厨房找水喝时,一下子瘫在了地上。节子想扶他起来,他却根本不配合,还打了节子一巴掌。父亲从来没有对家人动过手,成实吓傻了,节子也僵住了。

"打你怎么了,你有什么可委屈的!"成实从没听到过那么可怖的声音。然后,重治从兜里摸出钱夹,抽出里面夹着的一张照片扔在地上。成实知道那是一家人的合影。"根本就不像我!大伙都在看我的笑话。根本不像我!"重治就这样醉得睡了过去。节子一动不动地凝视着烂醉如泥的丈夫。

第二天,重治又变回了那个慈爱的父亲、温和的丈夫。他还向母女俩道歉,说喝得太多,昨晚的事都记不得了。从那以后,重治再没有像那天一样犯过浑,当然也再没有提起过那件事。成实和节子也什么都没问。然而,成实一直没有忘记那个夜晚。

这个叫三宅伸子的女人重新唤起了那段可怕的回忆。自己的家也许就要毁于一旦了。在路灯下,那个女人的背影清楚地凸显在夜色中。成实双手握住刀,奔上前去。那一瞬间,什么犯罪、杀人犯会进监狱,都不存在于脑海中。

之后的情景她记不清了。等回过神来,她已经蜷缩在自己房间的床上。她一宿没睡,只是浑身打战,一直挨到天亮。

等节子盘问时,她大致讲了事情的原委,但是颠三倒四,毕竟她的记忆混沌成一团。在节子的吩咐下,她换上衣服,走出家门。要去哪儿、要做什么,她完全不知道。

好几天以后,她才知道发生了一些事。令她大吃一惊的是,杀害三宅伸子的凶手居然被抓到了,是个陌生的男人。是节子告诉了她那是什么人,又为什么会为她顶罪。她震惊不已,不愿意相信这是真的。然而,她没有落入法网本身就是最有力的证据。

"这是我们俩之间的秘密,不能说给其他人听,当然也不能告诉你爸爸。"节子目光严厉。

母亲的话不可违抗。她一想到由于自己之过,让一个素未谋面的人进了监狱,就内疚得无以复加。但同时,她对那个人也暗暗地感到厌恶。不就是因为他身为有妇之夫还招惹其他女人,才把事情弄成今天这个样子吗?

那些挣扎在自我厌弃中的日子不堪回首:害生父入狱,同时又欺瞒着养父。要是自己不曾出生到这个世上就好了——她常常这么想。有时重治回家,她都羞惭得无法直视他的脸。当重治提出要辞掉公司的工作,接手老家的旅馆时,她一点都不反对。她更想早日离开这里。每次看到杀人现场,她都紧张得迈不开腿。

搬到玻璃浦大约一个月以后,有一天放学途中,同学带她来到学校附近的一个眺望台,站在那儿眺望到的海景美得令人屏息。她突然想起仙波托节子保管的那幅画。那一瞬间,她感觉找到了人生方向。绝不能虚度这被人珍视、被人守护的人生,它的存在就应该是为了奉献。把自己的人生奉献给什么呢?现在已经很清楚了。她下定决心,要守护恩人热爱的这片大海,直到他归来。

汤川使用脚蹼相当娴熟,没有半点多余的动作。以前他说自己持有潜水证,说不定还真不是瞎说。

成实带着汤川把几个特别值得推荐的地方都游过之后,二人一起回到一开始下海的地方,站在礁石上。

汤川摘下护目镜,赞美着见到的美景。"我现在明白你为它骄傲的原因了。日本人真是愚蠢,如此美丽的大海近在咫尺,却要舍近求远。"他看向成实,"谢谢你,我会永远记住这里。"

成实取下脚蹼,坐在礁石上。"您的感想只有这些?您不是还有话要对我说吗?"

汤川脸上浮现出意味深长的笑容,在成实身旁坐了下来。他将视线投向海天交汇处,喟叹般道:"夏天也快要结束了。"

"汤川先生……"

"我那个警视厅的朋友找到了仙波英俊。"汤川突然说道,"实际上,我昨天也见到了他。他在住院,得的是恶性脑肿瘤,听说剩下的日子已经不多了。"

成实胸口如同塞进了一大团硬块,咽也咽不下去,吐也吐不出来。她的脸紧紧地绷着。

"大概你想说我不过是个搞物理的,凭什么连这些都要管。就连我自己都知道在多管闲事,别人的事管那么多做什么呢?"

成实搜肠刮肚地想找点话说,想着必须说些什么把场面圆过去。可同时,她的内心深处知道说什么都无济于事。这个人,了解一切。

"帮仙波维持现在生活的,就是十六年前逮捕过他的冢原先生。冢原先生已经从警视厅退休,但对这个案子依然耿耿于怀。我不清楚他们谈了些什么,但可以想象,冢原先生一定努力说服仙波说出了真相。冢原先生不仅在生活上对仙波有诸多照顾,大概还是仙波认为可以信赖的人,得知真相后,冢原先生并不打算公开此事。只不过,了解到仙波已经时日不多,冢原先生希望能在仙波去世前实现他的愿望——见一见女儿,那个不惜牺牲自己也要保护的女孩。当然,我想仙波从来没有把这个愿望说出口过。"

汤川语气淡淡的,然而那些话都深深地落在成实的心底。她想起在说明会的会场上和冢原先生四目相视时的情景。那温和眼神里的含义,到今天才终于明白。

"冢原先生要做的事符合人之常情,却是冒险之举。这就好比要打开海底的一扇门,谁知道里面会冒出来什么东西,又会引发什么事情呢?所以没有人敢去触碰、开启。而一旦有人要去开启,必然会有人阻止。"

成实迎向汤川的目光。"您是想说,那不是事故?"

"你呢?你怎么想?"汤川平静地看着成实,"你真的相信那是单纯的事故吗?"

成实想说那当然,却说不出口。她只觉得口干舌燥。

汤川再次把视线投向远方。"我本来不想多嘴。打一开始,我就注意到了这个案子有些可疑,但原本不打算理会。可我发现了一件事,使我感到这样不行,某个人的人生有可能被这事毁了。我必须阻止这样的情况发生。"

成实看着汤川的侧脸,不太明白他的意思。某个人是指谁?

"这不是一场事故,是不折不扣的杀人案。"汤川看向成实,"凶手就是……恭平。"

一时间,似乎一切声音都在远去,海面如同静止了一般。片刻之后,海浪声才又回到耳际,一阵风从成实和汤川之间吹过。

这个人到底在说什么?成实盯着物理学家的脸。难道是自己听错了?

"当然,"汤川接着说,"他这么做并非出于自己的意志。而且我想,当时他甚至不明白自己这么做意味着什么。"

"您什么意思?"成实的声音有些嘶哑。

汤川面色沉重地低下头,然后再度抬起。"我曾说过,警方的再现实验很难成功。原因很简单——你父亲说了谎。如果要再现当时的现象,需要具备一个重要的条件。条件本身不难,但对于腿脚不好的重治来说,却不可能做到,所以鉴定科也没有发现。"

成实向后瑟缩。"您说什么……"

汤川做了个深呼吸。"方法很简单,只要把烟囱口堵上就行了。锅炉排出的烟没地方去,就会倒灌,很快锅炉就会发生不完全燃烧,产生的一氧化碳上升,顺着烟囱的裂缝涌入海原之间。估计不出十分钟,室内的一氧化碳浓度就会达到致死量。"

"就凭这种……"

"我是在鉴定科来到绿岩庄时发现了这种可能性。看见他们只查看燃烧系统,我就猜到警方是在怀疑一氧化碳中毒。我刚才说了,那时我尽量不想理会这一切,可当我听了恭平的话,我便无法再视而不见了。"

"那孩子说什么了?"

"我们看见鉴定人员从疏散楼梯上下来,他就提到了屋顶上有烟囱。我很惊讶,因为从下面根本看不到有烟囱。他是什么时候上去过呢?会是上次到玻璃浦来的时候吗?不会。那时他的个子应该比现在更矮,不会做那么危险的事。那么,就应该是这个暑假在这儿第一次放烟花的时候。他为什么要爬到屋顶上去?警方鉴定科的调查让我自然而然地把这两件事联系到了一起。会不会是恭平在烟囱上做了手脚,才发生了这桩燃烧事故?当然,谁也不会认为他是故意的。正因如此,才需要慎重行事。所以我决定不直接问他,而是自行推理和验证。"说到这里,汤川的嘴角微微扬起,"不过,我也请他帮了忙。他帮我偷出过旅馆的万能钥匙。"

"您要万能钥匙做什么?"

"为了查看海原之间。我推测烟囱经过那个房间的墙壁,而且其他空房都没有上锁,唯独那一间锁着,所以我就怀疑那个房间有问题。不出所料,我在壁橱的墙上发现了裂缝。然后我又从恭平那里听到了一个重大线索:在放火箭型烟花时,为了防止烟花飞进屋里,他们关上了所有窗户,还把窗户之外烟花有可能落入的地方也都盖上了。于是我就全明白了,为什么他要到烟囱那儿去。"

"是把烟囱口给……"

"我想大概是用纸箱。将纸箱用水弄湿后,盖在烟囱口上就可以了。他是听吩咐才这么做的。"

"是我父亲……让他做的?"

汤川没有回答,俯身捡起脚下的一块小石子。"让冢原先生在海原之间睡着并非难事。只要编个合适的理由,就可以让他换个房间。当然,犯罪实施后必须把他的行李搬回虹之间。安眠药大概是掺在酒水里面给他服下的。"

成实感到越来越绝望。汤川的话是有说服力的,至少比解释成单纯的事故更为合理。

"我不清楚的是,这里面有多少明确的杀意。就算把烟囱堵上,计划也不一定能成功。最好能成功——那个人大概抱着这样的想法。但杀意就是杀意。另外,这一切应该有某种动机,于是我就建议那个在警视厅的朋友调查你们一家。"说着,汤川站起身,把手里的小石子扔进大海,"调查后发现,首先必须弄清十六年前的事,所以我去见了仙波。不过,他什么都没承认。"

成实颤抖不已,可并非因为冷。今天的阳光依然强烈,潜水服上的水早已晒干。"您准备把这些都告诉警察吗?"她颤抖着问。

汤川紧紧抿着嘴,摇了摇头。"我很为难。因为如果要证实你父亲的杀人意图,就必须说出恭平所做的事。当然,我估计恭平不会因此受到惩罚,但他肯定会痛苦。他大概会迷茫是否该说实话。不,其实他现在就在忍受心灵的折磨,因为他应该已经明白自己当初做了什么。"

成实倒吸一口凉气。"是这样吗?"

"现在百般追问对他只有伤害。无论选择吐露实情还是撒谎，他都会自责。"汤川俯视着成实，"所以，我想拜托你一件事。"

成实不由自主地挺直身子。"什么事？"

"今后，恭平只能带着这个巨大的秘密活下去了。但是，终有一天，他会想知道到底发生了什么，为什么姑父当时让自己那样做。如果他来问你，我希望你能将一切真相原原本本地告诉他，并且尊重他了解真相后的选择。你应该比任何人都明白，背负人命的日子是什么滋味。"

汤川的一字一句都渗入了成实的心。她心如刀绞，却无可奈何。她站起来，凝视着汤川："好，我保证做到。"

"好，听你这么说，我就放心了。"

"还有……"成实努力令气息平稳下来，"我……不应当受到惩罚吗？"

汤川目光闪烁了一下，但很快唇边浮起温和的微笑。"你的使命就是珍惜自己的人生，要比以前加倍珍惜。"

成实说不出话来，她忍住眼泪，视线投向远方。

63

看报告时，多多良紧锁的眉头一直没有松开。草薙将双手放在会议桌下搓着，手心直冒冷汗。

"总而言之，"多多良终于抬起眼，沉沉地叹息，"就是什么证据也没有喽？"

"实在对不起。"草薙低下头，"川畑节子和成实很可能与三宅伸子被杀案有关。可是只要仙波不开口，想要证实这点难如登天。"

多多良托着腮，低声沉吟。"连冢原前辈也没有查明白，那也没办法了。而且三宅伸子被杀案已经结案，如今警视厅也没有立场去做什么。你们干得不错。至少，我心里过得去。"

"那边怎么办？"草薙问的是玻璃浦案。

多多良再度沉吟，从衣服内侧掏出记事本。"玻璃警局打来了电话，他们打算按事故结案。有关人员的口供内容没有可疑之处，司法鉴定上也基本否定了故意引起事故的可能性。他们没有提到冢原前辈和川畑一家的关系。由于我方没有提供相关信息,这也是理所当然的。"

"那我们该怎么做?现在要告诉他们吗?"

多多良瞪大眼睛,双臂交叉在胸前,目不转睛地看着草薙。"告诉又如何?我们这边可没有重查三宅伸子被杀一案的计划。"

草薙缩了缩脖子。"那您看我们该如何应对?"

多多良拿起报告,缓缓地撕成两半。"那就只有接受县警的判断。冢原夫人那边,我去说。"

"这样做……"行吗?——草薙把后半句咽了回去。

多多良捏着撕破的报告,直视草薙。"你们辛苦了。从现在起,你们恢复常规任务。"

草薙站起来,行礼后走出了房间。在房门关上之前,他看了一眼多多良。头发已经灰白的管理官凝视着窗外,侧脸流露出无限遗憾的神情。

64

敬一在前台结账的时候，恭平在酒店大堂里走来走去。明知道是白费力气，他还是跑到休息区和游泳池附近张望，可仍然不见汤川的身影。

明明告诉他明天有话要说的——恭平心里涌上一股怨气。大人总是说话不算数，还以为博士不是这样的人呢！

"喂，干什么呢？该走了。"敬一在叫他，"现在出发，到车站时间正好。快点！"敬一边看手表边朝正门走去。

不能再任性下去了，他只好跟上父亲的步子。

他们在酒店门前坐上一辆出租车。恭平朝车窗外望去。渔港码头上今天也泊着许多船只，远方海水浴场的沙滩白得耀眼。"啊！"他不禁轻呼出声。那不是他和汤川发射火箭的防波堤吗？明明就是几天前的事，现在回想起来像是过了许久。

只片刻工夫，玻璃浦车站就到了。从车里出来没多久，就浑身冒汗。

"今天还是那么热。车站的休息室应该有空调吧。"敬一说。

上楼之后有个小小的候车室,里面的空调开得很足,更让恭平惊喜的是汤川正坐在角落里看杂志。"博士!"他喊着跑了过去。

汤川抬起头。"我猜得没错,你们是要搭下一趟特快列车吧?"

"是啊。博士一会儿也要坐火车?"恭平把背上的背包卸下,坐到汤川旁边。

"我不坐,我要和戴斯麦克的人一起乘巴士回东京。"

"哦。"恭平很失望,他还想好好和博士谈一谈呢。

"我来这儿就是为了见你一面。"说完,汤川抬头看着一脸困惑的敬一,"我能和他说会儿话吗?"

"没问题。我到外面去。"敬一做了个手指夹烟的动作,走了出去。

"先把这个给你。"汤川从外套口袋里拿出几页纸,"这是发射饮料瓶火箭的各种数据。没有这些,你就没法做自主研究的作业了。"

"啊,对哦。"恭平接过文件浏览起来,上面写满了密密麻麻的数字。不知道的人看了,肯定完全看不懂这都是些什么数据,可是恭平看得懂。火箭顺利发射时和根本飞不出去时的种种情景历历在目。

"在这个世界上,"汤川说,"还有很多现代科学无法解开的谜。但是随着科学的发展,它们都会渐渐被解开。那么,科学也有极限吗?如果有,又是什么产生了这一极限?"

恭平望着汤川，不明白汤川为什么说起这些，但是他预感到，汤川正准备教他非常重要的东西。

汤川指了指恭平的额头。"是人类，人类的大脑。比方说在数学世界里，每当一个新理论出现，总会被其他数学家验证。但是新理论的难度越来越大，这样一来，能够验证它的数学家自然也就越来越少。如果难到一时没有人能够理解，怎么办呢？那这个理论就会成为定论，等待另一个天才的出现。人类的大脑产生科学的极限，就是这个意思。你听懂了吗？"

恭平点了点头，却不明白汤川说这些话的意图。

"任何问题都一定有答案，"汤川的目光透过镜片，直视着恭平，"但不一定能马上推导出来。人生也是如此。现在无法立即回答的问题，将来你可能还会遇到很多。每一次烦恼都有价值，没必要焦虑。很多时候，为了找到答案，必须首先让自己成长，所以人类要学习、努力，不断磨炼自己。"

回味着这些话，恭平不觉"啊"的一声轻呼。他突然明白汤川想要说什么了。

"对这次的事，在你能找到答案之前，我会和你一起抱着同样的问题，一直烦恼下去。要记住，你不是孤单一人。"

恭平和汤川对视着，同时深深地呼吸，好像心头一下子亮了起来，从几天前就一直压在心上的大石头如今消失了。他现在也终于知道一直想和汤川谈的是什么了。他想要听到的就是这样的话。

敬一回来了。"咱们该走了，车快到了。"

恭平站起来，转身面对汤川。"我明白了。谢谢你，博士！"

汤川微笑着点头。"保重啊。"

恭平跟在敬一身后走到检票口。

正好，特快列车进站了。

在登上列车前，恭平不由得回头向候车室望去。汤川已经不在那儿了。

敬一和恭平相对坐在四人席的沙发座上。敬一问恭平刚才都聊什么了，恭平就把写满数据的纸拿给父亲看。他告诉过父亲汤川带他做饮料瓶火箭实验的事。

"哎呀，看上去还挺难的，我都看不懂。"敬一不感兴趣，马上递还给他。

那当然了，恭平心里嘀咕着，没做过实验的人哪能看懂呢？这可是科学。

恭平望着窗外飞逝的风景。海面上波光闪闪，海天交界处飘浮着鲜奶油一样的云朵。

"要保密哦。"重治的话又在耳边响起。是放烟花的那个晚上。"你把烟囱口盖上吧，发射型烟花要是掉进去就糟了。"姑父说，"用弄湿的纸箱堵上就行。姑父腿脚不好，没法到屋顶上去。"

那时候他什么也不知道，根本没有去想烟囱堵上了会发生什么。

后来他们放了好几发烟花。

恭平仰视着夜空。他侧头看了一眼，姑父也仰着头，但看的不是烟花盛放的夜空，而是屋顶，而且还像在佛龛前那样双手合十，脸上不知为什么，显得很痛苦。

姑父当时是在向某人道歉吧。

算了，恭平心想。现在没必要马上得出答案。我要学习很多东西，再去慢慢找出答案。毕竟，我并不是孤单一人。

图书在版编目（CIP）数据

盛夏方程式 /（日）东野圭吾著；蓝佳译. -- 海口：
南海出版公司，2018.11
 ISBN 978-7-5442-9413-3

Ⅰ. ①盛… Ⅱ. ①东… ②蓝… Ⅲ. ①长篇小说-日本-现代 Ⅳ. ① I313.45

中国版本图书馆 CIP 数据核字（2018）第 210279 号

著作权合同登记号　图字：30-2018-098

MANATSU NO HOTEISHIKI by HIGASHINO Keigo
© HIGASHINO Keigo 2011
All rights reserved.
Original Japanese edition published by Bungeishunju Ltd. in 2011.
Chinese (in simplified character only) translation rights in PRC reserved by
ThinKingdom Media Group Ltd., under the license granted by HIGASHINO
Keigo, arranged with Bungeishunju Ltd., Japan through Bardon-Chinese Media
Agency, Taiwan.

盛夏方程式

〔日〕东野圭吾　著
蓝佳　译

出　　版　南海出版公司　（0898）66568511
　　　　　 海口市海秀中路 51 号星华大厦五楼　邮编 570206
发　　行　新经典发行有限公司
　　　　　 电话 (010)68423599　邮箱 editor@readinglife.com
经　　销　新华书店
责任编辑　张　锐
特邀编辑　王　雪　崔　健
装帧设计　李照祥
内文制作　杨兴艳

印　　刷　北京中科印刷有限公司
开　　本　850 毫米 x1168 毫米　1/32
印　　张　12.5
字　　数　259 千
版　　次　2018 年 11 月第 1 版
印　　次　2022 年 7 月第 26 次印刷
书　　号　ISBN 978-7-5442-9413-3
定　　价　59.00 元

版权所有，侵权必究
如有印装质量问题，请发邮件至 zhiliang@readinglife.com